幕末　戦慄の絆

和宮と有栖川宮熾仁、そして出口王仁三郎

加治将一

祥伝社文庫

目次

装幀／中原達治

【主要登場人物】

望月真司《もちづきしんじ》……………歴史作家。数々の脅迫や襲撃に遭《あ》いながら、タブーを恐れず執筆を続けてきたが、小説『西郷《さいごう》の貌《かお》』を最後に、断筆を決意。

桐山《きりやま》ユカ……………中学校の社会科教師。東京大学卒。歴史全般に造詣が深く、望月をサポートする。

村田《むらた》………………「和宮《かずのみや》の死因を知っている」と主張する男。望月を各所に案内する。

将軍《しょうぐん》………………望月を襲撃しつづけた組織の頭目か？　ついに望月と相見《あいまみ》える。

1——不可解な写真と法名

プロローグ

「本日は紀元前、ローマ帝国の話から入ります」

望月真司《もちづきしんじ》はマイクに向かってしゃべった。サラリーマンなら、定年退職の年齢をこえているが、まだ身体にはバネがある。すっくと伸びた背筋、がっちりした足腰。壇上に『日本史はなぜ不透明か?』という垂れ幕が下がっている。

「かのユリウス・カエサル（ジュリアス・シーザー）には将軍、独裁官、文筆家、三つの顔があります。有名な『ガリア戦記』も彼、カエサルの作品ですが、ユリウス（Julius）暦の制定もこの男です。暦の実施は暗殺の前年の紀元前四五年一月一日」

次にローマを引き継いだ初代ローマ皇帝、アウグストゥス（Augustus）も紀元前の人間である。BC六三年九月二三日生まれ。クレオパトラと愛人アントニウスの連合艦隊との海戦に勝利し、紀元一四年八月一九日に死亡。

これらはみな卑弥呼《ひみこ》より二〇〇年以上も前の出来事である。

ことほどさようにローマ史を紐解《ひもと》けば、手に取るような情景が浮かび上がる。

「肖像コインで、紀元前の支配者の顔すら分かります。それにくらべ、日本はどうか?」

望月は、ゆっくりとしゃべった。

「闇の中です。数ある古墳は、いまだに学術調査さえ宮内庁に拒否されたままです」

奈良時代の初めにいた元明《げんめい》天皇（在位七〇七〜七一五）も、平安時代の桓武《かんむ》天皇（在位七八一〜八〇六）の顔も出自も不明だ。いや、恐るべきことに、たかだか一五〇年前の幕末明治維新の真相すら濃い霧に包まれているのである。

「隠蔽《いんぺい》と捏造《ねつぞう》は、この国の古《いにしえ》からの永久運動で、だから日本の歴史が見えない。では、なぜ歴史を隠すのか？」

むろん支配層の意思でボカすのだが、考えられる理由はただ一つ、彼らにとって都合が悪いからだ。

では真実の露呈《ろてい》が支配権を危うくしてしまう状況とは、どんな状況なのか？

周囲の反発を抑え、ギリギリで権力を牛耳《ぎゅうじ》っている時は必死だ。

古代において他の反発を抑え、ギリギリ権力の座に収まるということは、いったいいかなる風景なのか？

「アメリカ新大陸を思い浮かべてみてください。二〇〇年ほど前です。イギリス系、フランス系、イタリア系、アイルランド系、スコットランド系、ドイツ系、ユダヤ系……多くの民族が、それぞれがコロニー、いわば小国家を形成しています」

互いに民族的な反発がある中で、リーダーがより多くの他民族を束《たば》ねる。それには自分の出自をぼかすのが手っ取り早い。己《おのれ》はなに人《じん》でもない。天から降りた皆の衆の神の子孫である。これを最後まで押し通す。いってみればインチキ・ストーリーで塗り固めてしまうのである。

「分かりますね、天孫降臨《てんそんこうりん》。ここから辻褄《つじつま》合わせの偽りの歴史がはじまることになる」

「BC三〇世紀のエジプト神話、BC二五世紀のメソポタミア神話、BC一五世紀のギリシャ神話、どこでも王は神の子の似たり寄ったりの物語が見られるが、しかしその手法は、おおむね国家形成の黎明《れいめい》期で廃《すた》れる。

バカバカしい、神の子だ？　いい加減にしろと皆の衆が信じなくなるからだ。

「いいですか？　知的な国民が、良き国家を造るのですよ。そこでうつらうつらしている方は、善良ではありますが……」

クスッという笑い声。望月はグレーのジャケットの裾《すそ》を引っ張り、前の机に両手を突く。

「お隣のシナ大陸もその手法です」

数え切れないほどの異民族の棲《す》みかと化していたからである。

北方民族、中東民族、それに西欧人もいた。異民族、異部族が血で血を洗う離合集散を繰り返し、夏《か》、商《しょう》、殷《いん》という古代国家形成の支配ツールとして不動の地位を得たのがこの天孫降臨システムだ。そして、もっとも高度に整えたのは秦《しん》の始皇帝《しこうてい》である。

それには始皇帝の出自が関係している。まるで毛色の違った人種だったからである。

これについては疑う余地はなく、中東の東部にいた碧眼《へきがん》の噂《うわさ》も高き中東系の皇帝である。

名前は「政《せい》」。これは後で漢字をあてはめたわけだが、発音は「シェ」だ。「シェ」はめきめき力を付け、西から攻め入る。

「中原《ちゅうげん》」と呼ばれるシナ大陸中央部を占領するも、すぐに反乱が起き、なかなかうまくいかない。

原因を探《さぐ》ると、民族的感情だと分かった。

外見も、言葉も、文化も、風習もまったくの異民族。

「山羊《やぎ》の乳《ちち》を呑《の》むやつは人間じゃない。ぶっ殺せ！」

血のつながりは強い。鼻が高い、目が違う、毛深い……よそ者、それだけで敵になる。

命懸けの反発が、人類が持つ摩訶《まか》不思議な民族意識という行動遺伝学的にどうしても越えられないものから生まれることに気付いたのだ。

で、古来よりあった手段、神話教育を徹底させたのである。

「分かりますね」

望月は念を押す。

自分の祖は天から降りた「天子」で、皆の衆とつながる神である、という神話での人心掌握術。シナの歴代の支配者は自らを「天帝《シャンティ》」と称してきたのだが、この言葉はパルティア語（ペルシャ）でもインド語でも同じであって、こっちのほうが本家だ。とにかくそういうお伽噺《とぎばなし》での民族統治が一般的だった。

「政《シェ》」は「天帝《シャンティ》」をやめ、一歩人間に近づく。で、白い王、皇という文字を使い、「始皇帝」と名乗った。

始めての白人の王であったから「始皇帝」と言った可能性は高い。

次に選民意識でまとめる。

我々は世界の真ん中に住む特別な一等民族であり、周囲の野蛮な連中は我々の国、中華（真ん中の華）に貢物《みつぎもの》をしなければならない。

「本当は自分たちだって異民族に支配されたのに、新親分から、君たちは選ばれし優秀な民族だ、と気前よく持ち上げられると、だれしも有頂天になります」

得意の心理学を披露した。

「これはなんですな。現代でも同じでしょう。支配された！　ひどいことをされた！　というトラウマからの脱却は、支配者自らの称賛が特効薬なのです。よく女優が監督にコロリと惚《ほ》れますね。ボロカスに演技をけなされ、メゲている時に、打って変わって君にはすばらしい才能があると持ち上げられるからです。それで大好きになります」

望月はコホンと咳《せき》を払った。

「それはともかく、神話と選民意識は結束を固める最強のツールで、ヒットラーもドイツ民族選民思想を用《もち》いました」

中華選民思想、恐るべし。

皇帝は、身元がバレないよう顔と言葉を隠した。

他民族の代表と会う場合は姿を隠す。高貴な者は直接見せないものだ、というもっともらしい皇帝作法を考案して簾《すだれ》ごしに面会、皇帝は言葉も直接交わさないといって小声で仲介者（実は通訳者）にごそごそ囁《ささや》く。

こうすれば顔と言葉が完璧に隠れ、かつ威厳が保てる。

「ここがヨーロッパと、まったく違うところです」

望月も威厳顔を作った。

「ヨーロッパの王は、明るく大衆の前に立ち、手を振り、自分の肖像コインを造って尊顔を万人に知らしめます」

望月は、趣味で集めている一世紀から二世紀後半、ローマ帝国五賢帝と呼ばれたネルウァ、トラヤヌス、ハドリアヌス、アントニヌス・ピウス、マルクス・アウレリウスの肖像コイン、五枚をスクリーンに映した。会場がどよめく。

「どうです、この堂々たる贅沢《ぜいたく》顔は。今日は持ってきませんでしたが、紀元前のユリウス・カエサルの肖像コインもある。それに対してシナのコインはどうです？　皇帝の貌《かお》はなく、漢字だけです。そりゃ味気《あじけ》ないもので、日本も顔ナシ。明治天皇などは英国を見習って洋服を着、ワインを愛飲し、すべてを英国風にしたにもかかわらず肖像コインだけは英国調を避けました」

「暗殺を恐れたからではないですか？」

　前の席から声が上がった。

「ええ、そういう見方もあります。しかし昔の暗殺の多くは毒殺など身内で起こる事件ですから、貌を隠しても意味はほとんどない。やはり身元を隠す……おっとこの辺は私の『幕末　維新の暗号』を読んでいただかないことにはどうにも理解していただけないのですが、すり替わった明治天皇をどうやって隠したか」

　望月は宣伝を一つはさんだ。

「まあ、そんな人はいないと思いますが、読んでない方は是非読んでいただきたい」

あっはっはと口を開けて笑ったが、笑ったのは数人だけだった。

「それはそれとして」

　話を戻す。

「始皇帝のボカシ手法は、その後連綿《れんめん》と続きます。取り込んで中華に住まわせた連中には、特別な選ばれし花形民族で括《くく》る必要があります」

その拠《よ》り所なる民族名を偉大なる国家「漢《かん》」に求め、「漢民族」と称した。

したがって漢民族は、もともと存在しない民族で、DNA的根拠はなく、シナの古代史書にも見当たらない。

「デッチ上げですな」

その後、支配者たちはモンゴル族のジンギス・ハーンがこしらえた「元《げん》」と満州族のアイシンギョロ氏の「清《しん》」を除いては、ほぼみな漢民族だと自称するようになる。

「では、ボカシ技法が日本に持ち込まれたのは、いつの時代であったかについて考えてみましょう」

一呼吸をおき、卑弥呼のあとだとしゃべった。

しばらくシナの史書から「倭《わ》」という文字が消える四世紀前後、いわゆる「謎の四世紀」と言われるあたりで、考古学上大変興味深いことが起こっている。

古墳の形状が、がらりと変わったのである。

「そう、前方後円墳が登場します。変化は外見上だけではなく、内部の玄室《げんしつ》も別物です。これまで見たこともないカラー壁画が現われた」

銅文化が消え、鉄器中心になるのもこの頃だ。と同時に、出土する人骨も縄文系から弥生《やよい》系に変化する。

「これらをつなげれば、名探偵ポワロでなくとも事態は明白ですな。腰に鋭い鉄剣を引っさげた、おっかない渡来人がやって来た。それも二つ三つの異民族ではない。現代でもシナ大陸には二〇〇近い異なる言語の民族が存在しているが、古代日本にも二〇、四〇の民族が渡来しています」

ローマ帝国は、ちょうど日本の卑弥呼時代から辺境の軍の統制がきかなくなる。かつてに皇帝や王を名乗り、独立、逃亡という反乱を起こした例がいくパターンも見られる。日本列島にも同じことが起こっていた。反乱部族が渡来し、鉄器を振りかざして日本列島の小国を次々と襲い、大王を名乗った。

「ちょっと待った！　ここで一つ疑問が湧《わ》きませんか？　言葉です。渡来系が征服したならば、ではなぜ我が国は、彼らの言語にならなかったのかと」

この疑問は征服王朝説のネックであった。しかし望月は長い間考え続け、ようやくその謎を解読した。簡単なことである。

我が国に渡来した連中は、少数武装集団だ。少数武装集団であるがゆえに、女は現地調達となる。手当たり次第、女奴隷に子供を産ませれば、その子は母親に育てられる。すると子供は母親の言葉、つまり倭《ヤマト》言葉を受け継ぐ。一五年もたてば子は立派な剣奴《けんど》となる。つまり倭言葉をしゃべる兵隊ばかり増えたのである。

渡来系の中から主導権争いの末に天下を取った男がいた。初めて「天皇」を名乗ったのだが、人数でかなわない地方豪族たちを手懐《てなず》けるために現地直産を装い、「万世一系」で、ポジションを固める。

その後は、騙《だま》して奪っても、殺して奪っても、なに食わぬ顔で本人は偽りの血脈に連なっていく。

「こうして出発点から虚構と隠蔽が必要だったのです。その後も荒っぽいハンドメイドで虚構が上書きされ、なにがなんだか分からないくらい無理やり万世一系を取り繕《つくろ》ってきたのが日本史です。日本人の頭はいまだに戦前の貧しいままです。どうかご自分の眼《め》で見て、頭で考えていただきたい」

望月真司は、壇上で深く頭を下げた。拍手が聞こえた。と、脚からすっと力が抜けるのを感じた。

一年前から決まっていた最後の講演。これでぜんぶお終《しま》い。もうする気はない。

疲れている。

命懸けの執筆と講演。危うく死にかけることの連続が、社会の意識向上をもたらすと固く信じてきたのだが、疲れるものは疲れる。この一〇年間で、人生を一つ二つ終えたような気がした。

残存エネルギーでできることは、レンタルビデオ屋に行っては好きな映画のDVDを借り、それに浸《ひた》るくらいなものだ。

謎の和宮《かずのみや》

「先生、衝撃です」

不意のケータイ電話。

「和宮の写真が……」

「もしもし、ユカさん？　いきなりなんです、出し抜けに……」

「和宮――」

「もしもし、ちょっと……今ＤＶＤを止めます」

望月は傍《かたわ》らのリモコンで、観ていた映画『太陽がいっぱい』を切った。

「先生、今どこですか？」

「どこって……」

カウチにのんびりと身を預け、ケータイを耳に当て直す。

「ニセコですよ」

「北海道？　そんなところで取材ですか？」

「いや、その……」

リゾートホテルに逗留《とうりゅう》し、スキーと温泉とＤＶＤで、一〇年間の労をねぎらっていたのだ。

「で、どうしました？」

「和宮です」

『太陽がいっぱい』からの急転回、気持ちが切り換えられない。

「彼女の写真……、実は別人だったというお話、ご存じですか？」

「うん？……ニセ写真ですな」

やおら身を起こす。

「むろん、その話なら知っていますよ」

和宮（一八四六〜一八七七）は仁孝《にんこう》天皇の第八皇女、つまり幕末最後の天皇、孝明《こうめい》の妹だ。同時に天下の将軍、徳川家茂《とくがわいえもち》の正妻でもある。

時代のトップスターなのだが、別人説、複数身代わり説があり、小説家有吉佐和子《ありよしさわこ》もそれを題材に、本を書いている。

「でもねえユカさん。手頃な資料がほとんどないので、どれもこれも最後まで追い切れずの尻切れトンボ、上等な筋の話かどうかも……」

「いえ皮算用《かわざんよう》ではありません、信頼度は高いと思います」

含みのある口調だった。

「なにか摑《つか》んでいる？」

「もちろんです」

生き生きした語尾。その語調に、望月は安らぎを得た。

このところ彼女はこころなしか塞《ふさ》いでおり、その理由はたぶん望月の引退宣言であろうことは感じていた。

前作の小説『西郷《さいごう》の貌《かお》』を最後に、パソコンのキーボードから遠ざかった望月に、ユカは同意しつつも、失望の色を隠さなかった。会うたびに物言いたげで、目には執筆を待ち望むかすかな願いを含んでいる。

「別人ねえ……」

気のない返事をしつつ、望月の頭は以前読んだ新聞の見出しを捕らえていた。

〈「皇女和宮」写真は別人？〉

いつの間にか他人の写真が使われ、デタラメ顔が世に広く認知されていたのではないか？　という記事である。タイトルこそ疑問形だが、中身の九割は新説を肯定する論調だったのを覚えている。

保守的な大新聞にしては、珍しい踏み込み方だった。

しかし和宮といえば天皇の妹にして将軍の正妻。一時代を風靡《ふうび》した超の付く有名人だ。古い日本で、デタラメ写真を公《おおやけ》に使用するだろうか？　と思うところだが、歴史を深く追ってきただけに望月の感覚は違った。この国ならなんでもありだ。

「ユカさん、その根拠は？」

「今まで和宮だと信じられていた写真が明治時代の写真雑誌に載っていたのを発見したのです。それには別人の名前が……」

「ちょっと待ってユカさん」

話が込みいってくる前に訊《き》いた。

「その前に、質問があります」

「はい」

「皇女和宮」写真は別人？

和宮様の写真であると分かった」旨の記述があった。また、徳川家も同じ写真を所有していることから、和宮の写真として認知されてきた。しかし、同じ写真が1902年（明治35年）発行の雑誌「太陽」に、昭憲皇太后の姉で、大和郡山藩（奈良県）藩主の正室、柳沢明子の肖像として掲載されているのを、

▲雑誌「太陽」に柳沢明子として掲載されている写真（森重和雄さん提供）

長く皇女和宮の姿と信じられてきた写真は、別人を写したものだった？　古写真研究家の新説を報じる記事

（読売新聞2011年６月16日付）

「これまで世間が和宮の写真だと断定していた材料はなんだろう？」

「材料ですか？　あるにはあるのですが、科学的なものではありません。古い写真の裏に、これは和宮だと書いてあった、と

いうだけの話なんです」

「その写真は、だれの所有物？」

「小坂善太郎《こさかぜんたろう》の祖母」

「小坂善太郎？」

明治生まれの政治家だ。

出身は長野。善太郎の祖父は信濃《しなの》銀行（現みずほ銀行）を興《おこ》し、信濃毎日新聞中興の祖と呼ばれた実力者だ。

政治の世界でも祖父は大活躍だ。一八九〇年（明治二三年）、山縣有朋《やまがたありとも》内閣で実施された第一回衆議院議員選挙から初当選を果たし、以後三期連続で当選の強者《つわもの》である。父も衆議院議員、貴族院議員を歴任した長野の重鎮《じゅうちん》だ。

贅沢三昧《ぜいたくざんまい》の三代目が善太郎である。

三菱《みつびし》銀行から長野の大手、信越化学工業取締役となって、三四歳の衆議院議員当選を皮切りに、国家公安委員長、外務大臣、経済企画庁長官などを歴任する押しも押されもせぬ名門の政治家ボンボンである。

その祖母、すなわち伊藤博文《いとうひろぶみ》率《ひき》いる立憲政友会メンバー、明治の大物の妻が、和宮と称する写真を持っていたというのだ。これは臭《にお》う。

「なぜ、そのばあさんは和宮だと？」

「写真の台紙の裏に『和宮』と書かれてあり、明治天皇の奥さんの女官長《にょかん》が、和宮だと証言したと、祖母の日記に書かれていただけなんです」

「女官長が証明した……」

ちょっと考えてから訊いた。

「いつ？」

「昭和三年（一九二八年）の祖母の日記に、〈静寛院《せいかんいん》のこと、京都高倉寿子《たかくらかずこ》（女官長）の証明に相わかりし、うれしきことこの上なし〉と書かれています」

静寛院とは和宮のことだ。

「昭和三年ですか……」

首相は田中義一《たなかぎいち》だ。父は長州《ちょうしゅう》藩士。つまり田中は長州閥の大物、山縣有朋の引きで陸軍大臣となっている。あの長州である。ますます臭《くさ》い。

裏付けは女官長が口にし、権力者の妻が日記に書いただけ。科学的根拠はゼロである。

「そしてね先生、その時より遡《さかのぼ》って明治三五年のことです」

「うん」

「『太陽』に、別の名前で同じ写真が使われていたのです」

ユカはメモでも眺めながら話しているのだろう。詳しく続けた。

『太陽』第八巻第二号、「物故《ぶっこ》諸名士」の口絵写真が、小坂の和宮写真とまったく同じなのだと語った。名は柳澤明子《やなぎさわあきこ》刀自《とじ》となっている。刀自とは、年輩の女性に使う敬語だ。

「柳澤明子？」

「大和郡山《やまとこおりやま》藩主の正室です」

「ふむ……大和郡山藩主の本妻……」

望月は、すでに半分以上のめり込んでいた。由来因縁《ゆらいいんねん》がとうてい収まりきれず、掘り下げたくなっている。

なにかを感じつつ、脳内データベースを手繰《たぐ》った。

引き寄せたのは明子の夫のほうだ。郡山藩は、奈良に位置した一五万石の大名だ。藩主、柳澤保申《やすのぶ》。

この男は東禅寺《とうぜんじ》イギリス公使館の攘夷《じょうい》派テロ（一八六一年）を防いだ功績で、ヴィクトリア女王に称《たた》えられたほどのリベラルさをまとっており、戊辰《ぼしん》戦争でも躊躇《ちゅうちょ》なく薩長《さっちょう》側につき、東北に攻め入っている。

一八六九年（明治二年）藩知事となり、一八八四年（明治一七年）伯爵。翌年、徳川家康を祀《まつ》る静岡の久能山東照宮《くのうざんとうしょうぐう》宮司となる。薩長明治政府とべったり男だ。

その正妻が明子だ。

「すると……なんですな、明治政府御用達《ごようたし》藩主の女房殿、明子本人の写真が、いつのまにか和宮として扱われていた……。『太陽』のほうが間違えたということはない？」

「先生ぇ」

　声色が変わった。

「柳澤明子のお妹さんが、どなたかご存じないのじゃありませんか?」

　言葉に詰まった。自信ありげなユカの口調、察するにかなりな有名人らしい。自分の弟子の、「ご存じないのじゃありませんか」という勝ち誇った物言いに、むっときつつも頭に浮かばなかった。

「はて……」

雑誌『太陽』第八巻第二号(明治35年発行)の口絵写真。被写体を「柳澤明子」と明記している。英文は“THE LATE MADAME”(先ごろ亡くなった婦人)。明子は大和郡山藩主正室で明治天皇妃の実姉

「美子《はるこ》昭憲皇太后《しょうけんこうたいごう》です」

「なに?」

「ですから皇太后」

「ユカさん、昭憲皇太后といえば、明治天皇の正妻ですぞ」

「ええ、そうです」

　あたりまえの念押しに、ユカがケータイの向こうで笑った。

「ようするに……明治天皇の

正妻が明子のお妹さん」

「そう、二人は姉妹です」

思わず唸《うな》った。

「明治三五年に『太陽』の写真が世に出た時は、明治天皇も昭憲皇太后も存命です。それなのに、どこからも抗議がきていないということはこの写真が正しい証拠です」

桁外れの権力者、明治天皇の義理の姉の顔を間違えたとなれば、えらい騒ぎになる。

「なるほど……ナンチャッテ和宮写真は明子で間違いない。お墨付きですなあ」

「はい、決定です」

「明子の出身はたしか……一条《いちじょう》家でしたね」

「ええ」

望月の脳細胞が、競うように回転した。

五摂《ごせっ》家《け》の一つだ。その一条家の姉妹が、それぞれ大和郡山藩の藩主と明治天皇の妻に収まっている。

その一人、大和郡山藩主の妻の写真が、長い間ニセ和宮として使われていた。ならばなぜ、今以上にうるさい宮内省は、異を挟まなかったのか。

――ニセ和宮写真の放し飼いか……――

望月はテーブルの上のメモ帳に、関係図式を書きなぐった。

和宮（妹）——明治天皇

ニセ写真

夫婦

一条明子（姉）—昭憲皇太后（妹、美子）

夫婦

柳澤保申（大和郡山藩主）

和宮と明子は親戚だ。

「デタラメ写真が放置され、それが和宮の写真として巷《ちまた》に定着した……」

なにかある。

「すこし洗ってみましょうかね」

調査開始

望月はスキーを五本ほど滑り、東京に戻った。問題の写真そのものを調べることにしたのである。

それにしても雑誌『太陽』は、なにかと物議を醸《かも》す。創刊は一八九五年（明治二八年）で、その年に戸川残花《とがわざんか》が、これまで世に伏せられていたかの「フルベッキ四六人撮り」を大きく載せて称賛し、波紋を広げていた。

『太陽』はこの写真を載せ、政府を攻撃するための雑誌だったのか？

調べると執筆者に長州閥はいなかった。もっと調べてみると面白いことが分かった。

戸川残花は旧旗本の幕臣であり、薩長の一方的な史観によって維新史が書かれていることに反発、勝海舟《かつかいしゅう》、大鳥圭介《おおとりけいすけ》などと共に一八九七年（明治三〇年）、『旧幕府』という月刊誌を立ち上げている。この雑誌は一九〇一年、わずか三年で廃刊。理由は、政府の弾圧ではなかろうか。

『太陽』は一九二八年（昭和三年）、奇《く》しくも小坂のバアさんが和宮のナンチャッテ写真を証言した年、五三一号で廃刊になっている。そこにも、やはりなにかの力が加わっているようだった。

パソコンに向かってほどなく、浮かび上がったのは、一人の絵師だった。日本画家、清水東谷《しみずとうこく》（一八四一〜一九〇七）。浅草《あさくさ》生まれの東谷は、幼い頃から狩野《かのう》派絵師の父に絵を習っている。世が騒がしくなってくると幕府の命を受けて長崎に移動、すぐさまシーボルトと接近、片腕となって几帳面な植物図鑑の絵を描く。

絵の腕前も大したものだが、潜《もぐ》り込む才能も凄い。

シーボルトを探る密命を帯びていたことは歴然であるものの、その折、ちゃっかり写真技術を習得する。

写真機材一式をシーボルトから譲り受けた東谷は、一八七二年（明治五年）一〇月、写真師として日本橋《にほんばし》に現われる。翌年呉服《ごふく》町に転居。

ここで宮内省御用達の写真師となってしばらく活動するが、一八八二年（明治一五年）に、家業の写真店を養子に譲ったらしく、本人は隠居を決め込んでいる。

したがって、明子の撮影はそれ以前だと推測できる。

すなわち明子三五歳前の姿だ。

写真の背景が分かってくるにつれ、面白いことも判明した。

和宮も明子も共に一八四六年生まれの同じ歳、ダミーとしてはおあつらえ向きだ。和宮は三一歳で他界し、明子は五六歳まで生きている。

望月は、写真を和宮だと偽った女官長の高倉寿子（一八四〇〜一九三〇）に注目した。

女官長のデタラメ証言は昭和三年だ。ということは八八歳。耄碌《もうろく》していたとも考えられるが、どうだろう。それを真に受けた小坂善太郎の祖母が、うっかり写真に裏書きしメディアに話した……。

「耄碌」と「うっかり」でナンチャッテ和宮の一丁上がりだ。しかし相手は皇女のトップランナー。うっかりはどうにもしっくりこない。

高倉寿子の気になる点を見つけた。

昭憲皇太后の女官長になる前は一条忠香《ただか》に仕えているのである。

二人の乳母《うば》役だ。すなわち幼い長女明子と次女昭憲皇太后が遊び回る家に一緒にいたのだ。

はたして見間違えるだろうか？　明子と和宮を間違えるほどのボケバアさんと、小坂のバアさんが会うこと自体、妙な話だし、また仮に面談したとしても、わざわざ写真を出して「ひょっとして和宮かしら」などと確認しあうものだろうか、不自然だ。大いなる疑問である。

キーボードを指でつつく。

するとまた、和宮と称するモダンな洋装写真が出て来た。別の女だ。こちらはかなりのべっぴんである。

岩倉具視《いわくらともみ》、三条実美《さんじょうさねとみ》、徳川慶喜《よしのぶ》ら一二名の有名人物写真集の中の一枚だ。

〈洋服姿の和宮〉というキャプションがついている。

――これは嘘だな――

望月はスクリーンに向かって即答した。

なぜなら日本女性の洋装は、一八八三年（明治一六年）あたりからはじまった鹿鳴館《ろくめいかん》時代以降で、和宮はそれ以前の一八七七年（明治一〇年）に亡くなっている。しかも、大の西洋嫌いで、洋装はありえない。

写真の身元を探った。間もなく、このべっぴん女の正体が判明した。

最後の盛岡《もりおか》藩藩主の娘にして華頂宮博経《かちょうのみやひろつね》親王の妻、南部郁子《なんぶいくこ》だ。

「ほう、今度はそうきましたか……」

望月は思案気に、顎《あご》をこすった。

これでナンチャッテ和宮の写真が二枚存在するということだ。

大和郡山藩主の妻（柳澤明子）→ 和宮
盛岡藩主の娘（南部郁子）→ 和宮

ニセ和宮は二人とも大物だ。もう一つ共通点があった。二枚はいずれも、写真師清水東谷が撮っている。

――偶然か？　……――

和宮のナンチャッテ写真↓柳澤明子↓明子の妹が昭憲皇太后↓皇太后の女官長高倉がナンチャッテ写真を証言↓その写真を撮ったのが清水東谷↓もう一枚のナンチャッテ写真、南部郁子を撮影。

すべての人物がつながっている。

だが、しかしさらに調べてみると郁子の先があった。見事に和宮と直結し、完全なリングとなるのだが、まだ望月はそれを知らない。

和宮の写真には裏がある。そう思いながらしばらくパソコンを探った。で、ばったり出くわしたのは不気味な唄だった。

虚構の枷《かせ》になきながら
移り行く世に眼を閉じて

仏の御手にすがる身の
　悲しや皇女和宮
時の流れの、はかなさよ
　昔をかたるものもなく
ゆかりを秘めてこの寺は
　三葉葵《あおい》の紋所
（作詞　千葉《ち ば》仔郎《しろう》）

――いったいこの詩はなんだ？　――

なぜ和宮は虚構の枷に泣き、昔を語るものもなく、寺がゆかりを秘めているのか？

繰り返し詠《よ》んでも、背筋が凍るほど生々しい。

せがむようになにかを訴えるこの唄は、昭和四九年（一九七四年）九月二日、箱根《はこね》の阿《あ》弥陀《みだ》寺で行なわれた和宮百年忌法要の時にうたわれている。

和宮の身になにが起こったのか？……

作詞家千葉氏なる人物は、目下不明だ。

箱根　阿弥陀寺

いくつもの寒日があり、その日もまた寒い日だった。

不況、師走。景気が悪いと、風はもっと冷たく感じる。

このところ地球の気候がおかしい。望月は世紀末の気配を感じ、ぶるっと怖気《おぞけ》をふるった。

箱根に電車で向かった。和宮が生涯を閉じた土地である。

湯本《ゆもと》で降り、案内所で阿弥陀寺を訊《き》いた。

年輩の女性係員は地図を片手に、目的地は坂道を上がった先だと語った。徒歩で三〇分だという。

「タクシーなら五分くらいです」

「いえ、歩きます」

「かなりきついですよ」

取材調査は極力徒歩。そう決めている。歩けば昔の視点で風景を眺められるし、少しでも当時の気分に浸《ひた》りたい。

外に出て空を見上げる。厚い雲がまったりと覆《おお》っていた。今にも雪が降りそうである。

望月はコートの襟《えり》を立て、白い息を吐きながら案内女性が言った坂道を登りはじめた。

軽い気持ちのスタートだったが、なるほど急勾配だ。行けども行けども上りの連続で、建物らしきものなど一軒も見当たらない。息が上がり過ぎで、昔の人の気持ちなど思う余裕もなく、無念無想、ひたすら上を目指した。

「カアー、カアー、帰れ！　帰れ！　世界はおまえ抜きに動いている。今から始めても手遅れだ。帰れ！　カアー、カアー」

カラスが、侵入者を間抜け面で見下していた。

「放っといてくれ」

「最悪の訪問者！」

「うるさい、このブサイク鳥が」

息が上がって酸欠になっているのか、おかしな会話が浮かんでくる。

立ち止まって一休みしようかと思った刹那《せつな》、先の風景が変わった。

先に延びる古びた石階段である。

この石段も長かった。一踏みごとに呼吸が苦しくなる。しかしその苦しさを通り過ぎると、一回転のハイ状態。心地よく、身体が喜んでいるようにも感じられるのだから妙なものだ。

平地に出た。ふと、心が軽くなって、望月は取材鞄《かばん》を肩に掛け直した。

ビンテージ物の地蔵が左右に並んでいる。その奥にあるのが浄土宗阿弥陀寺である。

本堂は一七八四年、今の小田原《おだわら》市の庄屋の家を移築したものらしかった。

冬枯れの草木、時代を感じる石の地蔵、古寺……目に入るものといったらそれだけである。寂寞《せきばく》たるアンティーク……そそられる風景に、写真を数枚撮った。

カメラを首に掛けたまま少し進むと、五輪塔《ごりんとう》が眼に留まった。

今ではすっかり馴染みの薄くなった五輪塔だが、流行は鎌倉時代に遡る。古代インドの宇宙観、空、風、火、水、土の万物五大構成要素を象徴した墓石だ。

寺の入り口に立った。

玄関屋根を支えている柱の幅いっぱいの木札が掛かっており、それには『皇女和宮香華《こうげ》院《いん》』とあった。間違いない。


高齢の住職は、健康を少し害しているようだった。

場所柄、人などめったに訪れないだろうに、突然の訪問にも嫌な顔一つ、見せなかった。

和宮のことを訊いた。

話によれば和宮は脚気《かっけ》を患《わずら》い、明治一〇年（一八七七年）の夏、八月七日に塔《とう》ノ沢《さわ》の温泉旅館「元湯《もとゆ》」に来たという。

勧めたのは伊藤博文だと語った。

――伊藤博文……――

この名前に、望月は自分が襲われたような気になった。

孝明天皇の急死。

あの時も、岩倉具視と伊藤博文の手による暗殺の影がちらついていたのだが、孝明の妹、和宮にも彼らの荒々しい息遣いが聞こえるほど接近している。

和宮の通夜・密葬を行なった阿弥陀寺

伊藤博文はテロリストだ。日本の初代総理大臣が殺人者であるなど、けっして喜ばしいことではないが、文久《ぶんきゅう》二年（一八六二年）一二月二一日に麴町《こうじまち》で国学者塙忠宝《はなわただとみ》を惨殺したのは伊藤博文と山尾庸《やまおよう》三《ぞう》だった。これは、かの渋沢栄一《しぶさわえいいち》の証言で、だれも否定しないので定説になっている。
腕利きの殺し屋である。
総理大臣とテロリスト。二つの顔を持つヤヌス、伊藤博文直々《じきじき》の導きで、和宮が箱根にやってきたのだ。

電車のない時代、なぜ弱り切った病人を天下の険《けん》と呼ばれる難所、箱根に送ったのか？　近場の熱海《あたみ》や、もっと楽に行ける草津《くさつ》だってあったではないか？　ドス黒いものを感じた。

和宮の脚気は一時、歌会などをするまでに回復したが九月二日に死去。

三一歳という若さだ。

望月の口に、死の味が広がった。

和宮は、自分の身を危うくするものを抱えている。記憶だ。あの記憶を持った瞬間から、自分のものであるはずの人生が、自分のものではなくなっていたのである。その記憶とは一緒に遊んだ幼き孝明天皇の子、睦仁《むつひと》の姿形だ。教科書通りに言えば、後の明治天皇である。

「この阿弥陀寺は」

住職がしゃべった。

「芝《しば》、徳川家の菩提寺増上寺《ぞうじょうじ》の末寺になっておりましてな」

「ほう、増上寺の」

「そのご縁で当時の住職武藤信了《むとうしんりょう》が和宮様の通夜密葬をとり仕切ったのですが、しかし、なかなか東京からの知らせが入らなんだ」

「どういうことです？」

「東京での本葬をどうするかです」

「通夜をここで行なったあと、本葬は東京でということですな」

住職が頷《うなず》く。

「関係者の間では皇族ですから神式葬ではないか、はたまた徳川家茂の未亡人であるから徳川家の菩提寺、すなわち仏式葬ではないかと激論となりまして」

「なるほど……仏式でやるにしても明治政府は廃仏毀釈《はいぶつきしゃく》という仏教弾圧をしている最中、しかも身分あるお方ですから、ややこしいことになっていたのでしょうなあ」

ジャッジが下った。和宮の遺言《ゆいごん》「将軍のお側《そば》に」という言葉が取り上げられ、場所は増上寺、時は九月一三日と決定。

いくら箱根が涼しいとはいえ真夏である。

増上寺本葬までは一一日間、遺体の傷《いた》みはかなり進んだのではないだろうか、難儀なことである。

静かな本堂での話が一通り終わると、思いがけず住職が立てかけてあった琵琶《びわ》を引き寄せた。

「これもなにかのご縁なので、一曲……」

緊張した沈黙がすっと流れ、最初の一バチが鳴った。すばらしい音色である。

堂内にワビサビの幽玄《ゆうげん》が震え、束の間、心が静かに鎮《しず》まった。

素人《しろうと》の望月が、いたく感銘を覚えたくらいだから大変な腕前なのだろう、音に厚みがあり、弾《ひ》くごとに神話が稲妻のように走り去った。

質素であるがゆえの豊穣《ほうじょう》。この琵琶演奏だけでも、息を切らして登ってきた甲斐があったというもの、久しぶりにいいものを聞かせてもらったものである。

帰り際、住職が一緒に外に出た。お堂脇にある三つ葉葵《あおい》の紋も鮮やかな『香華院』と書かれた小屋の扉を開けた。

正面に和宮の位牌があった。

望月は静かに冥福を祈ったが瞬間、目を瞠《みは》った。

心臓がくるりと一回転するほどの、五年に一度の驚きだ。

釈然としないまま、望月は雪のちらつく中を旅館に急いだ。

奇妙な点は一つ。和宮の位牌だ。法名《ほうみょう》に全然納得がいかなかった。

〈静寛院殿二品親王好譽和順貞恭大姉〉

和宮が男ならば親王でよい。しかし和宮は女だ。ならば内親王となるはずである。

気付いて即座に住職に尋ねたが、本人も疑問に思ったという。しかし、どうも明治初頭はどちらでもよかったらしいという説明だった。

しかし過去の歴史で、親王と内親王がごちゃごちゃになってよい時期があったという記憶はないし、前例もない。

どんな按配《あんばい》でそうなったのか、悶々《もんもん》とした気分で旅館に辿《たど》り着き、部屋に寝そべった。

自分が再び、闇にはまって行くだろう予感の中、ｉＰａｄ《アイパッド》を取り出した。

ネットでも、法名は問題になっていた。いずれも「親王」はおかしい、どうなっている

阿弥陀寺に安置されている和宮の位牌。その法名(戒名)は「静寛院殿二品親王好譽和順貞恭大姉」。皇女を表わす「内親王」ではなく、男性皇子の「親王」が。なぜ？

のだという指摘だ。

一通り眼を通してから、関連項目を探った。

画面に、宮内省の正式発表が現われた。明治一〇年九月五日とある。

それを見て、望月はまたまた首を捻《ひね》った。

法名が阿弥陀寺と違っているのだ。

〈静寛院宮二品内親王好誉和順貞恭大姉〉（その後、「一品」と追贈されている）

こちらは内親王だ。なぜ、寺と宮内省が別々なのか、おかしな話である。

気分を変えて、もう一度見つめた。

「うん？」

見落としを発見した。今度は「殿」と「宮」だ。

阿弥陀寺＝静寛院殿

宮内省　＝静寛院宮

殿は、女性にも使わなくはないが一般には男性、それも高貴な男に使う言葉であろう。

望月は腕を組んだ。

〈静寛院殿二品親王好譽和順貞恭大姉〉（阿弥陀寺）

〈静寛院宮二品内親王好譽和順貞恭大姉〉（宮内省）

二つの異なる法名。

阿弥陀寺のほうは男に見える。だが最後に、大姉が付いている。

望月の眼に、混乱が広がった。

「たんなる凡ミスか？」と自問し、「いや違う」と自答した。

明治天皇は、今の天皇とは比較にならないほど権威と権力を持っている。大日本帝国という北朝鮮にも勝るとも劣らない恐ろしい軍事国家の元師《げんすい》だ。仮にも、その叔母の和宮の法名なのだ。不敬罪は一八八〇年（明治一三年）に明文化されているが、それ以前はもっとひどいお咎《とが》めがあり、たとえ法名であっても命懸けであろう、平常心でできる芸当ではない。

奇妙さは桁違いだ。

そもそも和宮の「将軍のお側に」という遺言で仏式葬にした、という点も妙だ。遺言の証言者はだれなのか？　下級の付き人ならば相手にされない。かと言って、上級の人間が介添《かいぞ》えしていたという話もない。いやそれ以前に、孝明天皇の妹で将軍の正妻だったにもかかわらず、看病の記録や様子を物語る口伝《くでん》一つないのだ。

すでに仏式で通夜を済ませ、この法名は阿弥陀寺から増上寺はむろんのこと、宮内省にも届いているはずである。にもかかわらず、神聖なる寺の決定を勝手に覆《くつがえ》し、「殿」を「宮」に、「親王」を「内親王」に変えたのだ。これは宗教上、言語道断の所業だといわざるをえない。

どういういきさつがあったのか？

おそらく、増上寺は法名を見て驚き、宮内省も殿と親王では困ると抗議したはずだ。

しかし阿弥陀寺はつっぱねた。そこには殿と親王でなければならなかった仏法的な理由があったのではあるまいか？　それ以外にない。

――ひょっとして……、棺《ひつぎ》に納まったのは奈落の底に落ちたあの人物……あの男では……――

真夏、阿弥陀寺に一一日間も棺を留め置かざるをえなかった理由は、葬式選定で延びたのではなく、遺体の腐乱を誘っての隠蔽工作なのではないか？

「別人説」

動かしがたい疑いが、望月を焚《た》きつけた。

ひとっ風呂あびてから、ゆっくり日本の闇に取り掛かることにした。

2——消えた左手首

たしか……大浴場は廊下に出て右だ。望月はそんなことを思いながら、浴衣の帯を締め終わった。歩きかけた時、やおらテーブルの上に置いたケータイが震えた。

ユカくらいなものだ。

「先生！　今いいですか？」

「いつだってかまわないよ」

クスッという笑い声。

「今、どちらですか？」

「箱根」

「あっ、やっぱり。抜け駆けはいけませんよ」

「いえいえ、静養です」

「和宮さんの取材調査でしょ、いいですよ、胡麻化《ごまか》さなくたって。ところで和宮さん、やはり事件です」

ユカの声は格別だ。優雅にして庶民的。どんなに疲れようが、どんなに眠たかろうが、先生！　と言われたとたんに脳のスイッチが入る。さしずめ声のドリンク剤だ。

「増上寺の発掘調査結果――」

「左手ですか？」

「えっ、ご存じだったんですか？」

「あのねえ、ユカさん……」

「失礼しました。専門ですものね」

「ええ専門です」

とまじめに答えて付け加えた。

「たしか墓の発掘調査は、一九五八年だったと思いましたが……」

望月は風呂に行くのをやめ、再び座布団の上に腰を下ろした。


和宮の墓は港区の増上寺、徳川家の菩提寺にある。

寺の墓地面積は広大で、昔は現在の東京プリンスホテルから、ザ・プリンスパークタワー東京あたりまで占《し》めていた。

ところがである。一九五〇年（昭和二五年）、戦後のどさくさにまぎれて墓地の大半が一民間会社のものになってしまうのである。天下の増上寺を相手に神聖なる墓地を移転させ、あげくの果てに均《なら》してホテルにしてしまうなど、どんないきさつがあったのかは知らないが、乱暴極まる以前に、信じられないことである。

しかしこの狼藉《ろうぜき》が、西《せい》武《ぶ》企業群の創始者堤《つつみ》康《やす》次郎《じろう》、人呼んで「ピストル堤」の会社であることを考えれば、政治力を駆使しての有無をも言わさない暗黒劇が展開したくらいの想像はつく。

ホテルの建設予定地だから、墓はそっくり移転改葬しなければならない。

その時、ついでの調査を実施、対象となったのは歴代徳川将軍とその正室たちである。

解剖人類学の権威、東大の鈴木尚《すずきひさし》教授を筆頭に数人が加わり、調査は丸二年を要した。

記録によれば、和宮は大変ちっちゃく身長一四三〜四センチ、推定体重わずかに三四キロだ。血液型はAかAB、極端な出っ歯と内股が特徴的だが、しかしなんといっても左手だ。

不思議なことに、いくら探しても手首から先が見つからなかったのである。

「左手が不明です」

望月は、さしあたって応《こた》えた。

「棺《ひつぎ》は完璧に密閉されていたんですよ、先生。事件じゃないでしょうか」

「僕はね、ユカさん。解剖人類学だかなんだか知らないが、この鈴木っていう教授が気にくわんのですよ」

意外な返答に、小さく息を吸い込むのが分かった。

「肝心なことはなに一つ書かない小心者です」

咳を払った。

「実はさっきネットで、彼の調査記録を偶然目にしておりましてね。ざっと読んでみたのだが、将軍の歯の話が大半です。虫歯が多いとか、柔らかい物ばかり食べていたから顎も小さく、将軍たちに貴族化が見られるだとか、どうでもいいことばかりをだらだらとね」

「……」

「棺はタイムカプセルでしょう？　遺体は歴史学の貴重な素材です。しかし、いくら法医学は専門外とはいえ、鈴木は巷《ちまた》で噂されている徳川家茂の毒殺説すら調べずじまいで、あとはさっさと火葬にして、みすみすチャンスを潰してしまったのですよ」

「『骨は語る』で、和宮の左手に言及していますが……」

ユカは東大同窓のよしみなのか若干《じゃっかん》、鈴木の肩を持った。

「しかしユカさん、それも本文の中であれば僕はなにも言いません。しかし鈴木は付け足しで、後書きにちょろっと入れただけです」

望月は、思いがけずに腹を立てていた。

「しかもあの本は発掘から三〇年近く過ぎて、ようやく出した本です。なぜ長く放置していたのか？　和宮は公武合体にかかわったいわくつきの皇女ですから、左手欠損はただちに公表すべき歴史的重大な事実でしょう。しかしびびって発表しなかった」

なにがむかつくかというと、鈴木は「あとがき」で、「幾つかの雑音が聞こえて来た」などと、当然抱いてしかるべき死因への疑問について、「雑音」だと茶化している点だ。

有吉佐和子の小説『和宮様御留《おとめ》』の身代わり説についても、ばっさりと否定し、その根拠に和宮の頭蓋骨を出している。

和宮の頭蓋骨が、江戸時代の庶民にはあり得ないほどの貴族形質を持っていたというのだ。貴族の頭蓋骨のサンプリングをどのくらいこなしたのかご教示願いたいものだが、貴族と武家と庶民の頭蓋骨がそれほど明確に違うものなのか、ヒットラーが実施したユダヤ人とゲルマン人の頭型比較よりチンケだ。

遺体の頭が小さいので庶民ではない→庶民でなければ貴族なので和宮本人だ。このメチャクチャに近い背理法《はいり》で述べている。

武士、貴族、庶民の頭蓋が違うという前提そのものがバカ気ているのだが、百歩譲ってそうだとしよう。ならば替え玉が貴族階級だったらどうするのか？　ダミーに仕立てるならば、むしろ立ち居振る舞いが疑われない貴族階級を使うのが普通ではないか。そうであるなら和宮も替え玉も、鈴木の主張する「貴族の頭蓋骨」を持っていたことになる。

ようするに、鈴木はさまざまな可能性すら考察できないボンクラ学者だ。こうした思考ゼロの人間が暗記力だけで東大に入り、先輩教授の覚えめでたきを得て教授になったあげく、各分野のリーダーに収まって国の骨格を造ってしまうからこの日本の歪《いびつ》が治らないのだ。

メディアも東大を崇拝しているからチェック機能を果たせないし、他の知識人も東大に怖気づいて沈黙するのみなので、おかしな国家が形成されてゆくのである。

「鈴木の姿勢は、福島原発事故はメルト・ダウンではない、問題などどこにもない、とずっと言い張っている原発御用学者と同じ匂いです」

と、ひとしきりこきおろした。

ユカも東大卒なのだが、まるでそうでないかのように、そうそうと相槌《あいづち》を打っている。

長くなりそうなので、望月は窓際のソファに移動しながら続けた。

「もともと和宮の左手はあったのか、なかったのか。例の、和宮の左手の見えない有名な絵が存在します」

「ええ、いろんな本に載っている絵ですよね。でもあれって、いつの作品ですか？」

「発掘の随分《ずいぶん》前です」

一九一二年（大正元年）作の『静寛院宮作書牘《しょとく》図』だ。

「この画家は、発掘以前に、左手なしを知っていた」

おかしな話である。

左手のない絵――一九一二年
発掘――――――一九五八年

「先天性ですか？」

「先天性の可能性はゼロではないけれど、もしそうなら、幼い頃から噂くらいあってもいいはずです」

「そうか……事故で切断というのは？」

「ユカさん、やんごとなきお方ですよ。やることといえば書や歌会、あとはせいぜいカルタくらいで、皇女が事故に遭《あ》う場面など九九パーセント想像できません。仮に左手欠損という事故があったとしても、やはりその噂が広まっているはずで、歴史のどこかに痕跡が残っている」

ケータイの向こうで、見えないものをさぐるような空白が生まれた。

「先生、昨夜絵をじっくり眺めていたのですが、よく見ると、なんだか不自然な感じで」

「というと？」

「わざわざ、ない左手を中央に持ってきて強調していませんか？　目立つように」

「同感です」

「まるで、世に知らせるために描いたよう」

「うん」

「画家は池田輝方《いけだてるかた》（一八八三〜一九二一）という浮世絵師ですが、島田三郎《しまださぶろう》（一八五二〜一九二三）という政治家が依頼したものです」

「島田？」

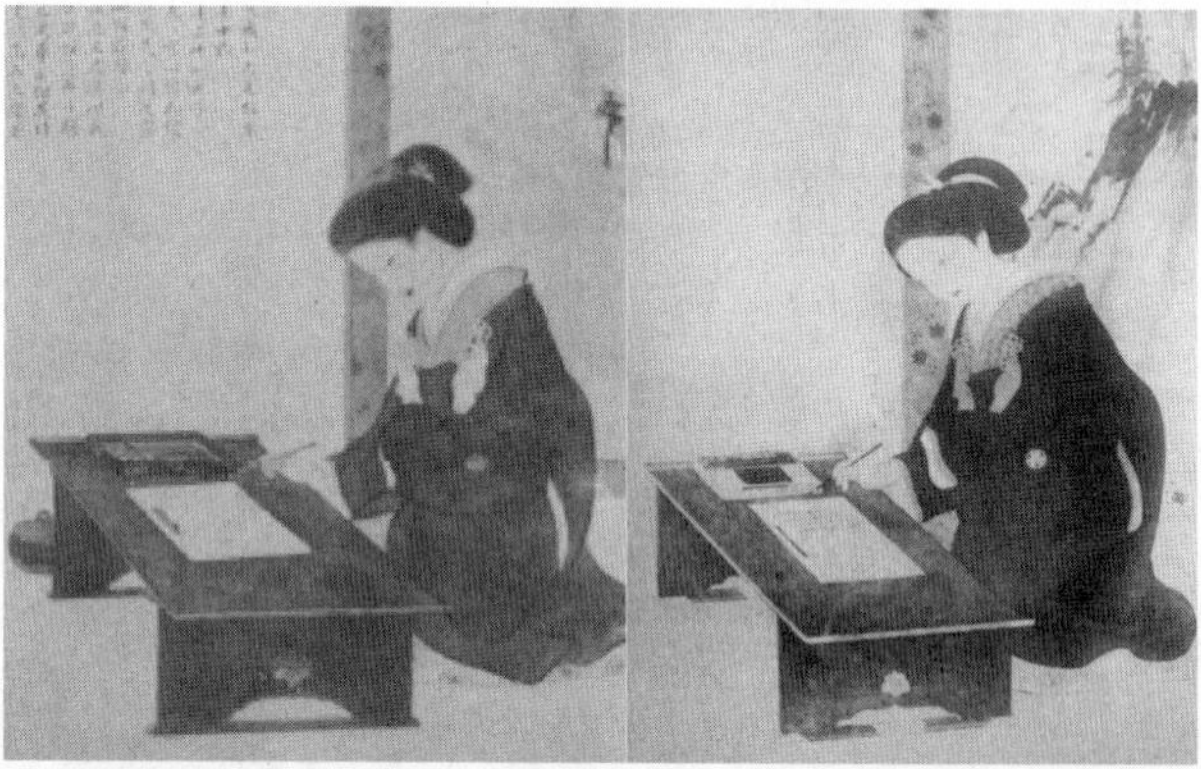

和宮の肖像画。右は東洋文化協會『幕末・明治・大正回顧八十年史』(昭和8年)所収で画家不詳。左は池田輝方画に漢学者の中根香亭が題言を寄せたもの。題言の日付は大正元年。どちらも手紙を書く和宮を主題とするが、中根の題言によれば「徳川家の危急を救うことを決意した」和宮が、朝廷に向けて筆を執った姿である。なお和宮の左手は見えない

「島田は連続一四回当選の衆議院議員ですが、S・R・ブラウンからキリスト教と英語を学んで洗礼を受けた革新派です。足尾《あしお》鉱毒事件を追及し、その件で明治天皇に直訴《じきそ》を行なった盟友の田中正《たなかしょう》造《ぞう》や幸徳秋水《こうとくしゅうすい》と一緒に闘った仲のようです」

「ほう、反政府的政治家……それだけでもあの絵にはなにかあります」

「それに」

ユカが続けた。

「銅像も、左手が隠れています」

「銅像って……ひょっとして増上寺の？」

「はい」

「本当ですか？」

増上寺の像は以前見たことがある。

が、手の存在まで気には留めなかった。

「その像は、いつ増上寺に？」

「昭和一〇年前後に寄贈されています」

やはり発掘の前だ。和宮の左手は、発掘して初めて公《おおやけ》になった事実で、一般人は誰も知らない。しかしそれ以前に謎の絵と像が存在した。つまり二人の作者は、発掘前に左手のない和宮を知っていたということになる。

身近な人間だろうか？

望月はケータイを切ってから、次のような結論を搾《しぼ》り取った。

彼らは絵、像に和宮の真実を打ち込み、いっこうに語られない決定的な事件を後世に訴えようとしたのではあるまいか？　隠された重大な殺人を、だ。

悲劇の生涯

望月はタオルを持って、浴室に向かった。歩きながら口ずさんでいたのは幼い時に遊んだ童歌《わらべうた》だ。

〈勝《か》ーって嬉《うれ》しい花一匁《もんめ》、負けーて悔《くや》しい花一匁……〉

作者不明の「花一匁」。しかし次の歌詞で、この歌の正体が浮上する。

〈あの子が欲しい、あの子じゃ分からん、相談しましょ……〉

人買いの歌だという。だとしたら子供の時に、こんな恐い歌を無邪気に唄って育ったのだ。

女子供は売られる対象だった。困窮して親が売る。人攫《ひとさら》いが拉致《らち》して売る。女子供の運命などどうにでもなる暗く悲しい時代が、何千年もめぐるめく続き、ようやく聞かなくなったのは、望月が生まれてからのことである。

望まぬ結婚ならまだしも、親の都合で遊女、妾《めかけ》に出されても逆らえない。階級は月とスッポンだが、たとえラグジュアリーな皇族でも似たような境遇だった。

生まれは一八四六年（弘化《こうか》三年）、坂本龍馬《さかもとりょうま》より一〇歳年下である。仁孝天皇の第八皇女にして孝明の妹であったがゆえに政争の具とされ、当の本人はおろか、周囲でさえ、夢にも思わなかった最悪の結末を迎えることになる。

折しも風雲急を告げ、和宮の運命を狂わせる外国軍船が、はるか水平線にポツリ、ポツリと姿を見せはじめていた。

望月は誰もいない温泉に浸《つ》かりながら、空想の黒船を眼の前の湯に浮かべた。

おっかない黒船は、様子を探るように遠く浦賀《うらが》沖に錨《いかり》を降ろし、しばらくしてもっと近い横浜《よこはま》へ移動、江戸城本丸ににじり寄る。

目的はただ一つ、金儲けだ。

「貿易を希望する」

情けないことに、たったそれっぽっちのことで江戸城内は怖気づき、この世も終わらんばかりの騒ぎとなる。

鎖国か、開国か？

免疫力がなかったせいか、必要以上に危険を感じた連中がやたらめったら走り回る。

——肉を食う野蛮人が上陸する！　女子供が攫《さら》われる！——

激震が津波のように広がってゆく。無知と臆病とが重なって、ちっぽけな支藩までもが鎖国か開国かで、てんやわんやの大騒動だ。

「鎮《しず》まれ！　鎮まれ！　闇雲《やみくも》に騒ぐでない」

一番冷静でないのは当の幕府だが、すったもんだのあげく、けっきょく開国は時の流れで逆らえないと悟る。だからといって急激な変化は既得権をぜんぶダメにするから、抵抗勢力が騒ぎ出す。一〇年、二〇年かけ、わずかばかり港を開けてお茶を濁《にご》し、なんとか諸外国の圧力をかわしながら軟着陸を試みたのである。

この様は、現代と変わりはない。

ところが、孝明天皇は京都で異を唱える。野蛮人への開国など冗談じゃない。一港でも一ミリでもぜったいに認めないからそう思え、とぶんむくれだ。それを陰で後押ししたのは、かねてより幕府に不満を募《つの》らせていた反体制的外様大名である。混乱は絶好の好機、この機を千載一遇のチャンスととらえた。

孝明天皇を味方に引き寄せて発言力を増し、あわよくば幕府転覆《てんぷく》。孝明は風除《かぜよ》けだ。思惑を募らせる大藩は、孝明争奪戦を繰り広げながらも、ゆるい反幕勢力を形成しはじめたのである。

徳川三〇〇年の惰眠《だみん》は、ここにわさわさと揺さぶられ、あっという間に動乱期に突入した。

反幕派の掲げたマニフェストはただ一つ、「尊皇攘夷《そんのうじょうい》」だ。

「天皇を敬《うやま》い、外国を打ち払う」

実に分かりやすい。

人間、一番の恐怖は飢《う》えだ。常に餓死《がし》と隣り合わせの庶民と食い詰め浪人の鬱積《うっせき》した不満エネルギー、そして差別を受けていた外様の下級武士がたちまち「尊皇攘夷」とつながった。

貧乏は外国のせいだ！　女にフラれたのも毛唐《けとう》が悪い！　ぜんぶ外国だ！　そうだ、そうだと祭りのように盛り上がる。

はじめ幕府には、それを容認する空気があった。下層階級の攘夷シュプレヒコールで外圧に対抗できると踏んだのだが、矛先はすぐに思わぬ方向、なんと想定外にも自分たちへねじ曲がってきたのである。

開国姿勢を少し見せただけなのに、反幕勢力のプロパガンダが功を奏して、幕府は外国と一体だと思われたのである。

外国
＝
幕府

「まずい！」

しかし弾圧する口実がない。シュプレヒコールはあくまでも「尊皇攘夷！」であって「反幕」ではない。「尊皇攘夷」を取り締まれば、ほれやっぱりね、と幕府と外国との一体色が強まる。

もはや「尊皇攘夷！」は流行語大賞だ。

テレビもなんにもない時代、不満と暇をもてあましている下々はごまんといる。行き場を失っていた不満と退屈が合わさって、こりゃ面白《おもしれ》ぇやと、猫も杓子《しやくし》も尊皇攘夷遊びに夢中になったもんだから、とんでもない力を発揮し、手がつけられなくなってくる。

幕府がオタオタして手をこまねいているうちに尊皇はますます反幕となり、幕臣へ突撃する輩《やから》が拡大した。行先のはっきりしない電車に乗って喜んでいるようなものだが、なんだか知らないが、騒げば騒ぐほどこれまでにない幸福感に浸れるのだ。

煽《あお》りに煽った反幕勢力も、これほどとは予期しなかったはずで、大盛り上がりに一瞬制御不能の恐怖を感じるが、軽挙妄動《けいきよもうどう》のノンセクト・ラディカルをうまく誘導すれば幕府転覆も夢ではないと思いはじめる。ひょっとして、ひょっとするかもしれない。優秀な下級武士を寺子屋などでスカウトし、スパイ工作員にしたてて本格的に始動したのである。

一方の幕府も作戦を練る。

「反幕」の中心には、探らなくたって「尊皇」が座っている。そっちが「尊皇」なら、こっちも負けずに「尊皇」を掲げればいい、ということになって天皇に秋波《しゆうは》を送る。

「幕府こそ尊皇の本家であるぞよ、だから鎮《しず》まらっしゃい！」

これまで天皇など端《はな》から馬鹿にし、政治から遠く隔離していたくせに、恥も外聞もなく京都に擦《す》り寄る。

「これからは共に手を携《たずさ》えて、国難を乗り越えたい」

反幕大藩も天皇なら、幕府も天皇だ。天皇を確保した勢力が、その瞬間から全国に蔓延《まんえん》する尊皇エネルギーを総獲りできるとあって、どの勢力も天皇を囲いたい。

この時である。かつてないほど皇威《こうい》が増したのは。

朝廷が、政局のキャスティング・ボートを握った瞬間だった。南北朝以来ほぼ五〇〇年来の珍事である。

狭い京の一角に閉じ込められ、幕府に食わせてもらい、ほこほこと歌会と蹴鞠《けまり》で人生を送っていた政治とはまったく無関係の天皇が、いきなりわっと表舞台に躍り出た。

突然、ハリウッド映画の主役に抜擢された大部屋役者みたいなものだ。

スターどころではない。スーパー・スターだ。大藩からはカネは集まるし、貢物《みつぎもの》もばんばん届く。時代の花形だ。ならばもっと高く売り込みたい。有頂天になった所属事務所の朝廷は、幕府と反幕雄藩を天秤に掛け、できるだけ高値オファーを引き出すべく動き出す。

ところが所属事務所だって一枚岩ではない。

会長派と社長派、主流派と反主流派、組織あるところ派閥ありだ。冷や飯食いの反主流派が、世の混乱に乗じて幕府と結びつく。むろん政治的信念でくっついたわけではない。政治的信条などは後付けで、根っこにあるのは贅沢がしたい、権力を握りたいという欲望だ。いかに主導権を握って旨い汁を吸うかである。

朝廷の反主流派と幕府が手を結んだ策略が「公武合体」だ。

読んで字のごとし、朝廷（公）と幕府（武）の合体だ。

どうするかというと、てっとり早く天皇の妹、皇女和宮と将軍徳川家茂を結婚させちまえばいいとなった。単純明快なアイディアで、根回しのカネは幕府からたっぷりと頂戴している。

「和宮が欲しい花一匁、将軍の嫁さんにいただきたい」

唖然《あぜん》とする和宮。

幼い頃から、武士など肉を食らう野蛮人だと聞かされて育っている。耳鳴りがするほど狼狽《ろうばい》し、吐きそうなくらい嫌悪した。

それ以上に唖然としたのは有栖川宮熾仁《ありすがわのみやたるひと》である。それもそのはず、一六歳の時、五歳の和宮を許嫁《いいなずけ》にしているのだ。周囲の話では、おままごと、お医者さんごっこで互いに気に入り、結婚を心待ちにしていたという。

さすがの天皇も、幕府の横恋慕《よこれんぼ》に異を唱えた。

抵抗するが、なにせ相手は天下の徳川。カネで公家や侍従を手懐《てなず》けてゆく。

それでも孝明天皇は、三つの理由で却下する。

一、和宮は熾仁親王と婚約している。
二、和宮は、前天皇の腹違いの娘であるので、いくら妹とはいえ、自分の意のままにはならない。
三、和宮は穢《けが》れた関東を、ことのほか嫌がっている。

このとき立ちふさがったのが加山雄三《かやまゆうぞう》の四代前の先祖、かの岩倉具視だ。

岩倉具視の妹は、孝明の妾だ。妹が寵愛を一身に受けているのをいいことに、岩倉は下級公家の分際《ぶんざい》でやすやすと孝明と会っていた。

「ミカド」

四角い顔でにじり寄る。岩倉に遠慮の二文字はない。

「これは好機、好機」

剃《そ》った眉《まゆ》を上下に動かす。

「なにが好機でおじゃるか？」

「ほれ、和宮様の結婚条件でおじゃりまする」

「はて、さて、なにを申す。どういうことか岩倉、言いてみやれ」

一段と声が高くなる孝明。

孝明は大の外国嫌いだ。生理的にぜんぜん受け付けない。外国人は生まれながらにして穢れ切っており、神聖なる日本が彼らの上陸を許すなど狂気の沙汰、断固拒絶すべし、と身を震わせるほどだ。そこを岩倉が突いた。

「ミカドのお望みどおり、幕府が夷人《いじん》黒船を打ち払うならば、それと引き換えに、こちらも幕府の望みどおり和宮様の降嫁を認める。これを条件とするのです。それで万事上手くおさまりまする」

「なに、そちは餌《えさ》として和宮を使えと？」

「これはこれは、ミカドのお言葉とも思えませぬ。恐れながら、今はお国の一大事、和宮様お一人の我がままで、大切なお国が穢れてもかまわぬなど、天下万民を預かるミカドたるもの、口が裂けても語ってはならぬ台詞《せりふ》ですぞ」

「……」

「この機に、公武を一つにまとめるのがご吉兆《きっちょう》。でなければ異臭を放つ蛮人どもが、京の街を闊歩《かっぽ》し、やがて陛下の御寝所《ごしんじょ》までもが丸呑みに」

「げに恐ろしや……」

有栖川宮熾仁。幼くして和宮と婚約を交わしていたが、公武合体の圧力でその縁組は解消させられる

「今こそ、公と武を一つにして事に当たらなければ、京は夷人の根城《ねじろ》と化すのは眼に見えまする」

「……」

「仮に和宮様との御縁談がご破算になり、野蛮人どもの上陸と相成れば、先帝《せんてい》に合わす顔もございませぬ。ああ、悲しや……なにとぞ、ただちにご決断を」

「少し考える日々をくれたもれ」

「いいえ、一刻の猶予もありませぬ」

孝明天皇がしぶしぶ答える。

「分かった……よきにはからってたもれ」

岩倉の口先説得に乗ってしまった孝明。そして案外あっけなく根っこから変心した。関白の九条尚忠《くじょうひさただ》に天皇が宛てた書簡には〈和宮が降嫁の話を断わって、有栖川宮（熾仁）と縁組しようとしても、自分は認めないから、尼になるほか道はない〉という冷たい言葉が残っている。

望月は首まで湯に浸かりながら、手拭いで顔の汗をぬぐった。

大きな溜息をつく。温泉はいい。途方もない日本の宝だ。

今回は取材があって温泉に立ち寄ったのではなく、温泉があるから取材に来たといった案配だ。執筆は放棄したのだ。一介《いっかい》の素浪人《すろうにん》、久し振りの温泉を純粋に味わいたい。

タオルを頭の上に載せ、窓ガラス一枚隔《へだ》てた外に眼をやった。

漆黒が、厳寒に震えていた。

遠く足柄山《あしがらやま》の稜線が、かすかになぞれるかなぞれないかという暗闇に、一八六一年（文《ぶん》久《きゅう》元年）一〇月、和宮、江戸へ出立《しゅったつ》の行列を映し出した。


どこから集めたのか総勢二～三万人、長さ五〇キロの大行列だ。

セキュリティ上、和宮の替え玉は三人。外見上まったく同じ駕籠《かご》三つに分乗する。

「替え玉が三人か……」

ぽつりと呟《つぶや》く。頭に浮かんだのは有吉佐和子の小説『和宮様御留《おとめ》』だ。和宮が育った屋敷の下女、フキを替え玉に仕立てて、駕籠に乗せるシーンである。

――下女フキ……残る二つの駕籠には替え玉として後々、和宮写真とあいなった柳澤明子と器量よしの南部郁子だろうか――

先走りする妄想を遮断し、再び黒い窓に行列を映し出す。

一月後《ひとつき》、江戸に入る。

今をときめく皇女和宮。沿道は商売禁止、外出禁止、鉦《かね》、笛、太鼓の鳴りもの禁止、犬猫の鳴き声すらご法度の、なんでも禁止の立札が並び、いつもはなにかと騒がしい江戸っ子も、この丸二日間だけは、じっと息を殺した。

いったん江戸城内の清水屋敷に入り、そこでさらに一月《ひとつき》ほど滞在する。本丸に入ったのは、そこからまた一月たった後というから、丸々二月《ふたつき》の足止めだ。

長期足止めの原因はなにか?

現代人にはあまりピンとこないが、儀式の調整である。

封建社会の屋台骨《やたいぼね》は儀式だ。ただでさえ面倒なのに、加えて長い間戦《いくさ》がなく、長老たちが暇に飽《あ》かして儀式をいじくり回した結果、さらにもっとも複雑、厳格になった時代だ。合戦より儀式、公家も武家もなにかと言えば儀式、儀式の徹底で、階級社会をがんじがらめに縛っていたのだ。

当然だが武と公では儀礼が異なる。問題になっていたのは、どちらのスタイルでやるかだ。まずそこで揉《も》めた。

輪をかけて厄介《やっかい》なのは、儀式そのものだ。すなわち儀式は上下をはっきりさせるためのもので、それがかえって仇《あだ》になった。立ち位置、序列、言葉掛けの前後、上下の曖昧《あいまい》は許されない。将軍と皇女、どっちが上で、どっちが下か?　この面倒な問題が立ちはだかったのである。

口で公武合体というのはやさしい。しかし、いざふたを開けてみれば一挙手一投足が具体的になるから交通整理は半端ではない。

和宮降嫁。徳川家茂との婚儀のため、江戸へ向かう大行列（『幕末・明治・大正回顧八十年史』より）

侍《さむらい》のほうは、皇室などは長年遊ばせてやってきたのだという見下し感覚であり、無駄飯食らいの役立たずという思いがしみついている。まして江戸は武士の街だ。よそ者が江戸城に入ったからには、武家に従うのが当たり前となる。それにも増して男尊女卑の時代だ。

「ええーい、チビ女のくせにめんどうくせぇ、黙らんか！」

と、本心はぶち殺したいほどの気持ちだ。

公家だって負けてはいない。気位《きぐらい》といったら桁違いで、幼い頃から儀式の中で育ち、武士など下等動物だと教わっている。それに懇願したのは江戸のほうだ。和宮には、気に食わなかったら、いつだって帰ってやるくらいの敵愾心《てきがいしん》が満ちていた。

組織対組織、個人対個人のメンツの張り合い。周りでは、うるさ型の長老が行方をじっと見守っており、まかり間違えば、血の雨が降る。

難航する儀式。その調整に二カ月間を要したのである。

結果、どうなったのかというと公家の勝ち。

ようするに和宮は、こんなこともあろうかと思い、事前に親王宣下《せんげ》でわざわざ「内親王」という身分を賜《たまわ》って降嫁していたのだ。

「内親王」は「征夷大将軍」の家茂より位が高い。

「将軍より内親王が偉いのは、わらわのせいではない。天皇様と将軍様のご先祖様が取り決めたこと、ご不満がおありなら、わらわではなく、そちらの墓前で申しんしゃい」

勝負がついた。

したがって和宮が主人、家茂が客分という城内、主客転倒の儀式が行なわれたのである。

和宮は「内親王」という肩書にこだわっている。

ここまで考え、望月ははっとした。

これだけごたついた上の「内親王」である。「内親王」は彼女の身の証《あかし》であり、打ち勝つ切り札だ。それほどすごい位で、肩書にはやたらうるさかった時代なのに、阿弥陀寺の法名は「親王」。切腹覚悟の確信犯だ。

「やはり阿弥陀寺の遺体は別人、しかも男だ」

と呟く。追いすがる妄想を消すように、頭の上のタオルで顔を拭《ふ》いた。

本丸に入った和宮には、大奥のボス、姑《しゅうとめ》の天璋院《てんしょういん》のイジメが待っていた。頑張るが、まだ一五歳、二六歳の天璋院の敵ではない。こてんぱんにやられる。

じわじわと追い詰める大奥、思いあまった和宮は天皇に直訴する。

和宮付きの側近中の側近、庭田嗣子《にわたつぐこ》は、その実態を書状で朝廷へ訴えている。

一、和宮が希望した御所《ごしょ》風の暮らしは、無視されている。
二、来春の父君の仁孝天皇年回忌の帰京参加が邪魔され、許可されない。
三、天璋院が無礼だ。
四、部屋が狭くて暗い。
五、大奥の女が意地悪だ。

庭田は和宮一筋の忠義者だ。が、しかしなぜか一八六七年（慶応三年）、龍馬暗殺の四日後に四七歳の歳で急死している。場所は大奥、死因は不明。

和宮の訴えに孝明は共感しない。この切なる嘆願に対して「武士とはそんなものだから我慢しなさい」と、冷たかった。

天皇のすげ替え

無理やり夷人徘徊《はいかい》の地へ連れてこられた和宮。条件は一つ、外国との開戦である。しかしいつまでたっても攘夷戦の気配はない。

武士に二言はないとは真っ赤な嘘で、「約束が違う。いつやるの？　今でしょ」などと催促しても、そのうち、そのうちと、のらりくらり延ばすだけで、深い雪を漕《こ》ぎ進むような空《むな》しい疲れが和宮を包んだ。

一方、攘夷戦もできないビビリの幕府を甘く見た反幕勢力は、京の都で騒ぎを起こす。

テロの嵐。

しかしやっぱり「反幕テロ」とは言わない。反幕テロなら取り締まれるが、口にしているのは、すっかり市民権を得たおなじみの尊皇攘夷だ。幕府がこれを処罰すれば、「愛国無罪！」とかなんとかいって、庶民が敵に回る。それを知っているからこそ、土佐勤王党《とさきんのうとう》も長州藩過激派も「反幕」を封印した巧みな手法で暴れ回っており、幕府は取り締まりに手を焼いたのである。

かくなる上は、テロにはテロで対応する。

新選組《しんせんぐみ》の登場だ。

人気者の尊皇攘夷派をしょっぴけば、世間の風当たりが強くなる。しかし独立愚連隊風の新選組が、攘夷派を斬り殺しても、幕府は横を向いて他人を装える。

新選組は放し飼いで暴れさせる。雑魚《ざこ》の集まりだから、やりすぎたら切り捨てればいい。

この手法は支配層の常套《じょうとう》手段だ。戦後まもなく日本の労働争議が活発になった折、警察を使って鎮圧すれば思想弾圧になって騒がれるから、手っ取り早く右翼やヤクザを使ってスト破りをさせたものだが、これは幕府が新選組を使ったやり口そのままだ。


この辺から分かりづらくなるので、回りくどいことをぜんぶ省《はぶ》き、望月は一気に核心に触れた。

「尊皇攘夷！」

であるからして、目的は孝明を守ることだ。しかし、その中に、明らかに違う異分子が育っていた。

第三極である。

彼らは尊皇を口にしつつも、孝明が自分たちの思いどおりに動かないならば殺してしまえ、という過激な発想を持つ連中だ。

大胆ではあるものの、よくよく考えてみれば使えないトップを解任するのは、組織論としてしごくまっとうな話である。実に合理的で、薩摩《さつま》の大久保利通《おおくぼとしみち》はこの考えを持つ代表格だ。

孝明と誰を入れ替えるか？

そこで規格外の男、吉田《よしだ》松陰《しょういん》のアイディアと結び付く。松陰が抱く驚天動地の秘策とは、北朝の孝明を廃し、正統なる南朝天皇を立てることだった。

では南朝天皇はどこにいるのか？　むろん松陰のお膝元、長州だ。長州には、南北朝以来ほぼ五〇〇年にわたって南朝天皇の子孫を懐《ふところ》に囲っているという触れ込みの少年がいた。この少年を天皇にする。

今の北朝天皇を倒し、南朝天皇による国家樹立。

長州の大胆な構想を中心に、反孝明派の公家三条実美、薩摩の大久保利通、土佐の中岡《なかおか》慎太郎《しんたろう》など腹の据わった第三極が、力強く育ってゆく。

孝明退場思想＝大久保利通ら薩摩合理派

＋

長州の南朝天皇正統思想＝吉田松陰門下生、桂《かつら》小五郎《こごろう》、伊藤博文……

この辺が理解できないと、幕末以後が迷宮となる。

たいがいにしろ、そんなのは途方もない妄想だとお疑いを持つ人には、望月は『幕末維新の暗号』の一読を勧めており、読めば、次の幕末最大の謎が解ける。


問一、なぜ尊皇である長州は、孝明の皇居（御所）を襲ったのか？

問二、なぜ孝明は、尊皇である長州を恐れたのか？

問三、なぜ長州は二度も、孝明の京都から叩き出されたのか？


いずれも答えは同じだ。

長州の標的はただ一人、北朝の孝明であり、ターゲット孝明を狙ったからである。

これが幕末史のキー・ポイントだ。この重大な事実がその後、政府によって隠され続け、天皇親政などという看板を額面通りに信じてきたために理解不能に陥《おちい》っているのだが、種を明かせば事実は簡単な話だ。


さて、話を戻す。

歴史は吉田松陰の「南朝天皇すげ替え」というシナリオどおりに進んだだけである。

第三極の唱える「攘夷」は仮面だ。

切っ掛けはなんでもいい。目的は孝明排除、南朝革命の決行で、攘夷だろうがなんだろうが知ったこっちゃない。

混乱を造るために、無垢(むく)な攘夷パワーを利用していただけの「仮面の攘夷」だから、英国に触れ、桁違いの英国パワーが手に入るとなれば、攘夷など無用だ。さっさと捨てる。あれよあれよと一八〇度反転し、これまでの夷敵、英国と手を結んでも良心は一ミリも痛まない。ついこの間まで大砲をぶっ放していたくせに、薩摩も長州も実に素早い変心で、たちまち英国べッタリで、武器と革命ノウハウを手に入れちまうのである。

バックに英国がついた。今だって、北海道に米国がつき、核ミサイルを一〇〇発も持ち込めば独立できるほどだから、薩長は強烈だ。第三極はたちまちブラックホールと化し、坂本龍馬、西郷隆盛《さいごうたかもり》など開明的なリーダーを次々と呑み込んでゆく。

頭に来たのは和宮だ。

徳川に嫁いだのはなんのためなの？　ひとえに攘夷のためじゃん。夷人で日本を汚さないためにも涙を呑んでくれと、天皇が頼んだから江戸に来たのに、さっぱり動かない。朝廷も幕府も、なにもなかったように日常が過ぎてゆく。これでは道理が通らぬではないか。大奥での途方もないイジメを、一人歯をくいしばって耐えているわらわは、いったいなんなの？

和宮は孤立感に喘《あえ》ぎ、政治に積極的に関わるようになる。

〈ちゃんと攘夷を貫徹しなさい、この腰抜けが！〉

と、檄《げき》を飛ばしたのが一八六五年（慶応元年）一二月のことだ。

今や骨ある攘夷派は、孝明と和宮くらいなものだ。しかし二人は京都御所と江戸城で孤立していたのである。

和宮に尻を叩かれたまじめな夫の家茂将軍は、幕府に歯向かう長州を叩くべくしぶしぶ大坂城に入る。が、まだ若造で戦《いくさ》の未経験者だ。幕府内の開明派からいろんなことを吹き込まれ、うだうだしている間に、なんとついこの間まで、長州と血で血を洗う戦いを繰り広げていた孝明の守護神、強い薩摩が公然と長州と連合しちまったのである。

正確に言えば、英国と手を握った第三極であるブラックホールが大きくなって、薩長の主導権を完全に呑み込んだのだが、こうなれば勝ち目はない。この脅威にあたふたしているうちに、家茂が大坂城であっさりと命を落とす。

一八六六年八月二九日だが、暗殺の噂がしきりに流れる。

それもそのはず、噂が流れないほうがおかしい。なんとなれば、将軍の遺体はこともあろうに英国軍船、トンハルトン号で江戸に運ばれたのである。

なにせ英国征伐《せいばつ》だ、長州征伐だと鼻息荒く大坂くんだりまで行ったはずの将軍の遺体が、よりにもよって、敵国の軍船で帰ってくるなど怪奇現象に等しい。

なにが起こっていたのか？

そう、第三極が幕府中枢にまで侵入していたのである。むろん勝海舟《かつかいしゅう》がからんでいる。

すでに幕府上層部は第三極に侵《おか》されており、攘夷戦などという雰囲気ではなくなっていたのである。

まだ二〇歳の和宮。心細いの細くないのといったら、江戸城は裏切り者の巣と化し、一人ぽつねんととり残されたかっこうである。

一八六七年一月二四日、未亡人となった和宮が落飾《らくしょく》。落飾というのは髪と化粧を落とし、仏門に入ることだが、同時に、宮号を静寛院宮《せいかんいんのみや》と改める。


家茂の死。後釜に座ったのが、最後の将軍徳川慶喜だ。

問題、大あり男である。

このままでは、死んだ家茂に申し訳がたたない。攘夷討ちと長州征伐を貫徹せよ！

と、未亡人となった和宮が再三再四催促するも、聞く耳持たずだ。

それもそのはず、すでに家茂の遺体を英国軍船に預けちゃうほどの幕府であるからして、内部はバラバラ、というより上層部は勝海舟ら開明派の色になかば染まっており、軸のない慶喜はほぼ思考停止状態だった。

あまり言ってくるので、しゃくだから慶喜は上面だけでちょいと命令するが、本来やる気がないからすぐに停戦。

第三極と気脈を通じた口八丁の勝海舟が慶喜に囁く。

「攘夷戦などもってのほか、英国がその気になりゃ江戸城など一日と持たねえですよ。なら将軍、あんたは銃殺もんでやんしょ？　真っ赤に焼けた鉛の玉が、どてっ腹にぶち込まれた日にゃ、熱いの熱くないの、七転八倒だわさ。それより英米とまっつぐ手を結んで新しい国を造って、上様《うえさま》、ほれ、あんたこそ、そのトップに座るのが長生きできる上策ってえもんでがす。今が思い切りのチャンス。万事、この勝に任《まか》せていただけりゃ、悪いようにはさせませんぜ」

などと、自信ありげにキセルの煙をプッと吐くものだから、ビビリの慶喜はすっかり勝に下駄を預ける。

和宮、わずか二〇歳、この歳で仏門に入った心境はいかばかりか。しかし、せっかく仏に帰依《きえ》した甲斐もなく二週間ほどで今度は頼りの兄、孝明天皇が急死した。

再び暗殺の風評しきり。

今度の噂は下手人の具体名まで添えられていた。岩倉具視と伊藤博文である。

一八六六年八月二九日　家茂（二〇歳）

一八六七年一月三〇日　孝明天皇（三五歳）

そろいもそろって攘夷のトップ。こう立て続けでは、常識人ならだれでも暗殺を疑う。一夜号泣《ごうきゅう》して涙が涸《か》れ果てた和宮。やおら青々としたスキンヘッドを上げ、朝の冷たい行燈《あんどん》をかっと睨《にら》んだかと思うと、その薄明かりに浮かべたのは岩倉具視と伊藤博文の憎《に》っくき顔。腹の底から煮えくりかえる声を絞り出す。

「この恨み、い・か・に・は・ら・さ・ん……」

この頃、あれほど輝いていた「尊皇攘夷」が何事もなかったように消えている。

すなわち、この上なく純粋な「攘夷」エネルギーを、ほしいままにぜんぶいただいちゃった第三極が、看板を書き換えたのである。

「親英倒幕」だ。

むろん「親英」という二文字は隠されているが龍馬もその口で、「今は、万国公法の時代ぜよ」と言いはじめる。万国公法は、アメリカのホイートンが書いた国際法で、これからは外国が標準になり幅を利《き》かせる時代だ、と龍馬は進化したのである。

将軍慶喜の腰砕け度は加速し、英、仏、蘭に兵庫《ひょうご》開港実施を約束した。

第三極の中核部隊は他藩内勢力拡大工作を進めながら、次第に正体を現わしてくる。倒幕だけではダメだ。なにがあっても南朝天皇すり替えを実現しなければならない。すり替えマジックには目隠しとして衝撃的な騒擾《そうじょう》混乱状態が必要となる。

第三極は、ここで真っ二つに分かれる。

無血革命派と、武力革命派だ。

無血革命派の代表格は坂本龍馬、勝海舟、後藤象二郎《ごとうしょうじろう》であり、武力革命派は岩倉具視、三条実美、大久保利通、伊藤博文、桂小五郎、中岡慎太郎だ。

西郷隆盛は、どちらかというとその中間に位置していたと望月は読んでいる。

二派の駆け引きはぎりぎりまで続き、政局は、無血革命派の後藤象二郎と坂本龍馬が、鼻の差でゴール。

ご存じ、大政奉還である。政治は天皇を頂点とする大藩藩主たちによる合議制となり、無血革命が一夜にして見事成立した。

考えてみればすごいことで、血を流さず三〇〇年も続いた徳川幕藩体制をぶっ壊したのである。

将軍が退《しりぞ》いたのだから万々歳、あとは新政府へと漕ぎだすばかりだったが、治まらないのは武力革命派だ。どうあっても、南朝天皇にすり替えなければならない。

しかしそんな仰天陰謀は、だれも知らない。口では言えないから、密かに実行するのみ。かくなる上は手筈《てはず》どおり武力で騒擾を造って、京都御所をブラックカーテンですっぽりと覆《おお》ってしまう。

邪魔者は一人、大政奉還成功でノリにノッている坂本龍馬だ。

立ちはだかる無血革命派のシンボル、龍馬を斬る！

一方、坂本龍馬の耳には、長州の武力攻撃の情報が届いていた。

龍馬にしてみれば、すでにスタートを切っている新政府樹立委員会に対する反乱である。板垣退助《いたがきたいすけ》率いる土佐軍も、すでに一八六七年（慶応三年）六月二三日の薩土密約で武装蜂起を決定していたが、坂本龍馬は外されて知らなかった。阻止すべく、西郷と連絡をとる龍馬。しかし違う。西郷は薩摩軍を率いてすでに京に向かっていた。

場所は京都近江屋《おうみや》。龍馬はいつなんどき、なにが起こってもすぐに勝海舟と連絡が取れるように、伝令役の小僧峯吉《みねきち》をあちこち走らせていた。

しかしあの晩、話し合いに来た武力革命派が突如刺客に変貌、絶命する。

要《かなめ》の龍馬を失って、無血革命軍はバラける。

狼煙《のろし》が上がった。

プラン決行は一月二七日。

京都の鳥羽《とば》・伏見《ふしみ》で大砲をぶっ放し、御所を完全に包囲占拠。岩倉ら公家の先導で伊藤博文らがなだれ込み、それまでいた女官や侍従を叩き出してから、なにくわぬ顔で南朝天皇がおさまり、二月一三日に践祚《せんそ》したのである。

孝明の子、睦仁はどうなったのか？

実は『幕末 維新の暗号』を発表した直後、見知らぬ人間から望月の元に一通の投書があった。睦仁は無事逃げ、怯《おび》えながらも田舎で一生を終えたという内容だが、どうだろう。その場で殺害されたという説もある。

これこそ望月が資料、状況証拠、常識、行動心理などを分析して出した当時の再現である。

蟻《あり》の巣のような迷路を抜けて辿り着いた末の奇跡的革命だが、この結論は齢《よわい》を重ねるごとに、確信が揺るぎないものになってくる。

思いがひと区切りついた望月は、長風呂から上がった。

頭から冷水シャワーを浴びる。火照《ほて》った身体がしゃきっと締まり、頭がキンと冴えわたる。シャンプーを振りかけるが、脳味噌はしつこく和宮を追っていた。

ホットライン

無血革命派は致命的弱点を抱えていた。文字通り無血革命派であるがゆえに、軍事を軽視していたのだ。

龍馬亡き後、武力革命派の軍門に降《くだ》るほかなかった。巨大なブラックホールと化した新政府に、勝、慶喜、かつての無血革命派の連中が呑み込まれてゆく。

鳥羽・伏見の戦いが起こった時、大坂城にいた将軍慶喜はなんの意志も示さず、一つの号令も発しないどころか、一月三〇日の深夜、闇にまぎれて海に逃げだす。待っていたのは米国軍船だ。うまい具合に要所要所で英米軍船が現われるのは偶然ではない。首尾は上々、英米が武力革命派とつながっているからだ。沖合に停泊中のイロクォイ号に二時間ほど匿《かくま》ってもらい、無事到着した開陽丸《かいようまる》に乗り移って、側近と一緒に江戸に逃げちゃったのである。

逃げ帰った慶喜。出来レースであっても、この混乱だ。いつ裏切られ、首を切られるか分かったものではない。もはや己《おのれ》の身の安全のことばかりで気がおかしくなりそうだ。

「悪いようには、させない」といくら勝が言っても、革命軍トップ、岩倉の口から直接聞いたわけではない。

「よもや、勝の一人踊りでは？」

疑心暗鬼の慶喜。相手は、海千山千の岩倉と皆殺しの大久保だ。それに伝説のヒットマン伊藤博文もいる。ここはひとつ、念には念を入れて、裏を取る必要がある。降伏条件交渉はできるだけ早めに、勝以外のラインを使って直接すべきだ。降伏は幸福を呼ぶ。

調べると、新政府総裁は有栖川宮熾仁《ありすがわのみやたるひと》だという。

「うん？」

はたと気が付く。

そうだ。和宮がいるではないか。

夫にも兄にも先立たれ、置き去りにされている和宮、さぞ心細かろう。ここはひとつ連帯するのが賢明だ。

和宮は和宮で頼るべき人物は元許嫁《いいなずけ》、有栖川宮熾仁一人だけだ。かつて二人は周知の恋仲、しかも熾仁は独身、まだ未練たらたらの噂もある。時代の波に引き裂かれていたとはいえ、焼け木杭《ぼっくい》に火がつかないとも限らない。好きものの熾仁、愛しい和宮の頼みならきっと聞いてくれるに違いない。

思い返せば二年前、和宮に攘夷戦をせっつかれた時に冷たくしたのはまずかった。もっと優しくして恩を売っておけばよかったかななどと後悔したが、しゃにむに天璋院の仲介で和宮に面会、喉《のど》の皮がすりむけるほど自分の平穏な隠居生活の保障を懇願した。二月八日のことである。

呆れるほど見下げた将軍で、自分のことしか頭にない。

将軍は我らを見捨てず、きっと命懸けで武器、援軍、軍資金を回してくれるはずだと最後まで信じて命を散らした無垢《むく》な侍たちが不憫《ふびん》すぎる。

――なんたる軟弱男、腹を斬れ！――

和宮もそう思ったに違いない、硬い表情だったという。しかし気が和《やわ》らいで、和宮は六日後には助命嘆願書を熾仁に直接渡すよう使いを出している。慶喜に脅されたのかもしれないが。

ここに慶喜→勝海舟→和宮→有栖川宮熾仁のホットラインが開通した。

維新史にとって大きい出来事だ。

ようするに水面下、慶喜が寝返って、新政府の協力者となった瞬間である。

混乱の中三月二日、東征大総督《とうせいだいそうとく》に有栖川宮熾仁が就任。

総裁からスライドだから若干格落ちのかっこうだが、慶喜にとっては願ったりの人事、実に間がいい。再び和宮を動かす。

「なにとぞ熾仁様に、取りついでいただきたい」

和宮は同意した。革命軍の江戸進軍延期、攻撃延期の嘆願書を熾仁に渡すよう依頼している。

むろんそれ以前にパークス英国公使が、勝海舟を通じてすでに慶喜処刑反対を岩倉に申し伝えてあることもあって、新政府軍の進軍急停止。

公卿の正親町《おおぎまち》三条実愛《さねなる》の「謝罪の道筋が立てば、徳川家の存続は可能」という和宮に宛てた書状が残っている。

会津《あいづ》戦の始まる前に、徳川家全体が存続してもよいという態度なのだから、いかに慶喜が裏切り者で、新政府に協力しているかが知れる書簡だ。

一方で岩倉の慶喜処刑書簡も見つかっている。本物なのか、出来レースに見せないための小道具なのかは不明だ。なにせ幕藩体制など、北朝鮮が三〇〇個くらいでこしらえた国家なので、謀略、怪文書、偽装、ハニー・トラップ、なんでもありだから、たとえ書簡であっても、いや書簡であるからこそ信用できない。

困ったことに歴史学者が、そろいもそろって裏読みできない単細胞だから、処刑文一通で、なるほどやはり慶喜の行動は出来レースではなく、裏表のない真剣勝負なのだなどと、鬼の首でも取ったかのように受け取ってしまうから困ったものだ。こういう輩《やから》は、たいがい善良な人物なのだが、エロと芸術を平気で混同するタイプだ。

むろん武力革命派の中には、本気で慶喜を消しにかかった人間はいる。当たり前だ。なぜなら出来レースはトップ・シークレットだから、知らなければそうなる。

あるいは本当に岩倉が指令したのかもしれない。それもありだ。人間、避けがたい迷いが生じることがある。自分の行動をコントロールできない単なる約束破り、契約反故《ほご》の部類だ。しかし慶喜の新政府への協力は本気そのものだった。

シャンプーを流してさっぱりとし、浴場を出た。

火照った身体をさましながら部屋へ戻る。

ここまでは分かった。それから和宮はどうなったのか？　その後がぼやけており、部屋に入るなり望月はｉＰａｄを抱えてテーブルにどっかと座った。

「失礼します」

突然の声に、入り口の方を見た。

「夕食をお持ちしました」

――おっと、もう、そんな時間か……――

とたんに空腹を覚えた。

「はい、お待ちかねのものです」

仲居がアイス・クーラーをテーブルの上に置く。中にわざわざ家から持参したシャンペンが入っている。到着早々冷やすよう頼んでおいたのだ。

次々と並べられる旅館飯を前に、さっそくシャンペンに取り掛かる。

ポン！　と栓《せん》を抜く。

「ワー、いい音ですね」

仲居の愛想言葉も聞こえたが、望月の頭は幕末を彷徨《さまよ》っている。

夢遊病者のようにグラスを持ち、風呂上がりの渇いた喉を潤《うるお》す。

「旨い！」

我に返って思わずグラスを見た。クリュッグ・キュヴェ。年数表示のない逸品で、シャルドネ、ピノ・ノワールなどのブレンドだ。絢爛《けんらん》たる味わいが目いっぱい口の中に君臨した。

仲居が「ごゆっくり」と言い残して出て行った。少々行儀は悪いが、おかずをつまみながらｉＰａｄを睨むことにした。スクリーンが次の章の幕を上げた。

和宮のすり替え。

天皇をすり替えるくらいだから、女などどうにでもなる。望月は断定した目で時期を探《さぐ》った。和宮のすり替えを実行したということは、殺害したということにほかならない。

いつ殺されたのか？

鳥羽・伏見の戦いまでは、生きている。で、その後突然、事件が降りかかった……。

無意識にシャンペンを呑む。風景が立ち上がった。

雲隠れしたヘナチョコ慶喜に代わって、和宮は徳川家家臣に向け手紙を書いている。

維新の年、つまり一八六八年（慶応四年）四月一〇日のことだが、宛先は慶喜の後、徳川家をとりまとめている田安慶頼《たやすよしより》だ。徳川御三卿の一つである。

発信したのは「静かに朝廷の内意を汲《く》みとって、追従《ついじゅう》せよ」というメッセージだ。いじけずに恭順を貫《つらぬ》くことが徳川家への忠節であり、ひいては家名を守ることになる、と説得にあたっている。嫁ぎ先に対する無垢な行動なのか、脅されたのか?。

五月三日、江戸城開城。

六月二日、和宮は従兄弟《いとこ》、今は新政府軍東海道鎮撫総督《ちんぶそうとく》となった橋本実梁《はしもとさねやな》に、徳川家が継続可能な禄高と城地を与えてくれるよう嘆願書を提出。副総裁となった三条実美は、それから一カ月後の七月一三日、なんの取り調べもないまま、破格も破格、驚天動地の好待遇を慶喜に与えたのである。

〈駿河《するが》国移封、及び所領七〇万石!〉

シャンペン・グラスを落とすくらいの驚きだ。

何度も述べるが、これでも世の歴史学者は慶喜の裏切りに疑問を持たないのだろうか?どういう頭の中身なのか、そういう歴史学者が存在することのほうにたじろぐ。

なにゆえに七〇万石も与えられるのか?

主演男優賞ものの大芝居、その報酬以外にない。

慶喜は四八大隊二万四〇〇〇の幕府軍をうまい具合に放置し（見方によっては幕兵一〇万）、真夜中、待ち受ける米国軍船に隠れ、するすると江戸に逃げ戻るという曲芸を見事にこなしたのである。

　事前の打ち合わせがなければ、できるものではない。

　それからが芝居の山場だ。江戸城で待ち受けていたのは緊急軍議。

徹底抗戦にはやる忠義者の軍師たちを、軽挙妄動は慎め、こういう時こそ不動の構えで見極《みきわ》めるのだとかなんとか、口をぱくぱくさせながら首尾よく抑え、自ら上野《うえの》の寛永寺《かんえいじ》にこれまた水戸でお行儀よく過ごし、七月にはちゃっちゃと静岡に移動、政治的野心ゼロの模範市民となる。

　考えてみていただきたい。七〇万石である。今の金額でざっと七〇〇億円、ハッピー・リタイアメントどころかパラダイスだ。こんなことならだれだって敗軍の将になりたい。これがアメリカならさしずめ縛り首で、イギリスならば銃殺、フランスなら間違いなくギロチンものだ。

　慶喜はその後三〇歳で従四位、三八歳で正二位、四六歳で民間人では最高の位、従一位となっている。さらに六〇歳で公爵、貴族院議員就任、六六歳で明治天皇から勲一等旭《きょく》日大綬章《じつだいじゅしょう》という岩倉具視、大久保利通、伊藤博文などと並ぶ、最高の勲章を授与されたのだからなにをか言わんやだが、しかし最初から慶喜が寝返っていて、大芝居で幕軍を敗北に導いたと考えれば勲一等旭日大綬章も納得がいく。

　この男の収入は、極秘でいっさいが闇だ。

しかし第十五銀行、日本鉄道会社、日本郵便会社、浅野《あさの》セメントなど、国策会社の株投資を厚く幅広く行なっている事実は、それだけでも巨額であろう。この巨額財産は、忠臣たちの血にまみれている。

たとえば天才、小栗忠順《おぐりただまさ》（上野介《こうずけのすけ》）だ。

慶喜は、江戸に逃げて来たすぐ後の二月八日、小栗から陸軍奉行並《ぶぎょうなみ》、勘定奉行という肩書を思い切り剥奪《はくだつ》した。原因は三日前に江戸城で開かれた軍議だ。

なにも知らない小栗は、慶喜の顔色も読まず、「敵軍が箱根圏内に入ったところを陸軍で迎撃、同時に榎本武揚《えのもとたけあき》率いる幕府艦隊を駿河湾に突入させて敵後続部隊を足止めすれば、箱根の敵軍は孤立し、殲滅《せんめつ》できる」と、まじめに主戦論をぶちあげちまったのである。

これはだれしもが考える当たり前の戦略で、出席者も賛同して手を叩くほどであったし、後の陸軍創始者、大村益次郎《おおむらますじろう》をして、小栗どおりにやられたら、ひとたまりもなかったと言わしめたほどの完璧な作戦だが、慶喜は慌ててそれを却下。返す刀で、有能な小栗を解任したのである。

これで幕軍が完璧に瓦解した。

というのも、幕軍のトップは三河奥殿《みかわおくどの》藩の藩主、松平乗謨《まつだいらのりかた》陸軍総裁の正体を見よ。慶喜と通じていたから、こともあろうに鳥羽・伏見の戦い直前にトンズラ。たまたま幕府軍の総裁と老中を辞職したのが鳥羽・伏見の戦いの前日だっただけだなどと言っているが、打ち合わせどおりの敵前逃亡だ。さらに松平姓だとバレるから、大給《おぎゅう》恒《ゆずる》と改名しちゃった武士の風上にもおけない陸軍総裁なのである。出来レースもいいところだ。

したがって、幕軍のリーダーは陸軍奉行並の小栗しかいなかった。

――これは……――

慶喜のハラを、小栗は見抜いた。

絶望し、無言で群馬の東善寺《とうぜんじ》に引きこもる。

すぐさま追ってきたのは、東山道軍の命を受けた原保太郎《はらやすたろう》率いる小隊だった。

抜刀する原に対し丸腰の小栗は恭順を示し、疑うなら養子を人質に出してもよいとまで言ったが、捕捉される。集まった小栗の家臣たちは大声で無罪を主張するが、しかし小栗はただ一言「お静かに」と周りを制し、取り調べもないまま即刻、斬首《ざんしゅ》。四一歳の生涯を終えたのである。

これが武家社会の、正しい大将の姿だ。

それに引き換え、慶喜の見苦しさは筆舌に尽くしがたい。そればかりではなく、小栗を最大の危険人物として新政府にチクった形跡がある。

その証拠に原は、まっすぐ小栗を追っている。で、外国奉行、勘定奉行、陸軍奉行並を歴任した幕府のキーマンを、二〇歳そこそこの下級武士がお気軽に手討ちにしたのだ。

凄腕の原保太郎。その正体はだれあろう、聞いて驚くなかれ、園部藩《そのべ》（京都近郊二万五

○○○石）を脱藩して、その身のすべてを岩倉具視に預けた食客《しょっかく》（住み込みのボディガード兼秘書）であった。
「小栗を殺《や》れ！　これで幕軍は終わりじゃ」

慶喜情報で岩倉が小栗処刑の命を下した、というのが妥当な推理だ。

小栗を殺害して三年後、原はアメリカのラトガース大学に留学。その後、ほとぼりが冷めるまでイギリスのロンドン大学キングス・カレッジと渡り歩く。帰国後、いきなり兵庫県の要職に抜擢、山口県令（知事）、福島県知事、北海道庁長官など華麗なるポジションを露骨に歴任、下級武士が貴族となり、貴族院議員となっている。小栗処刑への大盤振舞いである。

望月は、また脱線気味の思いを引き戻した。


一八六八年の六月、世はまだガタついているのに岩倉がそろそろ動きはじめる。和宮に、京都訪問を催促したのである。それも「京都に来い」とは言わずに「自分のほうから京都に行きたいと願い出ろ」という指示なのだから、先帝の妹に対して尊大すぎる。

それに対し和宮は警戒している。

「父の仁孝天皇の墓参り、そして徳川家への寛大な処分の礼に行きたいのだが、徳川家の経済状況などを考慮すれば、こちらからは言い出しかねる。適当な名目を立て、そちらのほうから命じて欲しい」

周囲を慮《おもんばか》っての返事に見せかけてはいるが、明らかに京都行きを渋っている。当たり前だ。相手は夫と兄の暗殺者の噂も高き岩倉と伊藤、だれでも怖気づく。

ほーそうかい、ダダをこねるならば呼びつけてもいいんだぞと上洛《じょうらく》勧告という命令を出す。このしつこさはなんだ？　七月一六日のことだが、しかし今度は伯父（和宮の母の兄）の橋本実麗《はしもとさねあきら》に止められる。明治天皇の東京巡幸終了まで来るな、というのだ。

これはなにも明治天皇が東京に行くから、そこで会って欲しいという意味ではないし、実際に来たのだが、会うこともなかった。

ならばなぜ伯父は、和宮の京都行きを妨《さまた》げたのか？

これも裏から歴史を見れば、簡単だ。

和宮は、睦仁の本当の顔を知っているのだ。すり替わった明治天皇と京都御所で面会すれば、どういうことになるのか？

薄々感じていることとはいえ、勝気な性格からいって、「いったいあなたはなに者か」と問い詰め、では「本物の睦仁はどうしたのか？」と詰め寄らずにいられないはずだ。そうなれば一巻の終わり、即座に抹殺されるのは火を見るより明らかで、それを慮《おもんばか》って伯父《ちち》が東京で首を縮めていろと足止めしたのではないかと望月は考えている。

この時点で和宮は、すでに天皇すり替えを知ってしまっている。

タレ込みもあったろうし、見え隠れする不吉な兆候もあっただろう、だから京都行きを尻込みし、なんだかんだと引き延ばしたのだ。つまりまだ、和宮は生きている。

年が明けて一八六九年（明治二年）二月末、これ以上断わりきれず、和宮はついに腰を上げざるをえなくなる。

三月一五日、京都着。

四月五日、明治天皇と面会。

記録ではそうなっているが、本当に面会したのかは不明だ。たとえ会ったとしても、形式的で、遠く御簾《みす》越しかもしれない。そして明治天皇は和宮を避けるようにさっさと東京に移住する。

iPadのスクリーンを覗いている望月の顔が、急に難しくなった。

——妙なことが起こっている——

和宮に対し、京都留め置きが発布されたのだ。

翌年行なわれる仁孝天皇二五回忌までだが、京都軟禁だ。

さらに六月二八日、和宮の京都在住を正式に決定。

理由はなにか？　本人の希望か？　それとも反政府勢力が跋扈《ばっこ》する東京に帰せば、子供のような純真さで維新最大のタブー、天皇すり替え暴露に走るのではないかと岩倉が危惧《きぐ》したためかもしれない。

和宮が再び東京へ戻ったのは一八七四年（明治七年）七月だ。京都滞在は五年、その間の動静はベールに覆われている。なぜ突然、東京に移住したのか、危険な香りがした。

いつの間にか、グラスが空になっていた。望月はシャンペンを半分まで注ぎ、ｉＰａｄで次のネタを拾った。

身代わり

東京での住まいはどこか？

「洋装の和宮」とされる写真。だが写っている人物は、盛岡藩主の娘、南部郁子だ

港区は麻布《あざぶ》、家を買っている。

はっとして、口に持っていきかけたグラスをぴたりと止めた。買ったのは八戸《はちのへ》藩藩主の長男、南部《なんぶ》栄信《さきのぶ》（一八五八～一八七六）の屋敷なのだ。

「南部……」

グラスを置く。

南部という苗字が、洋装ニセ和宮写真の、べっぴん南部郁子と一直線につながっている。

「ほう……こうなるか……」

深追いした。

器量よし郁子の妹が、家の持ち主南部栄信の妻、麻子《あさこ》なのである。

ニセ写真の謎に近付いてきたようだった。

望月は眼をこすって、さらに追い込む。

栄信の父親を調べてみた。

最後の八戸藩主、南部信順《のぶゆき》だが、そのまたオヤジの正体を知って、ますます興味が湧いた。

島津重豪《しまづしげひで》（一七四五〜一八三三）、薩摩藩主だ。

重豪はオランダ語をしゃべったほどのオランダ大好きのお殿様で、老いてますますさかん、曾孫《ひまご》の島津斉彬《なりあきら》（一八〇九〜一八五八、第十一代薩摩藩主）と一緒にシーボルトと会っている。

老いてさかんなのは知識欲だけではない。色欲も桁違いだ。バイアグラもない時代、なんと六九歳で一四男、つまり信順を産ませているのである。人生五〇年の時代だから今の感覚では一一〇歳くらいか。

なんの因果か、可愛がった曾孫の島津斉彬の養女が、和宮いじめの天璋院篤姫《あつひめ》（一八三五〜一八八三）という、気持ち悪いほどのリンクだ。

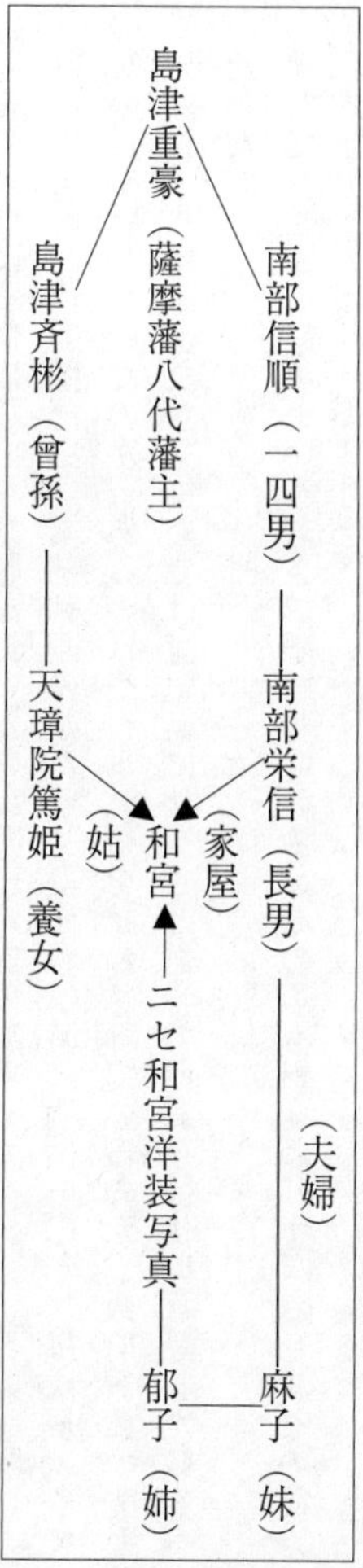

人のつながりが、あまりにも面白く、続きを読みあさっているうちにまたまた奇妙な点が浮上した。

戸惑うような栄信の人生だ。

結婚は一八七四年二月、一六歳だ。えらく若い。その直後和宮に家を売り、妻麻子のために新しい家を購入、そのまま留学しているのである。

結婚↓家の売り渡し↓新家屋購入↓留学。

この大イベントを一年に満たないうちに全部こなし、そのうえ留学を二年で切り上げたかと思うと、帰国後、頓死《とんし》（一八七六年、明治九年三月）。わずか一八歳だ。

この慌《あわただ》しさはなんだ？

望月はシャンペンを呑み、首をひねった。で、こう独《ひと》り言《ごと》を呟く。

「たとえば美人の郁子が、和宮に成り済ます。そして栄信の麻布の屋敷に入ったとする。妹の麻子は事の次第を知っているが、麻子の若すぎる夫、栄信はなにも知らない。そのままアメリカに留学させる。帰国後、自分が恐ろしい舞台回しの渦中にいることに気づき、騒ぎ出すも即、口を封じられる」


若死《わかじに》の栄信に子供はない。家督を継いだのは、一八歳の妻麻子だ。

麻子は第一四代盛岡藩主、南部利剛《としひさ》の娘だが、西南《せいなん》戦争時（明治一〇年）は戊辰戦争での負い目を感じていたのか、あるいはペナルティを払わされているのか、政府軍に率先して味方し、八戸藩士たちを集めては鹿児島にせっせと送って西郷軍征伐に貢献した政府べったり女だ。

そしてなぜか二〇歳という若さで隠居している。この辺も風変わりすぎるし、その後、麻子がどうなったのかは不明だ。

はたして和宮は麻布の家に移住していたのだろうか？

一人くらい和宮と交友のあった有名人物がいてもよさそうなものだが、ただの一人もおらず、側近の庭田嗣子、南部栄信、麻子……周辺の人間は、なぜか早死《はやじに》か、行方知れずだ。不思議なこともあったものである。

和宮殺害は、京都から東京に帰る道中ではないだろうか。望月は、ふとそう思った。ルートは東海道、殺害現場は箱根山中。

翌日になって、望月はもう一人行方不明になっていた人物を発見する。和宮が死んだとされている温泉旅館のオーナーだ。

「元湯」の主人

目覚めはさわやかだった。

早朝すぎてだれもいない朝風呂に入った。

窓の向こうの、晴れ渡った山々が眩《まぶ》しかった。湯船から出て水風呂に入り、備え付けのウォータークーラーから旨い水を呑む。これを繰り返す。身体が大いに喜んでいるのは、めったに味わえない代謝が起こっているからだろうか。

旅館を出たのはきっかり一〇時。

空気が気持ちよく冷えていた。朝風呂で身体だけはぽかぽかとして爽快《そうかい》である。ほどよい散歩を楽しみながら駅に着く。

古い箱根登山電車に乗り、塔ノ沢《とうのさわ》で降りる。ほんの少し下ると旧東海道を踏襲した国道一号線に出くわす。それを右に歩きながら早川《はやかわ》を越えると、和宮が息を引き取ったという旅館がある。

木造三階建ての環翠楼《かんすいろう》だ。

レトロがいい。しばらく眺めていたくなるデザインだ。明治のはじめ、和宮が静養した時分は「元湯」と呼ばれた寂しげな旅館で、オーナーも建物も現在とは関係がない。

当時の写真が長崎大学附属図書館に残っている。

「ここにねえ……」

望月は首をさすった。

iPadの画面に映し出されたのは二階建てのバラック長屋だ。

帽子をかぶり直して写真を拡大してみる。正直ボロ旅館だ。静養するのは今をときめく明治天皇の叔母で徳川葵を背負った皇女、異和感があり、とうてい結びつかなかった。

資料によれば、和宮の遺体は死の三日後、一八七七年九月二日、東京へ向け出棺となっている。妙な話だ。公式発表の死亡日は九月二日で三日のズレがある。ぜんぜんすっきりしない。

当時の主人の中田暢平《なかだちようへい》が、和宮を憂えて歌を詠《よ》んでいる。

惜《お》しまじな
　君と民との為ならば
　　身は武蔵野《むさしの》の露と消ゆとも

療養後、和宮が息を引き取ったという

切ない思いが伝わってくる歌だ。しかしこれもまた妙な点に気付く。

現代風に訳すと「和宮は、天皇と民のために死んだのだから、惜しく思わないでほしい」というほどの意味だ。

定説のように脚気が原因ならば、なぜ天皇がでてくる？　「天皇と民のために死んだ」などとは決して詠まないはずだ。知らない人が聞いたら、戦死者へ手向《たむ》ける文言《もんごん》であろう。中田の思いはまるで戦死者葬送歌だ。

もっとおかしな点は
〈身は武蔵野の露と消ゆとも〉

だ。

発表によれば和宮が露と消えたのは武蔵野ではない。箱根だ。武蔵野の領域は多摩川以北であって、どんなに頑張っても箱根は含まれない。和宮は箱根で亡くなったのなら、〈箱根の露と消ゆとも〉であろう。どうしたわけなのか？

ひょっとして中田は、旅館の外で殺害されたことを言いたかったのではあるまいか？

それとも武士《さむらい》に刺し殺されたので……武蔵（武刺し）を織り込んだのか？

この歌が望月の胸をえぐった。

そしてもう一首。

月影のかかるはしとも
　しらすして
　　よをいとやすく
　　　ゆく人やたれ

これもまた暗示的だ。

「月影がかかって橋は見えないのに、世を楽々と渡る人はだれなのか？」という意味にとれる。

真実は隠されている。だれかは悠々《ゆうゆう》と通り過ぎてゆくというふうにとれるのは、考えすぎであろうか?

もう一度筆文字を読んでドキッとした。

平仮名の〈しらすして〉が〈ころすとて〉に見えるのだ。

筆で書かれた平仮名の「し」と「こ」が似ているし、「ら」と「ろ」も間違えやすい。

さらに「し」と「と」も見間違える。するとこうなる。

月影のかかるはしとも
　　ころすとて
　よをいとやすく
　　ゆく人やたれ

「犯人は悠々と生きている」という意味になる。

さらに妙なのは、この中田の作の歌に、なぜかひょっこりと勝海舟が顔をのぞかせているのだ。海舟が中田の歌を筆書きし、そのまま石碑にしているのが不思議でならない。

海舟は、なぜわざわざここまで来て意味ありげに筆を執ったのか? 中田と海舟のつながり。幕末の大立者《おおだてもの》が登場したからには、裏があるに違いない。

人目がちらつく旅館の石碑、考えるにおそらく、海舟は和宮の死の真相を知っている、自分も生き証人なのだ、「なめるなよ！」という政府中枢に向けた思いを碑に込めたのではないだろうか。

そうなると、和宮の真実を背負い込んだ中田の正体が知りたくなった。

iＰａｄをいじり回し、なにかの理由で一八八四年（明治一七年）に旅館を手放していた。この男に関してはそれだけである。

新オーナーは小田原随一の資産家、鈴木善左衛門《すずきぜんざえもん》だ。この男はただちに建物を壊し、時代の最先端をゆく、なまめいたレンガ造りの洋風旅館を完成させている。

そこに登場するのが元ヒットマンで初代総理の伊藤博文だ。

犯人が現場に現われたのか？

伊藤ができたての旅館に逗留《とうりゅう》したのは明治二三年だ。不敵な笑いを浮かべて頷き、自ら「環翠楼」と名付ける。その後、桂太郎《かつらたろう》（総理大臣）、東郷平八郎《とうごうへいはちろう》（日本帝国海軍大将）、孫文《そんぶん》などお歴々が身を休めたという。現代の旅館はさらにその後、大正時代に建て替えられたもので、レンガ造りではない。

望月は周辺をしばらく散策し、川辺の石に腰を落とした。

昼間くらいはこれまでの働きグセをあらため、ゆっくり呆《ほう》けて過ごしたい。川の流れにしばらく眼を休め、無心に水の音に耳を傾ける。静かにそよぐ風に、そこはかとない奥行きを感じた。こうしていると、人生など、いつだって旅の途中なのだと実感する。

瞑想《めいそう》を二〇分ばかりして、またぼんやり川を眺める。しばらくすると次第に流れが速くなっていく錯覚にとらわれ、そのうち徐々に感情が昂《たかぶ》ってきた。

意欲をかきたてられてショルダー・バッグからカメラを出す。建物、川、大胆な周囲の山々、手当たりしだいシャッターを切る。昔のフィルム・カメラが一発必中の狙撃ならば、デジカメは連射マシンガンだ。一〇〇発撃てばぜったいに命中する。

しばらくパシャ、パシャやっていると、思いがけずモニターに女が入った。美人の南部郁子に似た女だ。とっさにズームしてみたが、女はくるりとベージュのコートの背を向けた。望月を避けるような印象深い残像に、なにかを感じ、望月は釣り込まれるように再びｉＰａｄで郁子を追った。

太陽の光が邪魔になった。身体で日陰を造り画面を覗《のぞ》く。

手掛かりを求めて、検索した。

しかし分かったのは華頂宮博経の妻ということだけで、それ以外はどこをどうググってもダメで、生死の年月日すらつかめない。

そこであきらめ、夫の華頂宮に切り換えた。

一八五一年（嘉永《かえい》四年）生まれ、孝明天皇の猶子《ゆうし》だ。猶子とは養子のようなもので、皇位継承権を持つ親王宣下《せんげ》を受けている。
知恩院《ちおんいん》に入寺し、明治維新で僧侶を辞めたのだが、その時、知恩院の山号「華頂山」をもらって華頂宮家を創設。二年後（一九歳）、ミネアポリスの海軍学校に留学、三年後、英語ペラペラになって帰国した。海軍少将に任命されたが、二五歳で死亡している（一八七六年、明治九年）。

郁子との結婚年は不明だ。

二人の間には男の子がいるが、七歳（明治一六年）で明治天皇の猶子となって親王宣下するも、即日死亡。死と同時に親王宣下という無意味なことをしている。そこで華頂宮家は後継者不在となる。伏見宮《ふしみのみや》家の一人が相続するも、後に伏見宮家も断絶、跡形もなく消滅した。

ここでふと、姉妹両家の共通点に気付いた。

消滅もそうだが、屋敷だ。住まいが近いのだ。妹麻子、いや和宮が暮らしたという麻布にほど近い、三田《みた》四丁目なのである。

和宮の家――麻布市兵衛町

郁子の家――三田四丁目

徒歩で十分くらいなものであろう、和宮に成りすますには都合よい場所だ。

次の共通点は南部姉妹の二人の夫、すなわち華頂宮と栄信が共にアメリカに留学し、同じ年に死亡している点だ。

華頂宮は一八七〇年に渡米し、三年後の一八七三年に帰国後、一八七六年に死亡。入れ替わるように栄信が翌年出発、二年後に帰国し、奇しくも華頂宮と同年の一八七六年（明治九年）に亡くなっている。

軍扇写真。和宮とされる写真（複写）を豪華な軍扇にあしらったものだが、写真の人物は、やはり大和郡山藩主の正室で明治天皇妃（昭憲皇太后）の実姉柳澤明子だ（阿弥陀寺蔵）

麻子は二〇歳の若さで隠居、姉の郁子などはべっぴん写真を残しただけで、ふっと消息が途絶えている。

次々と消えてゆく和宮、郁子、麻子、華頂宮、栄信。


もう一枚の、阿弥陀寺のナンチャッテ和宮軍扇《ぐんせん》写真を考察した。

この写真は単純なミスではない。意図的だ。確信犯なのは、寄進した小坂家が撮影時期を公言して憚《はばか》らないことだ。和宮降嫁時、信州小布施《おぶせ》の小坂邸に立ち寄った際に撮ったものだ、と具体的にはっきり断言している。不自然を通り越して馬鹿げている。

大行列を従えた皇女が、その途中で身分の違う家に立ち寄って顔をさらし、まして写真まで撮らせるなど天と地がひっくりかえってもありえないことだ。まして降嫁は一八六一年だから、論外中の論外である。というのも、幕末の写真師上野彦馬《うえのひこま》でさえ、長崎で写真を撮り始めたのが一八六二年である。その一年前に、しかも信州の田舎にカメラマンがいたとしたら、それこそ日本史にその名を刻むはずであって、しかしそんな写真師は一人もいない。

ではこの写真のカメラマンはだれか？　清水東谷だ。

軍扇写真と同じものが雑誌『太陽』に載っており、そこにははっきりと柳澤明子の名が付いている。

明子の写真はもう一枚存在し、撮影場所は皇族御用達スタジオ、清水東谷写真館となっている。軍扇写真も同じスタジオだ。傍証固めはいらない。証拠は写真に納まっている椅子、まったく同じものなのだ。

したがって軍扇写真は和宮ではなく、柳澤明子であることは九九・九九パーセント純金なみの保証付きだ。

軍扇写真の柳澤明子は一条家の娘である。明治天皇の皇后（美子《はるこ》）の姉だ。にもかかわらず経歴は不明で、生まれた年の一八四六年と、大和郡山藩の藩主の妻となり、一九〇二年（明治三五年）に五六歳にして死亡とだけしか追えなかった。

南部郁子（和宮洋装写真）↓生年没年不明
華頂宮博経（郁子の夫）↓二六歳で早死（一八七六）
南部麻子（郁子の妹、栄信の妻）↓生年不明。二〇歳で隠居、死亡時期不明
南部栄信（和宮に家を売る）↓一八歳で早死（一八七六）
柳澤明子（和宮軍扇写真）↓生年不明。履歴不明、五六歳で死亡
中田暢平（元湯の主人）↓一切不明
庭田嗣子（和宮侍女）↓維新直前、大奥で四七歳の急死

和宮周辺の人物の行き着く先は早死、急死か、もしくは不明だ。不気味なことである。
ここまで思い、ふと望月はいつの間にか熱心に和宮を追っている我が身を振り返った。
そして、仮に今死んでもこの面々と較べれば、随分長生きの部類なのだと苦笑した。

3——「和宮像」のミステリー

山手線の浜松町駅、改札を出たところで何気なくケータイを見た。

『11：11』

ゾロ目のデジタル表示。『07：07』、『10：10』……このところ見るたびにゾロ目にぶつかる。最初はその偶然性が面白かったが、こう度重なると不吉な数字の群に追いかけられているようで、気味が悪かった。

天気も妙だ。まだ二月。しかしこの空気はなんだ？ やたらに温い。いや桜が咲くほど暑く、コートなしのサラリーマンがあちこちで目に付く。望月自身も、ためらいもなくコートの前を開け、額に汗さえ滲《にじ》んでいるではないか。

世界的な異常気象、資本主義の行き詰まり……宇宙のメソッドが狂っている。そのうち、すべての箍《たが》が外れ大変動がやってくるような気配もする。

七分ほどで大門に到達する。大通りを跨《また》ぐように建つ年代ものだ。大門を潜《くぐ》ってさらに歩くと、真正面に再び立派な門が現われる。増上寺だ。

前身は平安前期の光明寺《こうみようじ》。唐《とう》帰りの僧、宗叡《しゆうえい》（八〇九～八八四）が今の紀尾井町《きおいちよう》近辺に建立した真言宗の寺だが、一三九三年、聖聡《しようそう》が浄土宗に改宗。事実上の開祖である。

徳川家康が江戸城に入ると、どういういきさつがあったのか、たいそう気に入って菩提寺に指定。江戸城の裏鬼門に当たるポイント、すなわち現在の芝《しば》に移す。

現在、裏の墓地には徳川家六名の将軍と将軍ゆかりの人間三五名が合祀されている。以前は生身の土葬だった。しかし一九五八年（昭和三三年）、移設調査を終えた段階で全遺体を火葬したため、家茂毒殺説の科学的解明のチャンスは煙と共に永遠に消え去っている。

静かな境内には、たくましい木々が配置よく納まっていた。

息をするのも忘れたように、望月は一つひとつを眺めた。

傍目《はため》には気楽な退職オヤジに見えるかもしれない。しかし本人は、脱出不可能の刑務所要塞アルカトラズ島から飛び立った蝶のような解放感に満ちており、まごうことなき自由人だ。執筆をやめたくせに、他にすることがないから現場取材に来た感もある。

寺、神社、城、像が歴史の缶詰ならば、取材はその缶を開ける缶切り作業だ。

なにが出てくるのか？　ワクワク感といったら秘密基地ゴッコに遊び呆ける少年と変わりはない。

増上寺大殿の右隣、安国殿《あんこくでん》に入る。正面の左隅っこにあるのが和宮像だ。

等身大だというが、意外に小さい。目立つこともなく、見学者の眼に留まる気配もない。

もっとも、こういうところに来るタイプは家内安全、商売繁盛……漠然とした安堵《あんど》を求めて本殿を拝し、そのついでに安国殿に顔を突っ込むだけだから、なにかにこだわって凝《ぎょう》視《し》する人はいないだろう。

近付いて見上げる。やはり左手がなかった。いや、失われているというより、着物の袖にくるんで隠しているといったふうでもあって、思わせぶりだ。

意に染まぬ暮らしをしていた割には穏やかな表情で、望月はシャッターを切り、二〇枚ほどデジカメに収めた。

ひとしきり撮ってから受付に戻り、和宮の像について質問したが、担当者が不在だとそっけなく告げられる。

増上寺を出た。脚は自然ともう一つの和宮像に向かった。

日比谷《ひびや》通りを挟んで、さらに一つ裏手の「日本女子会館」にあるはずだ。昔はここも増上寺の敷地であり、したがって和宮の双子像は同じ領域にあったことになる。

日本女子会館の事務所は五階だった。あらかじめ電話を入れていたのが功を奏したのか、好ましい顔で五〇歳前後の担当者が待っていた。

「お待ちしておりました」

「お忙しいところを、お邪魔します」

日本女子会館　　　　増上寺

東京・芝。目と鼻の先の距離に、双子のような和宮像が安置されている。どちらも左手首から先は見えない。だが、よく見ると表情や腕の角度が異なっている。さらに衣装の重ね袿(かさねうちぎ)に描かれた文様(家紋か)も別物だ。右は菊花紋、左は菊花の陰から五葉の葉が見える。この銅像は別々の鋳型から生まれたものだ増上寺のものとは違った印象だ。神々《こうごう》しい金色の厨子《ずし》の中に納まる和宮には、冒《おか》しがたい気品が備わっている。こちらのほうは部屋の中で大切にされており、心なしか幸せそうでもあった。

「いつ頃ここへ？」

「たしか昭和一〇年前後だと……勉強不足であまり詳しくないのですが、お役に立つかどうか……関連資料を用意しておきました」

思慮深い返事と共に、手にしていた資料を望月に渡した。

「助かります」

恐縮して頭を下げる。

資料は後回しにし、断わって写真を撮りはじめた。全身、顔、胸、胴、手脚のアップ、右から、左から……。

「おや？」

望月が、首を傾《かし》げた。担当者がそれに反応し、訝《いぶか》しげな顔を寄越《よこ》す。

「どうかされましたか？」

「こちらは……増上寺の像と違いますね？」

「えっ、そうですか？」

担当者は驚いた顔を和宮に向けた。

「えーと……」

望月は前屈《まえかが》みになって、デジカメに収まっている撮ったばかりの増上寺の和宮像を出した。もう一度、自分の目で確認してから相手に示す。

「ここ……」

二体とも婚礼儀式に使う袙扇《あこめおうぎ》を手にしているが、手の高さが若干違う。さらに凝視すると、袖から見える重ね着の枚数も違っていた。係員は眉を寄せ、ふむーと言いながら大きく肩で息を吐いた。

望月の視線が画像と目の前の像を忙しく往復し、さらなる相違点を探った。すると顔さえも違っていることに気付いた。双子じゃない！　と思った瞬間、息を呑むほどの違いを見つけた。

——これは?……——

家紋だ。違うのだ。増上寺のは菊の紋。しかしこちらは違う。菊の陰から牡丹《ぼたん》かなにかの葉先がにょきっと五枚出ているデザインだ。見たことがない。

「この家紋、ご存じですか?」

「菊の御紋では……」

「いえ違います」

「……」

「どうして、増上寺とは違うんでしょう……」

男はスーツの裾を引っ張り首を捻《ひね》った。が、しかし家紋が違ったからといってなにか問題なのか、別段騒ぎ立てることもないのではないかといったふうで、気持ちは共有しかねているようだった。

増上寺と日本女子会館の和宮は双子ではない。別々の鋳型《いがた》から生まれた像だ。

なぜ違うのだ？

気持ちを抑えながら赤坂《あかさか》で蕎麦《そば》をかき込み、それから書斎に戻って、画像をユカへ送信した。

和宮像の暗号

下のコンシエルジュから連絡があった。デジタル時計はまた『13：13』のゾロ目、気持ちのどこかがざわりと騒ぐ。

訪問者はユカだった。

勤める中学校がなにかの祭事で、休みだという。

「サラリーマンのお昼はかわいそう。ランチタイムじゃなくって、慌しい移動時間ですもんね」

昼休みでひどく駅が混んでいたという。人の群をかい潜って来た割には、爽やかだった。ショート・ヘアとライト・ブルーのセーター、相も変わらず切れ長の目が清々《すがすが》しい。

「画像、拝見しましたよ」

「無数の質疑応答になりそうです」

ユカは持参したiPadをマニキュアのない長い指先で突《つつ》き、和宮の立像を画面に出す。

望月は、さっそく土産の大福を頬張る。大福とユカ。幸福の化身、大好きな組み合わせが嬉しくてたまらなく、それに歯の浮くような世辞とくれば、ますます大福が旨い。

「増上寺と日本女子会館の像が別物だなんて、大発見です」

まんざらでもない顔でユカを見た。

「二つを、じっくり見較べた人なんてだれもいませんよ。さすが、眼の付けどころが違います」

誉《ほ》め言葉は、謹んで受け取ることにしている。

「ありがとう。しかし、比較観察は歴史の基本です。あれとこれを比較する。その結果、新しい発見があれば歴史が一段整う。この快感は中毒です」

真面目に答え、熱い茶をすすって続けた。

「本当にそっくりだから、皆が双子だと思い込むのは当たり前でね。しかし、よーく見ると微妙に手の位置、着物の襞《ひだ》、枚数、顔すら違っている。おまけに家紋までも。ユカさん、この家紋、どう思います？」

ユカは指先でｉＰａｄを拡大した。

「これですよね」

望月が覗き込む。

「さっそく調べてみました」

「で？」

「大変珍しいものですが、どうやら和宮の所持品に付いている、やんごとなき紋です」

といって、サクサクとその写真を画面に出した。言う通り、重箱や小物入れなど和宮の所有物の数々に同じ紋があしらわれていた。

「この紋がどういう時に使用されたものなのかまでは、目下不明です」

「というと？」

「つまり、一般的な皇女が嫁入り前に使用する慣例的な紋なのか、それとも天皇の妹だけの特別な飾りなのか」

「なるほど……」

大福を呑み込み、思案気にしゃべった。

「それはそれとして、おかしいのは銅像です」

「……」

「二つの像はあきらかに作者は同じなのに、鋳型はなぜ違うのか？　わざわざ鋳型をもう一つ造ったのはなぜか、という点です。お遊びにしては高くつきます」

望月は食べかけの大福を片手に持ち、左の眉を上げて訊いた。

「作者は分かった？」

ユカが、こくりと頷く。

「大阪在住の鋳造師で、三代目慶寺《けいじ》丹長《たんちょう》作」

聞いたことがなかったが、その道ではそこそこの人らしかった。

「丹長に依頼したのは、神戸《こうべ》の中村直吉《なかむらなおきち》という人物です」

「中村？」

ユカが形のよい指で、ｉＰａｄに名前を打ち込む。

「ここに経歴が」

と言ってさっと自分で目を通し、苦労人のようですねと言ってから朗読口調で説明した。

「一八八〇年（明治一三年）の生まれで……幼くして両親と死に別れた孤児……。独力で米屋を開業、のちに米穀取引所理事長、県会議員にもなった立志伝中の人物のようです」

「察するに、米相場でべらぼうに当てた成金《なりきん》ですかな」

「そんな感じ」

中村は、幼い時の自分に重ね合わせたのだろう、深く二宮尊徳《にのみやそんとく》を敬愛し、多くの尊徳像を三代目慶寺丹長に造らせている。目的は神戸、明石《あかし》の全小学校に寄贈することだった。豪気な人だ。

また貧困労働者をメンバーとする「養生会《ようじょうかい》」を組織し、その指導にあたり、四四歳（一九二四年）にして「兵庫実践少年団」を結成、毎週の日曜日、自らがリーダーとなって山野を歩き回った人格者だとユカが付け加える。

「そればかりではありません」

移民が盛んな頃で、当時のブラジル移民を応援している。神戸港を出発する人々に、もれなく手拭いを寄付、その数一三万六七〇〇本に達したというから、奇特どころではない。

中村はヨーロッパにも足を向けている。その後、日本の婦人がいたずらに西欧化するのを嘆き、「皇国婦道《こうこくふどう》」の必要性を痛感したらしく、折から全国婦人の修養の殿堂である「女子会館」建設計画を知り、日本女性の鑑《かがみ》、和宮の銅像を寄進したというのだ。

寄贈は一九三三年（昭和八年）というから中村五三歳のときである。

増上寺の像も三代目慶寺丹長作で、同じだ。

丹長の人となりは、今のところ、中村の依頼で数多くの二宮尊徳像と和宮像を造った大阪のアーティストだとしか分かっていない。

「中村氏が」

望月が大福をぜんぶ腹におさめ、満足そうな顔でしゃべった。

「日本女子会館に寄付した動機を、額面通り鵜呑《うの》みにしていいのだろうか？　しっくりいきますか？」

ユカが、望月の次の言葉を待っている。

「日本女性の鑑なら、むしろ山内一豊《やまのうちかずとよ》の妻や秀吉のねね、家定《いえさだ》正室の篤姫《あつひめ》のほうがふさわしいと思うが、どうして和宮なんだろう」

同意しているのかしていないのか、曖昧《あいまい》な表情だ。

「幕末はともかく、攘夷一本槍だった彼女は明治以後、まったく評価の対象外で、話題にすら上らなかった女性です」

「……」

「それはまあいいとして」

難しい顔で続けた。

「単に女の鑑というだけなら、増上寺と日本女子会館は同じ鋳型の双子でなんら不都合はない。しかし違えた。手の位置を変え、顔を少し変え、しかも家紋まで別物です。こんなことは気まぐれでも、偶然でもありません」

断定した。

「ええ、私も、それはそう思います」

そう言ってユカが萩《はぎ》焼の茶碗を両手に持ち、思案気に中を覗いた。

「そうだ」

ユカが顔を上げた。

「他にも、和宮の像があるんです」

望月が興味深げに左の眉を動かす。

「どういうこと？」

「中村直吉さんは、他にも和宮の像の寄贈を……ええ、自分の娘の通う神戸市立第二高等女学校と、他にも県一、県二の高等女学校にしているのです」

「すると、東京を含め、ぜんぶで五体？」

望月は考えるように、ソファに身をあずけた。

「神戸の女学校の三体とも戦争中に行方不明。でも須磨《すま》には現存する像がもう一つあって

――」

ユカが続けた。

「神戸の須磨ですか……」

「須磨の一《いち》の谷《たに》に放置されていたんです。戦後、その土地を購入した塩田《しおた》某《なにがし》が見つけて、

地元の自治会と話し合って公園に安置したのですが、おそらく不明になった神戸の女学校三体のうちの一つではないかと」

須磨浦《すまうら》公園へは二〇〇一年に移されている。最近と言えば最近で、ユカは、ええと……と言いながら再びｉＰａｄを手にした。

「これが……そうです」

「どれどれ」

望月がそそられるように覗き込む。

汚れ方がきつい。手にしていたであろう袙扇は欠落しており、代わりにその辺の角材を無理やり突っ込んでいるような感じである。

望月はスクリーンを遠くに離し、目を細めた。しかし経年劣化と投稿写真の画像がやたら粗い。それでもどうやら、これまでの二体とはいくぶん違う様子が見て取れた。

「家紋が見たい」

画像の拡大を試みるも、不鮮明さが増すだけだった。像の全体を見渡した。顔つき、着物……増上寺や日本女子会館とは、また別物のようでもある。

望月は組んでいた腕を解いて、ぬるくなったお茶をすすった。

世に晒《さら》した異なる和宮。意識的であろう。ルールは一つ。

「ひそかに伝えるから、それを読み取れ！」

だ。

中村直吉のゲームなのか？　大福の糖分が脳をめぐり、頭が冴えてきた。

「実は、もう一体あるんです」

「なに！」

茶をこぼしそうになりながら、場所を訊いた。

「神戸市立博物館です」

「えーと……それもまた、不明になった神戸の女学校三体のうちの一体ですか？」

「と思います」

となると、増上寺、日本女子会館、須磨、そして神戸市立博物館、中村が造らせた五体のうち四体の消息が判明したことになる。

「家紋は？」

望月は意気込んだ視線を、ユカの手元のｉＰａｄにやった。

ユカが、ありませんと言って首を振った。

「それじゃ、直接――」

「それがね先生、すでに電話して訊いてみたのですが、学芸課の人が、見せられないというのですよ」

「どうしてです？」

「神戸市教育委員会生涯学習課からの預かり物だから、許可がないと」

「見るだけなのに？」

「はい、お役人ですから」

「泣く子と役人には勝てませんな。では、正式に出版社を通じてお願いしてみますかね」

遺体は語る

雨の日が続いたある日の朝、望月は単純にして重大な事実を見逃していたことに気がついた。

五〇年前の増上寺墓地調査時の匿名投書だ。送り先は、朝日新聞社と調査団だった。

その日、あまりにも早く目が覚め、ベッド脇に放り投げてあった鈴木尚東大教授の著書『骨は語る　徳川将軍・大名家の人びと』をぱらぱらと捲《めく》っていたのだが、最後のページを開かずじまいだったことに気づいた。まったくドジな話だが、あらためてその「あとがき」に目を通したのである。

目に留まったのが、中に記されている匿名投書の全文である。

瞬時にのめり込んだ。文が襲いかかり、目覚めたばかりの望月を打ちのめした。

当時はあっさりと払い除《の》けられた投書、しかし実は紛れもない暗黒の入り口を綴《つづ》ったもにすることにする。

のだったのである。なにより望月の推理と一致していることに驚いたのだ。若干古い文体だが、臨場感が得られるので、調査団に宛の投書文をそのまま載せることにする。

〈前略　突然此《こ》の様な事を申上げ失礼ですが、此度《このたび》の和宮様御墓発掘の事を知り、さもありなんと心にうなずくものがありましたので、一寸《ちょっと》、申上てみたくなりました。

実は私の祖母は御祐筆《ごゆうひつ》として和宮におつかへし、其《そ》の最後を見とどけた者でございます。

明治維新後（祖母の年を逆算しますと、明治4年か5年と思はれます。宮の御逝去《ごせいきょ》は10年との事ですが、一切は岩倉具視が取《とり》しきつた事とて、其の時まで伏せておいたのかと思はれます）岩倉卿と祖母が主になって、小数の供廻《ともまわ》りを従へ、御手廻品《おてまわりひん》を取まとめ、和宮様を守護して京都へ向う途中、箱根山中で盗賊にあひ（多分、浪人共）、宮を木陰か洞窟の様な所に（勿論《もちろん》お駕籠《かご》）おかくまひ致《いた》し、祖母も薙刀《なぎなた》を持つて戦ひはしたものの、道具類は取られ、家来の大方は斬られ、傷つき、やつと追い拂《はら》つて岩倉卿と宮の所に来て見たところ、宮は外《そと》の様子で、最早之《もはやこれ》までと、お覚悟あつてか、立派に自害してお果《は》てなされた。

後、やむなく御遺骸を守つて東京に帰り、一切は岩倉卿が事を運び、祖母は自分の道具、おかたみの品を船二隻《せき》で郷里に帰つた由《よし》（大方は其後、倉の火事で焼失との事）、其後、和宮の御墓所を拝した時、御墓所の玉石をいただき、後年まで大切にしていたさうです。

以上のことは母が幼時に聞き覚えていたと、私に語つたものですが、以上の様な訳で、お手許《てもと》品も何も入れず、密かに葬つて後、発表したものと思はれます。戦後、小説に芝居に、和宮の御最後を有栖川宮との思ひ出をのみ胸に、亡くなられた様な場面を見せてゐ《い》るのを心外に思つてゐたものです。

然《しか》し祖母の遺品、書物の少し許《ばか》り残つて居ました物は20年春、疎開の時、最早、日本の終りと考へて皆、他の書類などと共に焼棄《やきす》てた為、聞き知つた御最後を申し出す証拠もなく、残念に思つて居りました。

徳川家の記録には此の御最後の事が正しく載つて居りますでせうか、皇室も徳川家も現在では何も伏《ふ》せる事はないと思ひますから、家の為、崇高な御一生を過された和宮様を正しく維新史を飾る一頁に伝へたら如何《いかが》でせう。御発掘の有様を見て心から迸《ほとばし》るものがありましたので乱筆を走らせました。

私やがて五八老女、他出も余りせず居りました為、何かと出ずらはしさを避け、匿名で申上ます事をお許し下さい〉

一九五九年（昭和三四年）一月五日付

知性を感じさせる文である。書き足りなかったのか二〇日後（二月二五日付）、今度は調査団長の鈴木尚個人に手紙を出している。

〈冠省　二月五日付の書、御覧いただきましたでせうか。其後、御研究が進んで居られる事と存じますが、和宮様に刃の痕跡など有つたか等、考へて思ひを維新の昔に馳《は》せて居ります。

私は単なる興味本位でなく、歴史の真実を幾分でも再現したならと愚考して居る者でございます。寡聞《かぶん》にして、先生の御発表がどういう研究誌に何時《いつ》頃なされるものか存じませんが、何とかして一読したいものと思つて居ります。もとより浅学菲才《せんがくひさい》、学術的なことは分かり兼ねますが。

今のところ見聞はＫＲＴ（注・旧ラジオ東京。現在のＴＢＳ）と朝日新聞だけを毎日定めて居りまして、他の方面は有りましても一向に見ず読まずの状態で居ります為、先生の尊い御研究、御発表も拝見いたせるか心細い思ひでございます。徳川墓地調査の記事を新聞紙上に御発表の折、和宮に関しての正式発表は何時頃どんな誌上でなされるかを御暗示いただければ幸と存じます。

お忙しい折、取るに足らぬ者の言など御耳を傾けられる暇はないとの御叱りを受ける事は当然と思いますが、厚かましくも筆を取りました次第でございます。気候不順の折、御

移転改葬のため発掘調査される和宮の墓と遺体

自愛専一に御研究の程祈り上げます〉

発掘調査は一九五八年（昭和三三）の八月の開始だから、一通目は、作業半年ほどで出したことになる。よほど気になっていたのであろう、結果発表を今か今かと待ちわびる胸の内が文面によく現われている。

それに対して鈴木尚教授は調査の印象を「あとがき」で微妙に綴った。

〈和宮の遺骨には、刃の跡その他の病変部は認められなかった。ただ不思議にも左手首から先の手骨はついに発見されなかった。和宮の左手が、幼少のころからなかったとは考えられない〉

と断じているものの、ではなぜそうなのかという原因についての具体的言及は避けている。しかし続いて状況を、こう推測していた。

〈残された可能性として、晩年の和宮に彼女の手がなくなるようななにかが起こったか、秘されてはいるが和宮がなにかの事件に巻き込まれたか、ということになろうか〉

そして最後についに踏み込む。

〈ことによると、墓誌銘に伝えられるような脚気がもとで薨去《こうきょ》せられたのではなく、何か別の事件、たとえば投書の内容に似た事件にでも、巻き込まれたことがあっての御最後だったかもしれない。今となっては判断のしようもないが、何とも不思議な話である〉

本の出版時は、昭和天皇の威信が高止まりしている時期だ。それを思えば勇気ある告白の部類だ。鈴木の迂遠《うえん》な表現を言い直せば、死因は脚気ではない。他殺説の積極支持者だ。

望月は鈴木を見直した。というより、以前ここを読まずに、鈴木をいくじなし学者だと決めつけた自分の早とちりを多少反省したが、先のない晩年の著作ならば、もう一歩も二歩もガンと踏み込んで欲しかった。

それにしても、この五八歳のご婦人はいったい何者なのか?

文体はどこか超然とし、磨きがかかっている。秘めた逢瀬《おうせ》のように熱心に二度も手紙を出すぐらいだから、戯言《たわごと》ではない。統合失調症の妄想を疑う人もいるだろうが、しかし統合失調症なら、文体はもっと狂気にあふれ傲慢《ごうまん》で攻撃的だ。そんなところは微塵《みじん》もない。ご婦人は母からの又聞きだということを正直に告げ、真実を知りたいので教えて欲しいという謙虚な姿勢を崩さない。それに五八歳、ボケるにはまだ早い。

投書によれば祖母は和宮の祐筆だという。祐筆というのは文書秘書官で、知識人でなければ務まらない。その知識階級の祖母から母へ、母から子へと語り継がれた和宮の最期は、ご婦人にとっては信じるに値《あたい》する衝撃的な事実なのだ。

ご婦人は、科学的な裏付けが欲しかった。はたして自分の思いと同じ結果が得られるのか？　期待に胸を躍らせ、矢も盾もたまらず、疑問を手紙に託した。その文面には、気品すら香っている。

匿名である以上、功名心はない。そしてなにより、この婦人が偽りを口にしたところでなんの利も得られないという動機に、心底真実に近付きたいというなみなみならぬ気持ちが垣間見えるのだ。

腑に落ちたことが一つある。

和宮の副葬品だ。あの時代、棺の中に生前ゆかりの品々を入れるのが慣例中の慣例だ。したがって他の将軍や正室などの棺には紋付きの漆箱、蒔絵《まきえ》の漆箱、ハサミ、臍《へそ》の緒《お》、産毛、多数の衣類、刀、櫛《くし》……などがざくざく大量に納められていたのだが、和宮の副葬品と言えば、わずかに一つ、小さな板ガラスだけであった。

ありえないことである。

棺のガラス板を分析官が持ち帰り、整理のために電球に透かしてみたところ、乾板写真であった。

長袴《ながばかま》に直垂《ひたたれ》に立烏帽子《たてえぼし》を着けた若い男が、うっすらと写っていた。

翌日、再び分析官が見たところ、写真の被膜《ひまく》がものの見事に消えており、ただのガラス板になり果てていた。太陽光のいたずらだったと考えられているが、立烏帽子の男はだれか？　夫家茂か、それとも婚約者の有栖川宮熾仁か、謎が謎を呼び、一瞬世間を騒がせたのだが、残念至極《しごく》につきる。

それとは別に、この副葬品のなさに疑問を挟む学者はいなかった。

なぜガランとしていたのか？

それればかりではなく、望月はもっと奇怪な点に注目していた。和宮の死装束だ。棺の中には粗末な布があるだけで、状況はほぼ全裸を示していたのである。

副葬品がない裸の遺体。なぜなのか？　幾度も波のように押し寄せる疑問。墓の主は天皇の妹で将軍の妻、一時代のスーパー・スターだ。この粗末すぎる埋葬は、なにを物語っているのか？

明白すぎるほど明白だ。匿名投書のように、遺体を東京に送って慌しく葬ったので、生前ゆかりの品々などあろうはずもなく、刀で斬《き》られた着物も入れようがなかった。これならすべてにおいて合点がゆく。望月は意を強くした。

暗殺への序曲

相変わらず朝は早い。

四時半に目覚め、ヨガのあと、一〇分の瞑想が毎日のルーティンだ。

キッチンに立って特製野菜ジュースに取りかかる。ジューサーも普通のものではない。回転の遅いやつで、ゆっくり回転は高温を伴わず、したがってビタミンが新鮮に生きている。

野菜ジュースを持って、パソコンの前に移動する。おっとりと呑みながらネット・ニュースに眼を通す。

心と身体に酵素をたっぷり補給するのも大切だが、実は朝風呂もいい。このところ水素風呂に凝《こ》っている。発泡する水素が身体を骨の髄から温め、血流をよくするのだ。

昔なら、筋立てを探し、書きたくなってうずうずしている頃合いだが、めっきりそういうことはない。

湯に浸り、静かな記憶に耳を傾け、人生を楽しむように。風呂から上がる。

『06：06』

時計表示が気になるも、気圧《けお》されることはない。おもむろに居間に移動し、音楽をかけ、本を読む。

幸せが時を刻んでゆくという言い方があるが違う。時が過ぎるのではなく、自分が今を過ぎ行くのだ。

本を置き、ベランダに眼をやる。

テーブルの上には淹《い》れたてのカプチーノ。香り高きブルーマウンテンにうっとりと誘惑され、眼を瞑《つむ》ってから口を付ける。

記憶のページにはさみ込んであった匿名投書をつまんで引き抜く。

なぜご婦人は、黒幕を岩倉だと断定的に書いたのか？　むろん母上から聞いたのだろうが、ご婦人自身充分納得のいく話だったのだ。望月もその理由をしっかりと確認したいと思った。

気持ちを殺人、そして完全犯罪にフォーカスした。

殺人などだれにでもできる芸当ではない。

強い動機、狂気にも似た実行力、冷静なる事後処理が必要だ。この三つに加え、今回の場合、狙った相手は超高貴な有名人である。そんな人物を歴史の闇の彼方に葬り去るには上層部の複数の人手を要し、しかも関係者全員の口を封じなければならない。つまり、リーダーには独裁的な権力が備わっていなければならないのだ。

当時を見渡した時、岩倉がぴったりくる。

岩倉の狂人的胆力は、幕末維新を少しでもかじったことがある人間ならば、たじろぐばかりだ。

そんな岩倉を窮地におとしいれ、憎悪の塊《かたまり》に火を点《つ》けた人物がいた。孝明天皇だ。

攘夷に消極的だとして岩倉に蟄居《ちっきょ》、出家を申し渡す。その後、孝明が死ぬ。

次が坂本龍馬だ。剛腕龍馬の推《お》し進めた大政奉還は見事なほどで、武力革命派の頭目《とうもく》岩倉をあざやかに追い詰めた。しかし岩倉は驚異的な粘り腰をもって邪魔者龍馬を消し、偽装の勅命、すなわち畏《おそ》れ多くも天皇の命令文を偽造し、ニセの錦《にしき》の御旗《みはた》を掲げて引っくり返したのである。

デタラメの勅旨《ちょくし》とニセ天皇で、迫真の演技をもって日本という国を奪い取った大詐欺師は、氷のように冷たい心臓の持ち主でなければ務まらない。

御一新《ごいっしん》の朝廷をこれまた完璧に牛耳ったのも、精神疾患を持っているのではないかと思うほど病的な剛胆さによるところが大きい。この男には、いつも抑えがたい渇望が渦巻いている。

家茂、孝明、龍馬、和宮殺害は連続した流れだ。陰には鋭い眼光の岩倉、そして腹心の伊藤博文がつきまとっている。

眼を細め、カプチーノをすすりながら和宮暗殺時期を考えた。

江戸徳川家への降嫁時はどうか？

ありえない。降嫁は岩倉の意思で、むしろ思惑通り、ぶち潰す理由がない。

では降嫁直後、江戸城に入ったあたりは？

大奥での和宮は、自分の存在をアピールするように家茂や慶喜に攘夷戦をけしかけている。その時の岩倉の思想はどうか？　自分を失脚させた孝明を憎んではいるものの、京都郊外に蟄居状態で、和宮どころではない。

岩倉に和宮抹殺の強い動機が芽生えるのは、やはり天皇すり替え後だ。不正に黙っていられない和宮が、危険な動きに出る。これが強い引き金となる。

すると、天皇すり替え時期がポイントになってくる。判明すれば、和宮の殺害時期の目《め》処《ど》が立つ。

天皇すり替え、世紀のマジックは、いつ行なわれたのか？

これは『幕末　維新の暗号』でも追いきれなかったことである。

注目すべきは睦仁《むつひと》の妻、美子《はるこ》の追号《ついごう》だ。禍々《まがまが》しく書き換えられた『昭憲皇太后《しょうけんこうたいごう》』という看板、これが動かぬ一つのキーポイントだ。

正しい追号は『皇后』だ。天皇の妻なら当然である。ところが本人が死んだとたんに、前代未聞の『皇太后』、すなわち明治天皇のお母さんになってしまったのだ。

「皇后」から「皇太后」へ、「妻」から「母」へ、なぜそうなったのか？

だれがどう考えてもおかしい。

実際、こんなこたぁ天下の誤りだと激怒して、即刻訂正するように迫った無知な政治家がいたのだが、宮内省はのらりくらりと暖簾《のれん》に腕押しである。宮内省だって正面切っての反論などできようはずもないから、結局使用する切り札はただ一枚、「ご聖断」だ。

「たしかに『皇太后』は間違いであるものの、明治天皇がお認めになっているのだからそれでいいのだ」

神のご意思ならば、どんな誤謬《ごびゅう》でも許される。この一言で突破できるのだから、日本はチョロい。

宮内省の主張通り『皇太后』の追号は、間違いなく明治天皇直々《じきじき》の遺言だ。明治天皇が死の床で、美子は絶対に先帝の妻であって、すなわち自分から見ると母親（皇太后）である。よって皇后ではない——と断言した。そうでもしなければ、宮内省が間違った追号など独自にいじれるわけがない。

ではなぜ明治天皇は、『皇太后』にこだわったのか？

そう、ここにすり替え時期のヒントがある。

話は孝明天皇が急死した一八六七年に遡《さかのぼ》る。

後継者は息子の睦仁だ。記録によれば親が死んだほぼ二週間後、自動的に睦仁が新天皇となっている。

孝明暗殺の噂が渦巻く中で、一四歳の新天皇をどう守るのか？

「お命が危ない！」

御所の奥深くまで孝明暗殺勢力が跋扈《ばっこ》している。大政奉還を目指す無血革命派は、新天皇睦仁の身を案じた。

万が一を考え、世継ぎの種を残しておいたほうがよい。それには一刻も早い結婚だ。

同年七月二九日、儀式をもって一条美子を新天皇の女御《にょうご》にした。女御の儀式とは、ベッドを共にすることだ。慣《なら》わしとして美子はそのまま『皇后』に昇格。つまりこの時点で、睦仁新天皇と美子は夫婦だ。

ところが天皇がすり替わる。次の明治天皇から見れば美子は先帝の妻だ。ということは自分の母にあたるわけで、すなわち『皇太后』となる。しかも、明治天皇は美子との結婚式すら挙げていない。

睦仁天皇――結婚式――美子（一八六七年七月二九日）
すり替え
明治天皇――――――美子（一八六八年）
スライド

明治天皇が美子を『皇太后』（母親）だと言い切ったということは、一八六七年七月二九日の女御入内《じゅだい》の時はすり替え前、まだ睦仁本人だ。そしてその三カ月後の一一月一〇日、睦仁天皇は坂本龍馬ら無血革命派の提出した大政奉還を許可している。ここでもすり替わっていない。

もしここですでにすり替わっていたなら、南朝天皇であるから岩倉はわざわざ勅旨と錦の御旗を偽造する必要はなく、本物の勅旨と旗が手に入る。手が届かないところに遠ざけられていたから、ニセ物を造らせたのである。少なくともここまでは、すり替えなしだ。固いガードで守られた睦仁天皇すり替えのチャンスは、いくら考えても「鳥羽・伏見の戦い」のどさくさしかない。

大作戦は、まず御所を占拠することから始まる。これまで働いていた侍従その他の宮勤《みやづと》めの面々を全員叩き出して、天皇をすり替える。ワンチャンスだ。

だからこそ、大政奉還によって幕府が権力を朝廷に渡したにもかかわらず、岩倉は江戸ではなく、死にもの狂いで京都に騒擾《そうじょう》を造ったのである。

鳥羽・伏見の戦い。兵の動きは漠然としすぎてよく分からない。もっとも重要な天皇を、どこの藩がどう守り、どの藩がどう攻撃したのか？　一番肝心なことはなに一つ明らかではない。

歴史上最重要シーンであるにもかかわらず、検証されることもなければ、決して語られることもない。

これはおかしい。

見えるのは西郷隆盛の兵くらいだ。本当かどうか、しかしこれはだいたい伝えられている。

もう一度あらためて望月は、明治維新の英傑を思いやった。大久保利通と桂小五郎はどうしていたのか？　岩倉具視や伊藤博文はなにをやっていたのか？　天下分け目の戦である。自慢話の一つも彼らの口から語られないのが奇妙だ。ようするに語れなかったのだ。

御所攻撃は岩倉の手引きだ。大久保利通選《え》りすぐりの薩摩の秘密部隊と、桂小五郎、伊藤博文率いる長州秘密部隊が忠臣蔵《ちゅうしんぐら》よろしく御所を荒々しく襲って天皇をすり替えたなど、死んでも表に出してはならぬことなのだ。

この秘密を共有した連中が、明治政府の中枢と要所を固めた。

無事完了。

しかしすべてを知る皇后、一条美子までは殺せなかった。

なぜなら一条家は代々、上級公家をはじめ、あちこちの大名家と婚姻を通して密接な関係を持っており、もし美子を葬って彼らを敵に回せば、いくらなんでも収拾がつかなくなる。しかもオヤジの一条忠香《ただか》は、かりにも岩倉を支持した名門の公家だ。新政府でも左大臣に据《す》えつけなければならないほどの御仁《ごじん》であって、したがって美子は生かす。条件は「完全沈黙」。

だが明治南朝天皇は面白くない。我慢がならないのは、なんと言っても身内で殺害した男の妻と、いくら形式的とはいえ夫婦になったことだ。ぞっとしない話である。

仮面の夫婦。田舎暮らしがすっかり身についた小僧である。最初はまだ低い部類の我慢だった。そのうち年が進むにつれてスーパー・スターに成り上がる。周辺の服従態度にも慣れ、湯水のように使っても使ってもカネが増え、女もよりどりだ。すべての欲望が満たされた頂点に立つ。

人間は欲望に向かって動くものだが、欲望の本質は物そのものにはない。物を通して社会的地位や金銭的能力を表現したいだけで、つまり「心」が大切となってくる。「物」から「心」への転換が起こったのである。

天皇の居心地はすこぶる悪い。原因は、自分がただの「お飾り」で発言権がないことだが、そのお飾りもフェイクなままなのだ。

欲しいものはたった一つ、真《まこと》だ。嘘はまっぴらである。仮面を一気に脱ぎ去り、本当のことをぶちまけて人生を立て直したいと思うのは人として当然で、我慢ならぬほどの大問題に膨《ふく》れあがってゆく。

したがって美子とはほぼ接触せず、表向きの母親睦仁の母中山慶子《なかやまよしこ》には病気、いや危篤時でも見舞わなかったのは有名な話だ。

やはり、すり替えは「鳥羽・伏見の戦い」時。となると、それまで和宮は生きていると確信を得た時、望月は特筆すべき後日談を思い出した。

思い出したというより、頭上で歴史の神様が「まあまあ、聞いていただきたい」と語ったように聞こえた。

これが笑ってしまうほど滑稽《こっけい》なエピソードで、一九〇四年（明治三七年）の二月、それまでおとなしかった美子が、突如一発かましたのだ。

青天の霹靂《へきれき》、「夢事件」だ。

美子が「夢を見た」と言い出す。

どんな夢かというと葉山《はやま》の御用邸《ごようてい》で三七、八歳の白装束の武士が夢枕に立って「私が海軍軍人を守護します」と言ったという内容だ。

宮内大臣の田中光顕（左）は、なぜ昭憲皇太后（一条美子・右）の夢に現われた男を龍馬と断定したのか

ここまでは、たわいのない夢だ。だがこのあとあっと驚く展開になる。

美子は白装束の男が気になって、宮内大臣の田中光顕《たなかみつあき》に訊く。すると田中は、なんとその白装束は坂本龍馬の霊だと断定したのである。

美子は「龍馬？　フウー」と訊く。田中が龍馬の写真を持ってきて、この侍《さむらい》ではないかと美子に見せると、美子は眼を見開いて、まさに同一人物だと答えたのである。

この臭い芝居が全国紙に載ったのだが、後の学者の解説として、当時、日本は日露戦争におよび腰だったのだが、皇后の見た「私が海軍軍人を守護します」という龍馬の夢発言で勇気を得、国威が発揚し、国民が一丸となったのだ、というのが一般的だ。

この説が通るのだから呆れてものが言えな

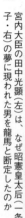

い。頭がどうかしている。

よく考えて欲しい。当時坂本龍馬はまったくの無名武士だ。むろん岩倉たちが歴史から消去したのだが、したがってだれも知らない龍馬の名を世に出したところで、一般人には、なんのことやらちんぷんかんぷんだから国威発揚にはならない。

この芝居の狙いはそんなところにはない。

よく考えていただきたい。夢はだれだって見る。毎日のように見る。白い馬だろうが、白装束の武士だろうが、どんな夢を見ようが夢が新聞に載り、世間に漏れることはない。たとえ天皇だろうが皇后だろうが、夢が一般に飛び出るなんてことは、金輪際ない。

しかしこの時だけは違った。白装束の武士が夢枕に立った、というくだらない夢だけが唐突にポンと浮上し、しかも皇后は占い師でもない田中宮内大臣を呼んで、わざわざ訊くというおまけ付きだ。それだけならまだしも、その話が全国紙に載るという摩訶《まか》不思議なことが起こっているのだ。

皇后の夢、田中大臣の登場、そして全国紙。不自然さが三つだ。

そして田中は、白装束の武士が坂本龍馬だと断定する。根拠はゼロ。むろん作り話だ。

ではなぜ、美子と田中は一般人にはてんで意味の分からない芝居を打ったのか？

そう、龍馬を暗殺した連中への警告発信だ。聞くに堪《た》えない龍馬の名をよみがえらせて、龍馬暗殺グループを震え上がらせたのだ。

暗殺グループとは誰か？　本来なら龍馬暗殺の黒幕、岩倉と大久保だが、この時すでに他界している。で、陰謀の一翼を担《にな》い、彼ら亡きあとを継いだ伊藤博文と井上馨《いのうえかおる》ということになる。

当時の国内情勢は騒々しく、日露戦争の賛否で二分されていた。小村寿太郎《こむらじゆたろう》、山縣有朋《やまがたありとも》、桂太郎《かつらたろう》が主戦論者で、対する非戦論を声高に唱えていたのが伊藤博文と井上馨だ。

皇后は「龍馬が海軍を守護する」という夢物語一つで、伊藤と井上を粉砕したのである。あまりにも壮絶な青春を送って来た伊藤、井上の両人は、その頃、力尽きた感もあり、この件で急に口を閉ざし、掲げていた旗を下ろした。

美子、田中の龍馬亡霊作戦は、見事に成功をおさめたのである。

田中光顕宮内大臣。

元土佐藩士だ。夢占いで龍馬の名を出し、見事一本取った男だが、海援隊ではない。最後の最後で龍馬と鋭く対立した土佐の過激派、中岡慎太郎の片腕陸援隊《りくえんたい》士だ。明治になってからは警視総監、学習院院長、宮内大臣など宮廷政治家として名をほしいままにしてきた権力男だが、なぜ下級武士が終始一貫して宮内畑のトップを歩き続けられ、華族になれたのか？

田中が明治天皇を守る闇の番人、「南梟団《なんきようだん》」の最高責任者だったなら辻褄《つじつま》が合う。

しかし、晩年、なにを血迷ったか、この男には「明治天皇はすり替わっている」と語った驚愕の告白逸話が残っている。

話は、愛知県豊川市《とよかわ》に住む三浦《みうら》天皇こと三浦芳聖《よしまさ》（芳堅《よしかた》）の著作『徹底的に日本歴史の誤謬《ごびゆう》を糺《ただ》す』の中に収まっている。市販された記録はないが、国会図書館の蔵書になっているからだれにでも読めるということだ。

田中が語ったという問題の部分はこうだ。


〈私（田中）は六〇年来かつて、一度も何人《なんぴと》にも語られなかったことを、今あなたにお話し申上げましょう。現在、このことを知っている者は、私の他には西園寺公望《さいおんじきんもち》公爵（公家。睦仁の遊び相手で後、文部、外務大臣を経て首相となる）ただお一人が生存しているのみで、みな故人となりました。

実は、明治天皇は孝明天皇の息子ではない。

孝明天皇はいよいよ大政奉還、明治維新という時に急に崩御《ほうぎよ》になり、明治天皇は孝明天皇の皇子であらせられ、御母は中山大納言《だいなごん》の娘、中山慶子様で、お生まれになって以来、中山大納言邸でお育ちになっていたという事をして天下に公表し、御名を睦仁親王と申上げ、孝明天皇崩御と同時にただちに大統をお継ぎ遊ばされとなっているが、実は明治天皇は、後醍醐《ごだいご》天皇第一番目の息子満良《みつよし》親王の御王孫で、毛利《もうり》家の先祖、すなわち大江《おおえ》氏がこれを匿《かくま》って、大内《おおうち》氏を頼って長州に落ち、やがて大内氏が滅びて大江氏の子孫毛利氏が、長州を所領し、代々長州の萩においてこの御王孫を御守護申上げて来た。

これがすなわち吉田松陰以下、長州の王政復古御維新を志《こころざ》した、勤皇の運動である。吉田松陰亡きあと、この勤皇の志士を統率したのが、明治維新の元老木戸孝允《きどたかよし》（桂小五郎）である。

元来、長州藩と薩摩藩とは犬猿の仲であったが、この桂小五郎と西郷南洲《なんしゅう》（隆盛）を引き合わせてついに薩長連合せしめたのは、吾《わが》先輩土佐の坂本龍馬と中岡慎太郎である。

薩長連合に導いた根本の原因は、桂小五郎から西郷南洲に『我々はこの南朝の御正系をお立てして王政復古をするのだ』ということを打ち明けた時に、西郷南洲は南朝の大忠臣菊池《きくち》氏の子孫だったから、衷心《ちゅうしん》より深く感銘してこれに賛同し、ついに薩摩を尊皇倒幕に一致せしめ、薩長連合が成功した。

これが大政奉還、明治維新の原動力となった。

明治天皇には明治になると同時に『後醍醐天皇の皇子征東将軍宗良《むねよし》親王のお宮を建立《こんりゅう》してお祀《まつ》りせよ』と仰《おお》せになり、遠州の井伊谷宮《いいのやぐう》の如《ごと》きは、明治二年本宮を造営せられ、同五年に御鎮座あらせられ、同六年には官幣中社《かんぺいちゅうしゃ》に列せられた。

……御聖徳により、着々として明治維新は進展し、日清、日露の両役にも世界各国の夢想だにしなかった大勝を博し、日本国民はこぞって欽定《きんてい》憲法の通り、即《すなわ》ち明治天皇の御皇孫が永遠に万世一系の天皇として、この大日本帝国を統治遊ばせると大確信に至り、しかも明治四十四年南北正閏《せいじゅん》論が沸騰して桂内閣が倒れるに至った時においても、明治天皇は自ら南朝が正統であることをご聖断あらせられ、従来の歴史を訂正されたのである……〉

学者が歯牙《しが》にもかけないストーリーだが、世の学者が一笑に付す事柄こそ真実だ。

驚くのは、望月が一五年をかけて調べ上げた幕末明治の歴史と、田中の発言した内容が、ほぼ一致する点だ。

まるで最初に、この文を読んでから『幕末 維新の暗号』に取りかかったような案配で、この文を発見した時、溜飲《りゅういん》が大いに下がって癒《いや》されたものである。

実際、田中が口にしたように、明治天皇本人が本物の北朝天皇ならば、あってはならない南朝万歳、南朝賛美の大事業を次々と起こしている。

1　一八六九年（明治二）鎌倉宮創建をはじめ、南朝関係者を祀る神社建設と再興、贈位などを行なう。

2　一八七七年（明治一〇）元老院が、天皇正史として北朝天皇から南朝天皇に切り替えた。

3　一八八三年（明治一六）岩倉具視、山縣有朋主導で編纂した『大政紀要』で、北朝天皇に「天皇」の号を廃止し「帝」に改める。

4　一八八九年（明治二二）南朝の皇族、武将を祭神とし、建武の中興一五社の建立を命じる。

〈オール南朝、一五社の設置〉

（祭神）

吉野神宮――後醍醐天皇。南朝の大ボス

鎌倉宮――護良《もりよし》親王。後醍醐の息子、比叡山天台座主《ひえいざんてんだいざす》、護良親王の短刀は勝海舟の家宝（『氷川清話』より）

井伊谷宮――宗良親王。後醍醐の息子、母は二条為子《にじょうためこ》、南朝再興のため東国へ向かう

八代宮《やつしろぐう》――懐良《かねよし》親王。後醍醐の息子、南朝再興のため征西将軍に任じられて九州へ向かう

金崎宮《かねがさきぐう》――尊良《たかよし》親王・恒良親王。共に後醍醐の息子、南朝再興のため北陸へ向かう

菊池神社――菊池武時《たけとき》、菊池武重《たけしげ》、菊池武光《たけみつ》。南朝武将

小御門《こみかど》神社――藤原師賢《ふじわらもろかた》。南朝武将

湊川《みなとがわ》神社——楠木正成《くすのきまさしげ》。南朝武将
名和《なわ》神社——名和長年《ながとし》。南朝武将
阿部野《あべの》神社——北畠親房《きたばたけちかふさ》、北畠顕家《あきいえ》。南朝武将
藤島《ふじしま》神社——新田義貞《にったよしさだ》。南朝武将
結城《ゆうき》神社——結城宗広《むねひろ》。南朝武将
霊山《りょうぜん》神社——北畠親房、北畠顕家、北畠守親《もりちか》、北畠顕信《あきのぶ》
四條畷《しじょうなわて》神社——楠木正行《まさつら》。楠木正成の子
北畠神社——北畠顕能《あきよし》、北畠親房、北畠顕家

5　一九〇〇年（明治三三）皇居に巨大な南朝武将、楠木正成像を設置。
6　一九一一年（明治四四）帝国議会で南朝が正統とする決議を行なう。
7　一九一一年　明治天皇自らが、南朝天皇が正統だと宣言。

あれもこれも南朝だらけだ。北朝など木端微塵《こっぱみじん》で、これらを見れば南朝文化大革命であるのは明白だ。

そもそも、硝煙の臭いも消えない維新早々、なぜこれら南朝が大噴火を起こしたのか？

岩倉は熱病に浮かされているがごとく、空前絶後の南朝復興事業に血道をあげている。

考えられるのは、一つしかない。

『南朝革命宣言』だ。その布石として、前もって北朝を貶《おとし》め、死亡届けを出しておく。端から端まで、正統なる南朝の証《あかし》で埋めておく算段だった。

ところが計画が狂った。

意に反し、政府内の主導権争いは絶えず、反主流派は事あるごとに不穏な構えを見せ、いっこうに鎮まらない。しまいには天下の切り札、すり替え天皇暴露で揺さぶりをかけてくる始末で、ついに言いだせないまま、先に抵抗勢力を一掃すべく動かざるをえなかったのである。

これが佐賀《さが》の乱、西南戦争の本質だと望月は確信している。

刑場に晒された江藤新平の首　（個人所蔵）

佐賀の乱の中心人物、江藤新平《えとうしんぺい》の辞世は、「唯皇天后土《ただこうてんこうど》のわが心知るあるのみ」だ。

皇天后土は神のことで、神だけが私の本当の心を知っていると言って死んだのだが、意味は深い。

西郷隆盛は、「天皇に質問あり！」と、大軍を率いて上京すべく動いて、西南戦争が勃発している。天皇になにを訊こうとしたのか？

二人の共通点は晒し首だ。江藤は河原に晒され、西郷は、胸の上に斬り落とした首を載せた格好で、晒されている。

「沈黙の掟」を破った者は首を晒す。「南梟団」の掟だ。

次々に現われる政敵。崖っぷちの岩倉。もしすり替え南朝天皇を公表すれば、この先どうなるのか分かったものではない。敵は北朝天皇の皇位継承権者の元に体勢を立て直し、国家権力争奪の武装蜂起を起こしかねない。

恐怖にかられた岩倉は『南朝天皇宣言』の予定をキャンセルし、偽ったまま乗り切る策に変更した。

おさまらないのは明治天皇だ。

一生が真っ赤な嘘でよいわけはない。孤独が空虚を突き抜け、声を大にして万人に真実を叫びたかった。

――私こそが、正統なる南朝天皇である――

羽交《はがい》締めで止める岩倉。「突然の病死も、ありうるのだぞ」という暗黙の脅し。孝明、睦仁の末路を知っている明治天皇は沈黙する。

沈黙したが、田中光顕を頼った。長州でもなく薩摩でもなく、土佐藩の武闘派、田中ならば心強い。

岩倉、大久保、木戸（桂）がこの世を去った後、明治天皇は最後の力を振りしぼって再び顔を上げる。

「鼻を明かしてくれ！」

田中に命じた。名案を思い付く。田中は美子の口を借りて、龍馬が枕元に立ったと言わせ、明治天皇の意思を抑え込む鼻持ちならない伊藤博文、井上馨に反撃した。

美子と田中の連係プレイは、明治天皇のお墨付きだ。そうでなければ、皇后のたわいもない夢が全国紙を飾って世間を騒がせるなど、できようはずもない。

もう一つ、宮内大臣を歴任した田中による天皇すり替え告白も、明治天皇の差し金だと望月は睨《にら》んでいる。

「田中よ、すべてをぶちまけてくれ！」

天皇は、議会で南朝の自分こそ正統だという決議を主導し、重ねて自ら聖断を下し、「南朝が、だれはばかることのない正統なる天皇」であることを天下万民に知らしめたのである。そのうえで『皇后』である美子を、母親の『皇太后』に上げるよう言い残し、この世を去った。

明治天皇、最後の反抗だった。

望月は、この勇気ある行為に深く敬意をはらっている。

和宮暗殺の時期

とうの昔に、カプチーノがなくなっていた。

空のカップをキッチンに下げながら、天皇すり替え直後の和宮暗殺を考えてみた。和宮と睦仁、二人まとめて葬るというのはどうか？

繰り返し湧き上がる自問だった。ぴんとこない。

少々性急なので、気分を変えることにした。たまった食器を洗いはじめる。すると三枚目の皿で頭が和らぎ、答えがぽろりと転がり出た。

すり替え直後も、まだ殺せないはずだ。

歯向かう旧幕府勢力を黙らせるには、まず本丸の徳川家をパーフェクトに黙らせる必要がある。慶喜にやらせるという手もあるが、難しい。天下の将軍が、一戦も交えず白旗を上げたのだ。武士の風上にもおけない腑抜《ふぬ》け行為を露呈しちまったからには、旧幕府勢力の中には不満と失望の渦が蔓延している。そんな中で新政府に協力せよなどと命ずれば、導火線に火を点けるようなものだ。したがって慶喜は、使えない。いや、それ以前に、一抜けたと贅沢三昧《ざんまい》に暮らしはじめている本人に、その気はまったくないだろう。

では誰が適任者か？

和宮、ただ一人。前天皇の妹にして前将軍の妻。最後まで攘夷を叫んだ鉄の女。公と武二つの顔を持つ和宮だからこそ、双方の支持者が混在する徳川家臣団を説得できるのだ。こんなまねは、他のだれもできない。

もう一つ、大切な役目がある。慶喜と岩倉をつなぐホットラインだ。慶喜の元に、どの程度の情報が入っていたのかは知らないが、そこは腐っても将軍、分断された幕府軍の逐一が寄せられている。だれが新政府軍にとって危険なのか？　その動きがホットライン和宮を通して、新政府に筒抜け状態だったことは言うまでもない。

慶喜
←勝海舟
←和宮
←有栖川宮熾仁
←岩倉

そうなると、和宮の命はまだ安泰だ。

危うくなるのはそろそろ戦も決着し、徳川勢が積極的に新政府に加担しはじめたあたりだ。

ここで和宮は用済みになる。知りすぎているだけに厄介な存在で、生かしておいてもロクなことはない。まずは京都への隔離だ。移動を命じられ、出発したのは一八六九年（明治二年）一月一八日。

この時はどうか？

反乱の火種はまだくすぶっており、なにが起こっても不思議ではなく、本当に和宮を御《お》役《やく》御免《ごめん》にしていいものかどうか、自信が持てないはずである。もう少し生かしておいたほうが無難だ。用心深く怜悧《れいり》な岩倉なら、慎重にそう考える。

ところが和宮の性格はきつい。七一人ものお付きを従えての江戸城大奥、打打《ちょうちょう》発止《はっし》で揉《も》まれているから、立ち居振る舞いが賢い。いかなる権威も恐れず、夫家茂、兄孝明の件では岩倉、伊藤に対する恨みは不屈のエネルギーとなって、隙《すき》あらばだ。

そんな折、岩倉は一八七一年（明治四年）から、いわゆる岩倉使節団を引き連れて日本を空けた。留守部隊の一部、旧佐賀藩を中心に、鬼のいぬ間の洗濯、和宮に手を伸ばして「天皇すり替え暴露」と北朝系勢力をまとめあげ、岩倉追い落としに動いた一団がいたのではないかと、望月は推測している。

一年数カ月後の一八七三年（明治六年）、使節団が帰国。ただならぬ空気を感じた岩倉は和宮抹殺を決断する。

孝明、睦仁同様、彼らにとっては殺人ではない。暗殺は革命であり、前進なのだ。

一八七四年（明治七年）二月、不平士族の牙城、旧佐賀藩を武力でぶっ潰し、自信を付けた直後、和宮の東京移動を命じている。

殺害場所は京から出ての道中、そう、やはり深山幽谷の箱根が殺害場所としては一番しっくりいく。

和宮が消え、代わりに登場した南部郁子がダミーとして麻布で暮らしはじめる。

望月は洗い物を片付け、食器棚のガラス戸を閉めようと手を止めた。

——腑に落ちない——

まだ、なにかが引っ掛かっている。

箱根で死んだなら、なぜその時点で病死と発表しなかったのか？　脚気による病死の公表は三年後だ。ダミーの和宮までこしらえて、わざわざ三年間も麻布で生かしておいたのはなぜか？

なにかが、そこで蠢《うごめ》いている。

ある電話

望月が自宅で瞑想にふけっているちょうどその頃、天が引き寄せるように、一本の電話が出版社にかかってきていた。

担当編集者が出てみると、声から察するに七〇歳前後、村田《むらた》と名乗る男である。望月に取り次いで欲しいというのだ。

「どういうご用件ですか?」

と編集者。

「それは言えまへん」

「言えません?……」

「電話を取り次いでもらえへんかったら、一生後悔する思うとります。絶対おかしなことやあらしません」

「弱りましたなあ……せめてなんに関してなのか、そのくらいは伝えていただけないと、当社としても――」

「そやな、そやったら言うけど八木清之助《やぎせいのすけ》いう人の話なんですけど」

「どなたです?　その方は」

「知らんのも無理ないと思いますわ」

「……」

「歴史の先生も知らん人ですのんや」

「重要人物ですか？」

「重要人物か？ってな、あんた。さしずめ望月先生の『幕末維新の暗号』の裏付けになるキーマンちゃいますかぁ？ そりゃ、事実を知れば天地がひっくりかえるくらいの人物……まあこのくらいでやめときます。触りだけ話しましたでぇ、取り次ぎたのみますわ」

「その八木さん、現在もご存命ですか？」

編集者が粘った。

「あんた、そんなことありゃしませんでしょうが、幕末の男ですよってに。出し惜しみするわけやないけど、もうわし、出かけないとあきませんのや」

「その方とあなたの関係だけでも……」

「親戚でな。遠いけど、血はつながってます」

「しかし……」

「しかしも、昔もあらへんがな、いっぺん先生に話だけでも通しておいてや」

と随分親しげな口調で電話を切ったという。話しっぷりから察するに、正常な感覚を持ち合わせているかどうかは、はなはだ疑問だと編集者は語った。

八木清之助など聞き覚えのない名前だった。しかし惹《ひ》かれた。望月にしても、仕事らしい仕事はなにもしていない身の上で、日が進むにつれて退屈な気分が募《つの》っていたし、以前のにぎやかな人生を我が手に引き戻したいなどという貧乏臭い未練がましさも少々手伝って、会ってみたいと思った。ガセネタならば、消去すればいい。

「聞くだけ聞こうと思います」

「先生、赤の他人が提案したからといって、受けなきゃならない理由はありませんよ」

「一応、耳を傾けるのが礼儀です」

「安全でしょうか?」

編集者は引き下がらずに危険信号を発信した。

「先生の身に……」

「大丈夫です。よろしい、では友人を連れていきます」

つい、口から出まかせが転がり落ちた。

ホテルオークラのラウンジ。万が一を考え、人目の多い場所を選んだはずだったが、思ったより人はまばらだった。万が一の場合は、この鉄芯《てつしん》入り仕込みステッキを振り回す。

破壊力はすさまじく煉瓦《れんが》など粉々だ。ぐいと握りしめ、一段低くなったフロアをゆっくり降りると、一人の男がすっくと立った。

「ああ、先生」

しんと静まりかえった空間に、かすれ声が響いた。高齢で痩身《そうしん》、しかし生気が漲《みなぎ》っていて、血色はよい。額もてかてかと光っている。

「望月です」

「知ってますがな。村田いいます」

嬉しそうに、遠慮のない視線を当ててくる。

「よう出向いてくれました。おおきに。で、調べてますよね、八木清之助」

村田は望月より先に、椅子に座った。

「情報が少なくて、満足には」

ステッキを隣の椅子に寝かせる。

「そうでしょうなあ……清之助はん、人目を避けていたよってに」

信頼できる筋かどうかは別として、一応ネットでは一八四六年（弘化《こうか》三年）、京都の西北、千代川《ちよかわ》村拝田《はいだ》生まれとなっていた。京都の宮家の中間《ちゅうげん》、言いかえれば公家の住み込み丁稚《でっち》だ。

一八六一年（文久《ぶんきゅう》元年）、和宮降嫁行列の供で江戸へ下り、どうやら一緒に小石川《こいしかわ》の水《み》戸《と》藩江戸屋敷に送られ、和宮の元で下働きをしていたらしい。それだけでも充分興味がそそられる人物だった。

「その八木清之助の家の敷地に」

村田は顔を斜《はす》に構えて、一瞬呼吸を止めた。それから、ほんの少しばかり見得《みえ》を切るようにクイッと頷いてから続けた。

「和宮さんの左手が、埋葬されていますねん」

「なんですと！」

4——殺害された皇女

「なぜ」

望月が訊いた。

「和宮の左手が、八木――」

「清之助」

「そうそう、なぜその八木清之助の家の庭に？」

「そこですがな」

村田が身を乗り出す。

ホテルのラウンジは、ゆったりと時間が流れていた。人は少なく、隣のテーブルとは優雅すぎるほどに離れており、話を聞かれる心配はない。それでも村田は、かすれ声を一つ落とした。

「いわゆる『七卿落《しちきょうお》ち』いうのがありますわね」

一八六三年（文久三年）の夏に起こった大事件だ。この時期を俯瞰《ふかん》すれば、反幕勢力は五つに分かれている。

① 九州久留米《くるめ》藩の真木和泉《まきいずみ》グループ（武力倒幕に的を絞っている）

② 水戸、薩摩グループ（反幕的改革路線に熱を上げている）

③ 松平春嶽《まつだいらしゅんがく》、勝海舟、坂本龍馬のグループ（英米の力を借りての、雄藩連立政権構想）

④　桂小五郎はじめ長州の吉田松陰門下生グループ（南朝天皇を擁立し、武力で奪取）
⑤　三条実美をボスとする公家グループ（反孝明天皇）

最初につるんだのは④と⑤、長州グループと反孝明の公家グループだ。両者の共通項はただ一つ、孝明排除である。

都合のよいことに長州は御所警護を仰せつかっていた。長州が反孝明公家グループ（七卿）と謀《はか》って孝明襲撃を立案。ところが不運にも、身の危険を察知した孝明本人が、タッチの差で会津と薩摩にすがり、七卿もろとも長州勢を京から叩き出したのである。これが「七卿落ち」だ。

「『七卿落ち』に、八木清之助さんが同行してたという話、ほんまぶっ飛びまっしゃろ？」

望月は眼を細めただけで、次を催促した。

「そうやろなあ。口じゃなんとでも言えるさかい、先生に言わせたら、おたく、なに寝言いうてまんねん、てなもんなんやろね。それを先に証明しなきゃあかんわなあ」

ぼりぼりと首の後ろを掻《か》く。

「ではいきますわ。ええと……七卿落ちが出発前に集合したのは、京都の『妙法院《みょうほういん》』。ここまでは、きっちり合《お》うてますわね？」

大ボス、後醍醐天皇が逃げ込んだ南朝の縄張りで、つまるところ妙法院も南朝なのだ。

望月が頷く。

三十三間堂《さんじゆうさんげんどう》にほど近い、天台宗妙法院。寺の起源は比叡山《ひえい》の小寺だ。比叡山は南朝の

一八六三年九月三〇日（文久三年八月一八日）の夕刻、命からがら逃げて来た七卿は二六〇〇名の長州兵ら新兵（食いもので雇った有象無象《うぞうむぞう》）に守られて妙法院に到着。

武力革命失敗である。

追撃にそなえて表門、西、北の三つの門に大砲を設置。しかしまだ眼はらんらんと生きている。守備隊はまなじりを決して銃を構え、煌々《こうこう》と焚《た》き上げる篝火《かがりび》が、殺気だった兵の顔を真っ暗闇に映し出す。

これからどうするのか？　安住の地は一つしかない。長州だ。

一晩談義の末、まだ暗い翌朝四時、新兵の解散式を行なって、残った長州兵四〇〇余名と共に雨の降りしきる京を移動。竹田《たけだ》街道を辿《たど》り、昼前の一〇時に伏見に着く。長州藩邸でしばし休息してから、再び長州へ逃避行を開始したのである。

途中、田布施《たぶせ》村（現・山口県熊毛《くまげ》郡田布施町）に立ち寄った七卿は、南朝の末裔《まつえい》大室寅《おおむろとら》之祐《のすけ》（後の明治天皇）と面会。少年寅之祐はたちまち三条実美のハートを射止め、新しい一歩を踏み出すことになる。

「おうおう、これは凛々《りり》しい御姿、この御子《みこ》こそ真の天皇でおじゃる。北朝の偽天皇など

三条実美ら七卿が長州へ逃げる前に身を寄せた妙法院（京都市東山区）

一捻《ひとひね》りじゃ！」

初めて会った三条実美は、ひ弱で女々《めめ》しい睦仁親王と較べて、実に男らしい寅之祐に感激した。南朝政権樹立の導火線に点火した瞬間である。

「時はドカーンと下って昭和に入ります。七卿落ちの七〇年記念法要が、妙法院で行なわれましてね」

「……」

「その際、唯一の生き残りとして顔を出したのが、だれあろう八木清之助さんだったというわけですわ」

「ご本人が？」

「そうです」

むろん法要は「七卿落ち」などという軽いタイトルではない。

【七卿西竄《せいざん》七〇年記念】

重々しい。

村田は鞄の中から、クリア・ファイルに入った古い新聞の切り抜きを出した。記事によれば、法要は一九三二年（昭和七年）一一月二七日に行なわれている。

「待ってください」

望月が遮《さえぎ》った。

「この年だと七〇周年に一年足りませんよ」

「そうなんですよ。この前の五〇周年記念も一九一二年で、一年足りずです。どうなってるのかよく分からんのですが、企画立案の年ということかもしれません。まあそれはそれとして、この人が、御歳《おんとし》八六の八木清之助ですわ」

覗いてみた。古すぎて、写真はえらくぼやけている。

「どうです？　これで合点がいきましたやろ？　七卿落ちの生き証人ですわ。実際に加わっていたからこそ、清之助さんの誇らしげな姿がここにあるわけです」

「……」

「あれ先生」

村田は敏感に応じた。

「ちょっと待ってえな。ひょっとして疑ってまんのですかいな」

「そういうことじゃありません。少し空想を巡らせていたものですから……。どうぞ先を続けてください」

「あのですね」

膝に手を突き、ぐっと顔を突き出す。

「和宮さんの死因は、どう思うとりますの？　私ら身内では殺害されたいうのんは常識も常識で、話題にものぼらんけど、ここんところはどないです？　根っこの部分から違《ちご》うてると、この先、話がかみ合わんさかいに」

「私も他殺説です」

少しも迷わず断言した。

「そう来なくっちゃ、読者の度肝《どぎも》を抜いてきた望月先生じゃありませんがな」

村田は、嬉しそうに口元をゆるめた。

それにしても気になるのは、村田の手だ。両手が妙に白いのだ。ゴルフの両手袋という線もちらりとよぎったが、それにしては白の形状がおかしい。

「和宮殺害の証拠は、ぎょうさんありまっせ」

「たとえば？」

望月は、白い手から視線を上げた。

「おかしいのは、徳川家茂さんの七回忌法要ですわ」

一八七二年（明治五年）の夏である。

「和宮さんは欠席しております。歴史上、代理の人間を送ったことになってますが、二人はおしどり夫婦だったのと違います？　七回忌いうたら別格でっしゃろ。それを代理です っ飛ばすなんてことは儀式大事の時代やし、相手は、なにごともきっちり筋を立て儀式で育ってきた和宮さんですわ、そんな不調法《ぶちょうほう》すぎますわ」

「つまり、すでに死んでいたと？」

「そういうことです」

望月の考える死亡時期とは、ずれていた。

望月は、和宮が京都から東京へ引っ越す途中、つまり一八七四年（明治七年）の七月説だが、村田はそれより二年前倒しだ。

その時期、公式記録上では京都に住んでいることになっている。

和宮の住まいは天台宗の聖護院《しょうごいん》。在住期間は一八六九年（明治二年）からの五年間在住となっている。

「村田さんのお考えは、聖護院で殺害されたと？」

「あちゃ」

無髪の頭頂部をぴしゃりと叩いた。

「ちゃいまんねん。餌《えさ》は家茂の七回忌ですがな。律儀《りちぎ》な和宮さんですから参加すべく京都を出発し、案の定その途中で襲われた」

自信に満ちた口調だった。

「その後、岩倉は何食わぬ顔で、和宮さんの代理を七回忌に差し向け、そのままうやむやいう形ですわ」

「しかしその頃の岩倉はヨーロッパ滞在ですよ。岩倉使節団のトップですから」

「先生、そんなもん、リモコン操作ですよ」

「分かりました」

言い争っては先に進まない。ここは流すことにした。

「となると、京都に戻ったのは別人ということですね？」

「戻ってまへんがな。和宮さんの痕跡など、京都のどこにあるいますねん。たまにそれらしき文があったとしても、幽霊文でなんとでもなりまっしゃろ」

「……」

「今日日《きょうび》三流芸能人でも、ケータイでチャッチャと撮られるご時世やけど、昔は有名人の顔ですら誰も知らんのやから、替え玉なんて楽なもんですわ」

「そりゃそうです」

「これを言っちゃ、歴史なんていったいなんだ、という話になりますが、支配者に都合の悪い文書は全部回収、焼却、書き直しの処理部隊が存在していたのは常識でしょう？」

「ええ、戦前には写真協会というのもありました」

村田は、聞き慣れない協会名に食い付いた。

「なんですの、それ？」

「ウィキペディアでも調べが付きますが、内閣情報部の宣伝工作組織です」

堂々たる国家機関だ。総勢三〇名ほどで、情報操作の手段は写真と出版物。反日宣伝に対抗するためと称してグラフ雑誌『写真週報』を編集している。活動範囲は想像以上に広く、写真検閲から、偽装写真による謀略までとり入れている。

設置は一九三八年（昭和一三年）七月となっているが、非公式には明治新政府発足と共にスタートしていたとみて差し支えない。

「そうやろなあ……」

「歴史は、偽りの犠牲者です」

「ほんまや。歴史教科書はだまし絵でんな」

憂鬱《ゆううつ》そうに苦笑した。

「でも先生、いくら偽装したところで、和宮さんの殺害時期はずらせませんわ」

「……」

「特定できる証拠があります。どうしても崩せない立派な証拠がね」

村田はじらすように一拍置いて、背もたれから身を起こす。

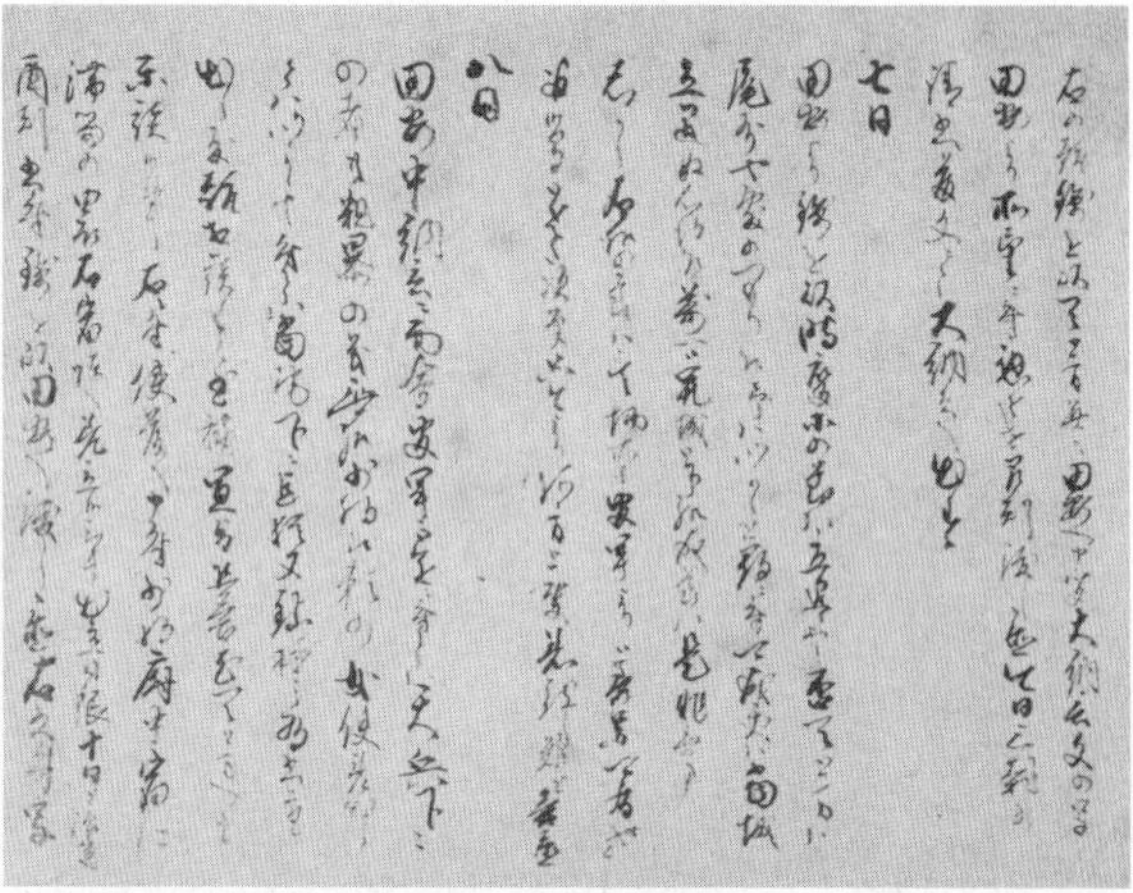

和宮自筆の日記　（『静寛院宮御日記』より）

「日記ですよ」

人差し指で望月の膝を突いた。

たしかに和宮は日記を付けていた。明治に入ってのことらしいが、自筆の『静寛院宮《せいかんいんのみや》御日記《おにっき》』と呼ばれるものが存在する。村田は、それがある日を境にぱたりと止まっている事実を指摘した。

明治六年一二月三一日である。

「止まりましたか……でも村田さん、それだと家茂七回忌のかなり後ですが……」

「先生、最後の一年はだれかの作文ですよ。そうに決まっていますって。それより、明治一〇年に逝《い》ったというならなぜ突然、四年も前の中途半端で日記が途絶えるんです？　五年間も続いた習慣ですよ。それをなんの動機もなしに人間、捨てられるもんでっしゃろか？」

「……」

「それに先生、なんといっても和宮さんの葬儀です。これ、ほんまおかしいと思いませんか」

と言って、親しげに望月の腕をポンと叩いた。

「和宮さんいうたら、降嫁の時は見送り二〇万人でっせ。当代随一の有名人とちゃいますの。それを箱根の阿弥陀寺だかなんだか知りませんが、ど田舎の破れ寺ですわ。そこの坊主の一存で通夜、密葬ができるもんですかいな」

「そのまま放置はできないから、経をあげただけと――」

「そんなもんは密葬とはいいませんよ。密葬など寺の一存じゃできませんて。たとえば今の皇族のどなたかが亡くなったとして、田舎の寺が勝手にできますかいな。宮内庁が乗り出してくるでしょうが。お寺が出しているパンフレットにも、ちゃんと和宮さんの通夜、密葬を行なったと書いてありますがな」

村田の言う通り、望月も印刷物は確認している。

「きちんとした儀式ですわ。増上寺の本葬にしても同じことです。和宮の家族、つまり表向き甥《おい》の明治天皇やら、本物の伯父の橋本実麗《はしもとさねあきら》、あるいは嫁ぎ先の徳川家の権限あるどなたかに連絡をとったんですかいな。とてもそうは思えませんでしょ？　何回も言いますが、相手は日本女性のトップの皇女。国葬とはいかないまでも、上を下への大騒ぎで、明治天皇だって駆けつけるほどド派手にやるのが仕来《しきた》りとちゃいますの」

　意外にもこの主張は、望月の胸にズンと響いた。

「それに徳川慶喜さんだって妙ですわ。和宮には、えろう厄介になってますやんか。足を向けて眠れんほどにね。敗軍の将のくせに、静岡の大邸宅を与えられ、国宝とぎょうさんの妾に囲まれての贅沢三昧。それもこれも和宮が、かけあってくれたおかげじゃないですか。それなのに阿弥陀寺はおろか、増上寺の本葬儀だって知らんぷりはいけまへんて。そんなんはもう犬畜生以下の虫けらですわ。まともに考えたら腸《はらわた》が煮えくりかえるほどですけど、しかし、いくらなんでもそれはない。つまるところ、慶喜さんには知らせが行かなかった思いますねん」

「……」

「へんてこすぎますって」

　と言って、次の人物を口に出した。

「それと有栖川宮熾仁さんだって忘れちゃいけませんわね」

「そうそう」

　思わず身を乗り出す。

「二人の関係は抜群でっしゃろ。お互い独り者《ひと》、特に維新の最中は、けっこう縒《よ》りを戻していたってえ話もあります。しかし脚気静養中を見舞ったいう話も聞いていませんし、葬儀にも顔見せしないでは、言い訳が立たんでしょうが」

「でも葬儀の時は西南戦争ですから、熾仁は鹿児島県逆徒《ぎやくと》征討《せいとう》総督という肩書で、九州滞在中です」

「先生、逆さまですよ」

にっと笑った。してやったりという勝ち誇った目をしている。

「和宮さんの死亡を発表するために、熾仁を九州に隔離したんですって」

「……」

「世間の目は西南戦争に釘付けですからね。熾仁さんの耳にだって和宮さん死亡は届いていませんわ」

村田は背筋をきゅっと伸ばして、付け加えた。

「あのね先生、和宮さんが殺害された時」

明治五年の、正真正銘ホンマに暗殺された時ですがね、と付け加えた。

「熾仁さん、どこに飛ばされていたか知ってますかいね？」

知らないという代わりに、両肩を上げた。

「九州は福岡県令（知事）ですよ。熾仁を遥か彼方の南の地にポーンと飛ばしておいて、箱根で愛しき彼女をバッサリですわ」

熾仁の福岡任期は一八七一年（明治四年）七月二日から翌年の七月二日までだ。凶行は、その間を狙って行なわれたのだと主張した。

「おかしいじゃないですか。皇族ナンバーワンが縁もゆかりも薄い、福岡県知事ですよ。なんで福岡なんです？　中央で頑張りが足りなかった？　そんなこたあ、ありゃせんがな。しかもたったの一年間。そりゃもう殺害現場から遠ざけるためで、見え見えの魂胆ですよ。殺害する直前に福岡、これで味をしめて死亡発表前にもポーンとまた九州ですわ」

村田は和宮と熾仁の距離状況を言い募《つの》った。

「人の感じ方はそれぞれですが、これだけおかしなことが並んでいりゃ、だれだって勘付くってえもんでしょうけどね」

気が付かないあんたはかなり鈍《にぶ》い、という視線をよこした。

丹波《たんば》亀岡《かめおか》

「黒豆」で有名な丹波は、京都の北西部にある。

丹波は田庭《たにわ》がなまったものかもしれないし、田圃《たんぼ》が由来かもしれないが、名は体を表わす。ここら一帯の肥沃《ひよく》な田畑が、古代より大和政権の胃袋をまかなってきたのである。

面積は広大だった。京都中部から兵庫県の中部と北部全体に加え、大阪府にも扇状に食い込むほどで、この土地は永年幾多の戦乱歴史にしごかれている。

眼を引くのは丹波の最南端、亀岡だ。

古代には国府が置かれ、鎌倉時代には六波羅探題《ろくはらたんだい》が、江戸時代には京都所司代《しょしだい》が手を伸ばし、直接支配に乗り出している。

理由はむろん食料基地だ。それともう一つは軍事基地。

京に立って西を眺めれば鳥取、山口、九州へ抜ける大動脈、山陰道の出入口であり、砦《とりで》を築くにはまたとないポイントである。

足利尊氏《あしかがたかうじ》が挙兵したのは亀岡だし、天下人の織田信長を襲撃した明智光秀《あけちみつひで》は、この地に亀岡城（別名亀山城《かめやま》）を与えられて、わずか四年で謀反《むほん》を起こすほどの力を蓄えている。

だが、今の亀岡市にその面影はない。

市ではあるものの過疎化が進み、人口一〇万人を切るほどにやせ細っている。


赤いポルシェは亀岡の静かな道を走った。

どこまで行ってものどかな田舎だが、それにしても村田とこの車の組み合わせはとんでもなく想定外で、駅前でどうぞと赤いスポーツカーのドアを開けられた時には、伏兵《ふくへい》現わるの感であった。

乗った瞬間に望月の口を突いて出た言葉が、「この車、お子さんのですか？」だった。

「なにを言わはりますの、先生。私根っからのポルシェ党で、これで三台目ですわ」

「……」

「見かけによりませんでっしゃろ?」

助手席の人は、みな解《げ》せぬ顔をするのだろう、それを面白がっているかのように、ニヤついている。

手の甲の白さも判明した。指先のないドライブ用手袋だ。ハゲネズミとドライブ手袋は、着物と長靴より似合わない。

人間は自分で自分をデザインする。心もち伏せるように己を出すのが、男のファッションというものだろう。

ひところ流行《はや》った「ちょいワルオヤジ」を気取っているのかもしれないが、コーディネートはデタラメだった。

太めのジーンズは許すとしよう、しかし白いベルトに重たい黒のウィング・チップ。これは違反だ。そのうえマドラスのシャツにドライビング・グラブときたひにゃ、横に座っているだけで気が変になりそうだった。

望月は、なるべく見ないようにした。

村田はナチュラルな月代《さかやき》を時々、つるりと撫《な》でては、自慢話に花を咲かせる。

「いえね。自分でこういうのもなんですが、エンジン、ハンドリング、足回り、私のために造ったんじゃないかいうね。ときどきチューしてますねん」

「はあ？」

啞然として相手を見る。村田は気にするふうでもなく、車を走らせる。

「そんなにびっくりすることあらへんでしょう？　うちの子、メカいじらんと調子出しませんがな」

「ああチューって、チューニングのことですか」

「可愛くて、可愛くて」

と言ってステアリングを手の平でポンポンと叩き、スピードを増した。

「お仕事は？」

「もう七〇歳、とっくにリタイヤですわ」

「以前はなにを？」

「田舎の公務員でんねん。なんせ暇な界隈《かいわい》ですから残業なしの早退あり、昼休みは将棋盤に向かって……あとはドライブですわ」

「そりゃ、恵まれすぎですな」

「自分でもそう思っとります。先代から農地を受け継ぎましてね。半公半農つうやつですわ。東京暮らしの先生から見れば、気が滅入るほど退屈でしょうが、住み慣れた私には、自分が自分でいれる場所なんですわ」

泣く子も黙るファッションといい、赤い車といい、こうした趣味は自由の象徴なのだろう。これを個性と言うなら個性だが。

旧山陰道を継承しているのが国道九号線だ。その国道を赤いポルシェは西に曲がり、少し車を走らせると、自然と畑の向こうの古びた民家に目がいった。

「ほれ、あそこが八木清之助さんの子孫の家」

「あなたとはご親戚ですね？」

「遠縁ですけど」

千代川町拝田《はいだ》。目立つのは、畑の上に浮かぶ国道一七一号線だけである。

車から外に出た。拷問《ごうもん》のような狭い座席と荒い運転、そして硬いシート。望月は、腰をさすりながら思い切り背を伸ばす。ついでにぐいっと爪先立って、胸一杯に空気を吸った。ひやりとした微風に心が和《なご》む。

コートを羽織った。一方の村田は、寒くないのだろうかマドラス・シャツの裾をひらめかしながら、一人ですたすたと敷地に入ってゆく。手に持った黄色のトート・バッグがしっくりいっているのは、見事なまでのぶち壊しファッションが突き抜けているせいなのだろう。

八木家の人に断わりを入れると、くるりと振り向き望月を手招きした。家の戸は再び閉められ、家人はすでに引っ込んでいる。

「あの上ですよ」

視線を促《うなが》す。わずか六メートル、小山というより関西に点在する小さな古墳のようだ。登り口があるのかないのか……そう思っていると、村田が草を踏んで小山に挑みはじめた。

「滑りますよ」

這《は》いながら言う。村田のウィング・チップは革底でツルツルなはずだ。案の定、滑っている。

その点望月は違った。取材のプロ、靴が違う。幾多の経験から専用に選りすぐったもので、長時間の歩行でも疲れ知らず、雪、雨、坂、河原、どんな状況でも滑らない。揺るぎないグリップで二〇歩ほど登って征服した。

上に五輪塔があった。腰高の可愛いやつだが、経年劣化がひどく悲しげである。

村田はトート・バッグの中から供物《くもつ》を出す。そっと五輪塔のそばに置き、線香に火を点けた。

「御無沙汰しておりました……」

蚊の鳴くような声が、かすかな風に流れた。呪文《じゅもん》を口の中でかき混ぜながら、謝るように手を合わせる。活動的な派手なシャツと、落ち着いた長い黙禱《もくとう》に違和感を覚えながら、望月は根気よく付き合った。

顔を上げるのを待って、望月が質問を口にした。

「和宮の左手は、その下ですか?」

村田が頷く。

「失礼を承知でお伺いしますが、あなたはご自身で確認されたのですか?」

村田の頰がピクリと動いた。

「見ておりませんな」

心外だという気持ちを、全身にみなぎらせながら言葉を続けた。

「ほんとうにあるのかと、おっしゃりたい?」

望月は、肯定も否定もしなかった。

「ならばお訊きしますが」

村田が歯をむいて、向きなおった。

「八木家はなにを好き好《この》んで、代々この五輪塔を守らなきゃならんのです?」

「……」

「五輪塔は供養塔です。私はプロではないから説得力のある説明などできへんのですが、この八木家は一三五年間、四代にわたって花を手向《たむ》け、一途になにを守ってきたのです? なんの供養ですか? 猫のタマか、犬のポチだと思っているんじゃないでしょうな、先生」

村田がふんと鼻を鳴らした。

「八木家先祖の墓は、離れた所にあります。ここは裏庭ですよ」

と左足で地面をポンポンと二度蹴った。

「立派な小山を占領するお方ですから、とびきり大切な人と違いますか？」

望月は、頷くことで応じた。

「人には言えないお方、そりゃ高貴なお方の形見を埋葬した。末代までもくれぐれも頼むという八木清之助さんの遺言があったからこそ、こうしてこっそりと今でも線香を上げ、花を供えているのじゃありませんか。この理屈、先生にはピンときませんか？」

村田の厳しい口調が風下に消えた。

「いえ、気持ちの上では充分に理解しています。しかし歴史小説というものは、どんなに筆達者な作家が手がけても、実証がなければ未完です。一つ、二つの証拠だけでは相手にすらされません。これでいいということはなく、あればあるほど真実味と厚みが増すものですから、いつもつい欲張ってしまいましてね。確認、証拠固めは作家の命、いや、悪《あ》しき習性と思って、不作法をかんべんしていただきたい」

率直に述べた。それで村田の気分はストンと一新したのか、話を先に進めた。

「清之助さんは、一四歳でここから京に出ます。宮家の奉公人になるわけですが、コネがなけりゃ無理ですわ」

「だれかの引きがあった？」

「はい、ここらあたりは街道拠点ですから、古《いにしえ》より『草』と呼ばれる各藩の忍《しのび》が親子代々根を張っていましてね。田中河内介《たなかかわちのすけ》（一八一五～一八六二）もその一人でした」

田中河内介は長身、長髪、長刀の「三長」というあだ名で有名な男だと言った。

「ここからそう遠くない、出石《いずし》の町医者の息子です」

「ほう、蘭学ですな」

「そうです。長州の連中が、治療院をアジトにしていたと考えています。町医者ならばこそ一帯の情報が無理なく入ってきますから、絵や字の上手い八木清之助に目を付けた」

「して、そのリクルーターの『三長』、田中河内介とは？」

「調べたらすぐ分かりますけど、河内介本人は公家の中山家に侍（用心棒兼秘書）として仕《つか》えています」

村田の口から思ってもみない名前が転がり落ちた。

「中山忠能《ただやす》ですか？」

「そうです」

大物も大物、超大物だ。中山忠能の娘の慶子《よしこ》は孝明天皇の妾で、祐宮《さちのみや》（睦仁）を産んでいる。早い話が、孝明天皇の義父だ。

「田中河内介が中山忠能に……」

村田が幾度も頷き、話の先を続ける。

「機を見るのがうまく、才があったんでしょうなあ、すぐさま中山家で育つ祐宮の養育係に抜擢されたんですわ」

凄《すご》いつながりだ。望月の頭にはさっと相関図が浮かんだ。

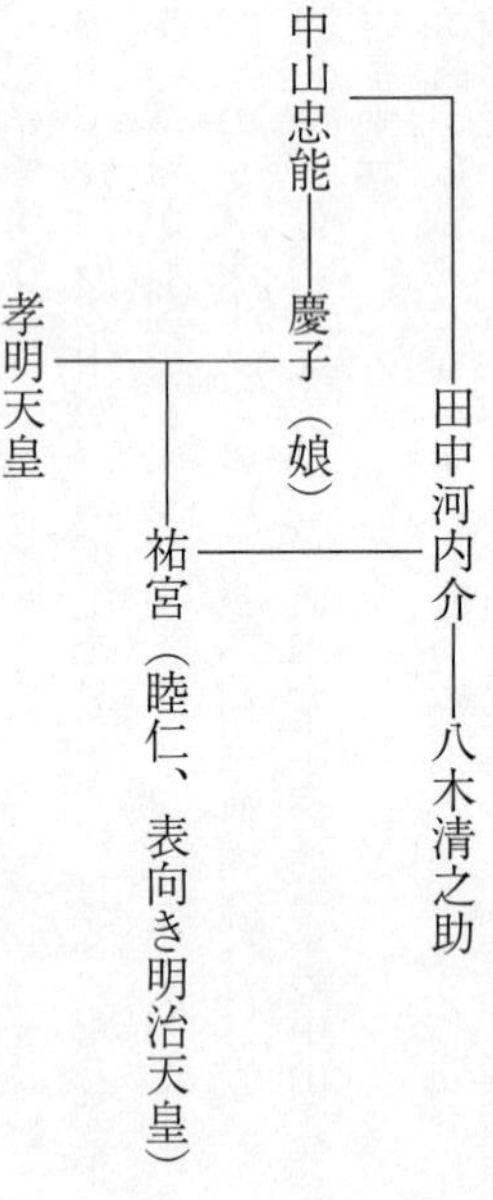

宮家の奉公人となった清之助。一三歳の分岐点だ。
外の風が、丹波の淀《よど》んだ空気を掻き回す。
吹き荒れる異様な空気に戸惑い、身を硬くするが歩むべき方向が定まらない。そこに忽《こつ》然《ぜん》と正体を現わす眼つきの鋭い田中河内介。

尊皇を語り、倒幕という物騒な言葉まで飛び出す。

「やい、小僧、毛唐夷人《けとういじん》など目ではない。やつらを八つ裂きにし、我が朝廷が天下を取るのだ」

「めちゃ、かっこいい！」

勤皇の志士、生きた伝説、時代の花形……奉公先が討幕派の公家侍である以上、直接的な視覚体験によって、あっという間に取り込まれる。

言い知れぬ快感と興奮。よく分からないが、使えないガキだと思われたくはないので、一心不乱に走り回る。

天誅《てんちゆう》

「一年後」

村田がしゃべった。

「和宮の供として江戸へ下り、小石川《こいしかわ》藩邸に滞在したのが一四歳の時ですわ。多感な少年は江戸でなにを感じたのか？　そりゃ毎日が興奮の坩堝《るつぼ》でしょう？　いっぱしに勤皇の志士気取りで、たとえは古いが、悪をやっつける仮面ライダーみたいなもんですわ。ソンノージョーイ、ヘーン・シン！　子供ならだれだって憧れますって」

ほぼ一年の江戸滞在を終えた清之助は、再び京へ戻ってくる。

かつてほっこりとしていた京は、がらりと色合いが変わっていた。空前絶後の攘夷のテロ、「天誅」騒動が街全体を呑み込んでいたのである。

「天誅」の口火は一八六二年（文久二年）八月二五日だ。九条《くじょう》家のお雇い侍、島田左近《しまださこん》の暗殺がスタートだった。

剛腕の島田。

徳川家茂を擁立し、安政《あんせい》の大獄では井伊直弼《いいなおすけ》の腰巾着として、かたっぱしから反幕活動家を弾圧している。井伊直弼が暗殺されると、あれよあれよというまに頭角を現わし、和宮降嫁では大車輪の活躍、ついに事実上「京の支配者」と化す。

今太閤《いまたいこう》と呼ばれるほどの君臨ぶりで、専制的かつ苛烈《かれつ》な政治手法は幾多の敵をつくった。そしてついにアルカイダみたいな薩摩藩士によって首をちょん切られ、鴨川《かもがわ》の河原に晒されたのである。

そこで清之助は、中間《ちゆうげん》とはまるで違う仕事、「天誅」絵日記作りに打ち込みはじめる。

「清之助の絵はプロ級ですわ。晒し首の知らせが来ると一目散に駆けつける。実際の絵を見ましたが、一五、一六のガキのくせに、よくこれだけ生首と冷静に向き合えるものだと感心します。こんなことは、攘夷派の上筋が清之助に命じでもしなければ、できんことでしょう？」

だれなのだろう、望月は次の言葉を促した。

「武市半平太《たけちはんぺいた》でしょうなあ、なにせ天誅の大元締めですから。まあビン・ラディンでっしゃろね」

　土佐勤王党の頭だ。

「そうすると、清之助は中山忠光《ただみつ》にも仕えていた……」

　水を向けると、小山を下りかけた村田は足を止めた。

「さすが鋭いお人だ」

　満足気な態度で振り返る。ド派手なマドラス・シャツに野暮ったい太目のジーンズ、黒のウィング・チップが一度にぜんぶ目に入った。トート・バッグが地面に着いている。イチコロで気分が悪くなるので、すぐ目を逸《そ》らし、望月も小山を下りはじめる。と、前方で大声が上がった。

「おっとっとと、あっ、まずいまずい、滑る……あっ痛っ」

　デンと尻もちをつき、そのまま草の上をツーッと下まで滑り落ちた。

「大丈夫ですか?」

「ぜんぜん、ぜんぜん……普通の人は」

　と何事もなかったように手を払い、「中山忠光など知らんもんね」とすっくと立ちあがった。

中山家は、むろん姉のほうが有名だ。なにせ睦仁親王の母親、中山慶子だ。しかしその当時は、尊皇の志士として売り出し中の弟、忠光のほうが目立っている。姉のダンナ、孝明天皇の威光を笠に着て、ブイブイ言わせていたのである。

ところがこの忠光、頭に超のつく過激男だ。狂心的な「天誅」推進派、暴力を楽しむタイプの武市半平太でさえ、たじたじとなっていた。

代表例は、岩倉具視暗殺依頼だ。『維新土佐勤王史』によれば、忠光は怒りの矛先を公武合体推進派だった岩倉に向け、殺害実行を武市半平太に詰め寄っている。それも一度や二度ではない。

理由は岩倉による大陰謀、孝明天皇毒殺計画だ。

「岩倉の虫けらが、天皇のお命を狙っている。これはガセネタではない。早急に始末せい！」

岩倉もとんでもない男だが、忠光のほうも輪をかけてとんでもない。しぶしぶ武市が一発かました。

「おい岩倉、ぶっ殺して肥《こ》え溜《だ》めに叩きこんでやる、と言ったかどうか分かりませんが、そりゃ泣く子も黙るビン・ラディンですから、脅されれば、ギブアップですわ。さすがの岩倉も髪を下ろし、北岩倉村に謹慎せざるをえませんわね」

一八六二年九月一三日のことである。
相関図を頭で少し広げた。

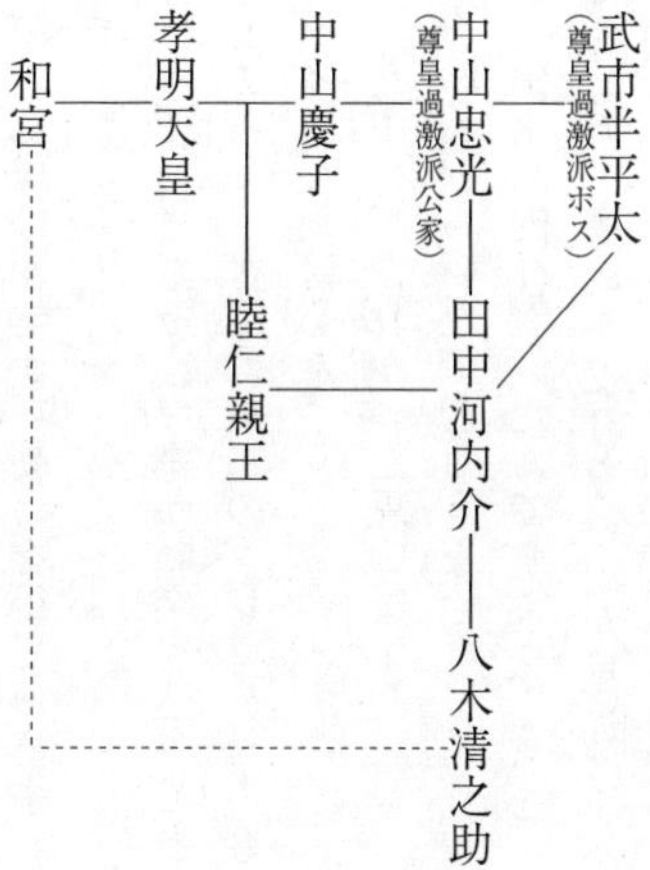

「本日の私は、先生の水先案内人ですから、次のメニューに進んでいいやろか」
と、ここまでは謙虚な言い方だったが、望月は次の一言でムッときた。
「寺田屋《てらだや》での薩摩の内ゲバ騒動、ご存じですよね」
――この望月真司に、存じておるかだと？――

素人相手に言葉をつかまえ、あれは「内ゲバ」とは言わないと、否定した。

「ほんじゃ、なんて言いはりまんの？」

「治安回復行為」

「……」

「寺田屋に立て籠《こも》った薩摩尊皇過激派を捕捉《ほそく》するために、薩摩の鎮圧部隊が出動したのであって、鎮圧部隊は朝廷から勅命を得ています。したがって内ゲバではなく、正式な治安回復行為です」

つい、どうでもよさそうな細かい突っ込みである。しゃべっている端《はな》っから反省の念が湧いた。ところが、村田はなんのプレッシャーも感じてない様子の無重力状態、またカチンとくるクイズを飛ばした。

「立て籠った中に、だれがいた思います？」

「そりゃ、いろいろいたでしょうな」

「いえいえ田中河内介がいたんですよ」

ギクリとした。そのギクリを村田が見逃さず、眼に、してやったりという色が浮かんだ。

望月自身、田中河内介が寺田屋にいたということは知っていた。しかし、その人物が清之助のリクルーター田中と、一致していなかったのだ。まずい。大変まずい。こんな目障りファッションの素人男に後《おく》れをとるとは、不覚である。深呼吸で気を鎮めた。

「立て籠り薩摩藩士を斬り、投降させたあと」

優越感でにやつきながら村田が続けた。

「混じっていた他藩の尊皇派はそれぞれ各藩にお引き取り願ったのですが、田中河内介だけは薩摩護送となるんですわ」

「孝明派の公家たちにしてみれば、筋金入りの河内介は乱暴すぎて、戻られても困るわけです。できるだけ遠ざけたい」

「はい、で途中の船の中で、ズバッと斬殺ですわ」

後ろ手に縛られ、親子共々海に投げ込まれるというグロテスクな話である。

余談だが、このストーリーは怪談話として今に残っている。

目撃者が、どこかでこの事件を話そうとする。しかしなぜか話がぐるぐる回って先に進まない。そこを無理やり語れば、話し手の当人が死んでしまうという内容だが、それだけ薩摩藩はこの人殺しを封印したかったのである。

「しかし……」

望月が、話を清之助に戻した。

「その段階で、清之助の身分が微妙になってきますね。河内介預かりみたいな立場でしたから」

「ですね」

「清之助は公家の下働きですから、頼るべき公家はさしずめ中山忠光。あなた流に言えば、武市半平太がビン・ラディンだとすると、忠光はさしずめザワヒリ」

「うまいたとえですがな、先生。忠光も長州とずぶずぶの関係で、そうなるととうぜん清之助さんだって前にも増して長州にどっぷり。その後に起きた七卿落ちで、八木清之助の運命は、自然の成り行きで長州移動ですわ」

「だが、なにか若き清之助は釈然としない」

「ええ、しまへん」

「尊皇なのになぜ長州は孝明天皇の御所を攻めたのか？　ここがさっぱり分からない。この辺の疑問は、幕末維新デマ情報に包囲されている現代人と同じ違和感です」

「そうそう、先生のおっしゃるとおり、そこです。南朝天皇すり替えという核心部分はリーダーしか知らず、下っ端の清之助は眼隠し状態ですから」

その翌年、一七歳の清之助は疑問をいっぱいにふくらませ長州から再び京に戻っている。

ヒートアップした長州は「禁門の変」で再度御所襲撃を決行。

ターゲットは孝明と睦仁、長州兵はギリギリ御所に乱入するも、しかし盛り返した薩摩、会津にコテンパンの返り討ちに遭《あ》う。

ポルシェのドアを閉め、運転席に収まった村田が、窓越しに離れの二階家を見上げた。

「ここには粗末な小屋が建っていた」

シートベルトを締めながら付け加える。

「いえね、桂小五郎ですよ」

「桂小五郎？……」

「逃げの小五郎、有名でしょう？」

ポルシェ特有のエンジン音が村里に広がった。一気に発進する。望月はこの加速が楽しめない。一秒を競う理由は一つもないのに、なぜタイヤを軋《きし》ませるほどアクセルを踏んでしまうのか、アホじゃないかと思っているうちにみるみる交差点を二つ越した。

のんびり歩く馬があっという間に迫り、あわやオカマと思いきや、ステアリングを鋭く切ってかわすゲーム。踏ん張っていた両足から力を抜いた時、また村田が「逃げの小五郎」と言った。

長州突撃！「禁門の変」直後も、小五郎は逃げた。

乞食《こじき》の恰好《かっこう》で二条大橋の下に潜り込んだ小五郎、愛人の芸者、幾松《いくまつ》は身の危険もかえりみず日毎《ひごと》、夜毎に握り飯を差し入れる。

「ロマンチックな話で、うらやましい限りですわ」

「それから小五郎の足取りは？」

「あっ、そうそう、ええと……京を脱出しましてね。頼ったのは清之助ですよ。それでさっきの場所にあった小屋に隠れ住んだ」

「ほう」

「もっともこれも八木家に伝わる家伝ですから、先生の歴史小説に役立つ物証といったものはありませんけど」

顎《あご》を突き出し嫌みったらしく言ったが、望月はフォローに回った。

「緊急時の行動は、その人の経験知によります。経験は知覚、動作、感覚といった形で脳に刻まれますから、反射的に小五郎が清之助を頼ったならば、なにかちゃんとした形での信頼を得ていた証拠です」

「小五郎に信頼されていた……」

自分の血筋をほめられたからであろう、満足げに頷く。

桂小五郎は拝田峠を抜け、ほど近い出石《いずし》に約四カ月間潜伏。故田中河内介の実家が出石にあったからそのママで隠れていたのかもしれないが、再び愛《いと》しの幾松が迎えにやって来て、手に手をとって故郷の長州に戻ったのである。

「ここまでですね、なんとなく見えるのは」

「と言いますと？」

「それからの足取りですよ。一八六四年の夏、小五郎を匿《かくま》ったところまでで、清之助さんのその後がさっぱりでしてね」

村田はくいっと細い首を傾け、そのままの姿勢でカーブを曲がった。

「どこでどう過ごしていたのか」

溜息まじりにステアリングを戻す。

「不明の六年間。で、ひょっこりとさっきの家に戻ってきたのが明治のはじめ、一八七〇年（明治三年）の夏ですわ。二五歳の清之助は妻、みつを娶《めと》り、以来百姓と行商の二足の草鞋《わらじ》ですねん」

「行商ですか？」

「貧乏臭い筆《ふで》の行商」

「そうなると、ちとおかしい……」

「なにがです？　先生」

「そう思いませんか？　桂小五郎は西郷、大久保と並ぶ明治の三傑ですよ。清之助が小五郎の信頼を得ていたのなら、新政府の役職などよりどりみどりだと思いますが、筆の行商ですよね」

「そこです」

力強く胸を張った。

「清之助さんの人生にないものは、裏切りです。天皇すり替えの真実を知ったからには、勲章なんてものは犬に食わせておけばいい。彼は陽のあたる職につけなかったのではなく、つかなかった」

「……」

「察するに、清之助さんは愚直といいますか、要領が悪いといいますか孝明天皇側、すなわち北朝サイドの密偵役をやめなかった」

「筆の行商とは、世を忍ぶ仮の姿？」

「そうですがな。秘密のお役目はそう簡単に切れるものではありません」

「誰かの下働きをしていた」

「和宮さんに決まってまんねん。そうでなければ、手首なんかを裏庭に埋めますかいな」

忠義人《ちゆうぎ》であった。やみがたい孝明天皇、和宮への敬慕。

村田の読みは、おそらく正しい。

二人は話し疲れて無言になった。

水先案内人は向かう先をまったく告げず、望月もあえて訊かなかった。

ただ、方向だけは分かっていた。コンパス付き腕時計によれば、我々は西に向かっている。望月の瞼《まぶた》が重くなり、数秒後、コクリと顎を落とした。

はっと目覚めた。村田は待っていたのだろう、堰《せき》を切ったようにしゃべりはじめる。

「偉い先生を差し置いて、持論を述べたらあかんやろか」

「どうぞ、詳しく聴かせてください」

望月は顔を両手でしごきながら、もう一度どうぞと促した。

「清之助さんを一変させたのは、公家の丁稚奉公《でっちぼうこう》」

「……」

「その奉公先ですが、ずばり和宮さんだったのじゃないかと思うとりますのや」

「なるほど」

「つまるところ田中河内介は、清之助さんを和宮の実母、橋本経子《つねこ》の家に送った。で、河内介が殺されるとタナボタで、和宮の使いっ走りにスライドですわ」

「隠密として？」

「ええ、完全な秘密要員。その根拠を問うてますな。ほなら答えまひょう。ヒントは筆達者な清之助さんが、自分について書きつけ一つ、残していないことでっしゃろな」

「隠密は自分のことを書きませんね」

「本来ならですよ」

ステアリングを握ったまま、ちらりと望月を見る。

「和宮さんの降嫁に付き添っただけでも自慢ですよ。次に七卿落ちでっせ。そのうえ超大物の桂小五郎さんまで助けた男ですから、人も羨《うらや》む綺羅星《きらぼし》の経歴でしょう？　そうなれば自慢の自分史を書いて子孫に残しておきますがな。しかしそれがない。残したのは、和宮さんの左手だけです」

「たしかに……」

「でっしゃろ。私は悪い頭で、来る日も来る日も考えました」

謙遜しながら続けた。

「で、到達したのがやっぱり隠密ですわ。それも最終的には和宮さんの……つまり岩倉明治政府に狙われている和宮さんの隠密」

整理するように話を巻き戻した。

京に戻ってもまだ一五歳、遊びたいさかりなのに、天誅お絵描きスイッチが入る。絵を版画にしてばら撒《ま》けば世間を煽れるという勤王党の策略など知るよしもなく、パッパと描き続け、ずるずると抜き差しならない深みにハマり込んでいった清之助。

そして七卿落ち。

いったん長州へ逃げるが、田舎ではすることがない。お絵描き、使いっ走りのスパイとして飼育されていた清之助の舞台はやはり土地鑑ある京の街。かつて江戸で、和宮との連絡役を仰《おお》せつかっていた関係上、再び和宮とのパイプ役となる。

で、歳を増すごとに、カラクリが見えはじめる。

岩倉具視、三条実美、桂小五郎、伊藤博文たちが画策する、世にも恐ろしき天皇すり替え陰謀だ。

律儀な清之助は、心情的に和宮に寄り添った。

「ずっと和宮さんの伝書鳩だったと思っております。もちろん根も葉もない話ではありませんで、実は清之助さんは有栖川宮熾仁さんにも深いつながりが――」

「えっ、どういうことです？」

驚いて顔を見た。

「くわしくは追い追い話しますが、和宮さんと熾仁さんを取り持っていたのは清之助さんです。この結論に私が達したのは……なんといいますか、私の身体に流れていた清之助さんの血なんでしょうな」

身を入れて聞いて欲しいと言って、村田は続きを話した。

清之助が千代川村拝田の実家に戻ったのは明治三年、和宮が岩倉の邪魔になりはじめたころだ。そこで岩倉はまず、目障《めざわ》りな清之助を追い払う。

国に帰って百姓を始める清之助。釈然としないが、長年の忠義は捨て切れず、和宮を支えるグループ数人と密かに連絡を取り、筆の行商を隠れ蓑に接触した。と断定した。

「あっ」

望月が思わず手を叩いた。

「どうかしましたか？」

「いえ、匿名投書を思い出しましてね」

「匿名投書？」

村田が、ステアリングを握りながら首をよじった。

「増上寺の墓地調査団と朝日新聞社に届いた投書です」

「へえ、そんなものがあったのですかいな？」

知らなかったらしく、少々説明した。

「投書の主はご婦人で、手紙には祖母の目撃談が書かれています。祖母は和宮に同行し、箱根にさしかかったときに殺されたと……」

「なんや、そんな証人がおりましたんかいな。それにしても私と同じ説とは、万軍《ばんぐん》の援軍を送られたようで、ますます意を強くするっちゅうもんでんな」

村田はポンとステアリングを叩いたが、望月は別のつながりで興奮気味だった。

「注目すべきは、ご婦人の祖母ですよ」

「……」

「和宮の祐筆《ゆうひつ》だったのです」

「祐筆？　祐筆いうたら文書秘書官みたいなもんでっせ。あっ、先生、清之助さんは筆の行商！」

「そうなんですよ。祐筆と筆の行商人。二人が親しく会っても疑われません」

「接触に不自然さは微塵もありゃしませんがな。なるほど、清之助さんよう考えました。いえね、私も清之助さんはぎょうさん農地を持っているのに、なんでショボい筆行商なんかをはじめたんかいなと、不思議に思うておりましたんですわ。もっとパリッとしたスパイになったらよかったのにってね。なるほど……和宮さんの祐筆と会うために筆行商を……これで合点がいきます」

　さすがは先生だとさかんに感心した。

　家茂の七回忌。和宮の江戸への出立に清之助は、同行している。瞼《まぶた》には一〇年前の壮大な和宮降嫁行列が浮かんでいる。

　それに較べてこの落ちぶれようは、おいたわしゅうなどというものではない。孝明天皇の妹にして将軍の妻ともあろうお方の供がたった数名。手薄も手薄、護衛などというものではない。

　待ち受ける運命の箱根。バラバラバラバラと飛び出す目の鋭い刺客。無慈悲に乱れる幾多の刃《やいば》。目眩《めまい》がするほど無礼で、おぞましく、だが多勢に無勢、相手はプロである。清之助は応戦に精いっぱいであった。

「荒くれ者が去った後、清之助さんはとっさに転がっていた和宮の手を拾い、一目散に刺客の去った東京とは反対方向に駆け出したのだと思っています」

「その左手が、五輪の供養塔の下に納まった」

「ええ」

「では、遺体は?」

「そこですわ。私の考えはちょっと風変わりなんですけど、その前にちょっとトイレに寄らせてください」

ドライブインに入った。


望月がカプチーノを頼み終えたところに、ハンカチを手に村田がせかせかと戻ってきた。働き蜂《ばち》も負けそうな動きで、さっさとテーブルに着くやいなや大袈裟に両手を振った。マドラス柄のシャツが、鼻つまみ者の年寄りのようだった。期待に違《たが》わず乱暴な口調でウェイトレスにコーヒーを頼んだ。

「ところで、どこまででしたかね、話の続きは……と……」

「和宮の遺体をどうしたか、ですよ」

「そやそや、片付け部隊がやってきて、板に載せて寺に押し付けたんですわ。阿弥陀寺にね。ご存じでしょう? 奇怪な和宮の位牌」

「『親王』になっているやつですね。村田さんはその辺をどう推理します？」

「そりゃ先生、親王は親王です」

望月は意味が分からず、怪訝《けげん》な視線を向けた。

「つまり？」

「どこの寺で、女に親王を付けます？」

「男だと？」

自分でもそう思うことがあった。

「そうでんがな。ありゃ違う男の遺体ですよ」

「でも位牌には、静寛院という和宮を表わす三文字が入っています」

「そう、ですから、和宮と親王ですわ」

頭が混乱した。

「先生、ピンときませんか？　ようするに親王、本物の睦仁親王」

「なに！」

望月は目を丸くした。

「天下分け目の鳥羽・伏見の戦い以降、睦仁親王はしばらく京都郊外の寺に幽閉ですわ」

「すぐに殺害されずに？」

「そりゃ、そうでっしゃろ。すり替え天皇に不都合が生じたときにどないします？　非常時に備えて、しばらくは生かしておくいうのが誘拐の常套手段ですわ」

真顔で答える。カプチーノが届いた。ウェイトレスに聞こえているのも気にせず、誘拐だの殺害だのと村田がしゃべり続ける。

「そして明治一〇年、睦仁を箱根に移した時、病《やまい》に倒れるんですな」

「病名は？」

「これこそ脚気と違いますか？　毒を盛られたのかしらへんけど。とにかく死によった」

「明治一〇年は和宮ではなく、親王が亡くなったと」

「そうそう、で、前から安置してあった和宮さんに睦仁さんが加わり、これで遺体が二つ」

「……」

「寺ですから、ちゃんと成仏《じょうぶつ》させなきゃなりませんわね。けど、坊さん、岩倉に口外無用と言われりゃどうにもならない。だから、一つの位牌にした」

「二人を一つに？」

「はいな」

「そんなむちゃな」

望月はカプチーノを置いた。

「先生」

村田が今来たコーヒーをウェイトレスからむしり取り、上目遣いで望月を制した。

「岩倉も大久保も、むちゃくちゃの塊《かたまり》でっせ。勅旨《ちょくし》と錦《にしき》の御旗《みはた》を平気で偽装し、国をそっくり乗っ取った輩《やから》ですから、こんなこたぁお茶の子さいさい、感覚としては革命の一環ですわ」

「……」

「まあ聴いてくださいよ。あの位牌は阿弥陀寺の抵抗や思いますねん。恐ろしい脅しがあっても、仏に嘘はつけない。戒名に睦仁がダメなら、親王だけでもとね。一つの位牌に静寛院と甥の親王の二人分をむりやり押し込んでしまったから、へんちくりんになってしまったんですわ。頭にきた住職はそれでもおさまらず、親王に和宮叔母さんが添い寝しているお印として、最後に『恭大姉』をくっつけよった。住職のせめてものレジスタンスだったと思うとります」

もう一度望月は、位牌を頭に浮かべた。

〈静寛院殿二品親王好譽和順貞恭大姉〉

「二品《にほん》は、二つの遺体という意味です。だって和宮さんの位階は一品《いっぽん》でっせ」

二品は二つの遺体。望月は感心しながらカプチーノを呑む。

「睦仁の遺体を、どこかに埋め」

村田が続けた。

「で和宮さんだけを東京に運んだ。五年も前に死んだ遺体ですから、カチンコチンに硬直していて、慣例の座葬にはできない。だから寝たままで埋葬したんですわ」

言う通り、他の将軍や正室はすべて当時の作法にのっとっての座葬だが、和宮だけが奇怪な横臥《おうが》状態であった。

ほぼ裸体というのも悲惨な姿だ。

副葬品といえるものもない。村田の主張通り、和宮がとうの昔に殺されていたとしたら、昔すぎて和宮ゆかりの品など集めようがなかったのだし、裸体というのも、賊が身分を隠す目的で着物を剝《は》ぎ取ってから運び込んだと考えれば辻褄が合う。すべてに矛盾がない。

その夜、村田は有馬《ありま》温泉に望月を招待した。

会員制リゾートホテルだった。ポルシェに会員制リゾートホテル、そして玄人《くろうと》はだしの洞察力。外見の色と匂いで、この男は定義づけられなかったが、慣れないスポーツカーに長時間乗っていた身体のあちこちが軋《きし》んでおり、望月はその日なんども温泉に浸かった。

地下水脈

死んだように眠った。悪い夢を見たようだったが、目覚めと共に忘れた。意識が戻ったとたんに見知らぬ部屋が目に飛び込んできた。思い出したが、一瞬頭が壊れたのかと思った。

『07：07』

――ここはどこだ？――

緑色のゾロ目。ベッドサイドのデジタル時計が悪夢を誘っていたのかもしれなかった。

這い出してヨガに取りかかるとケータイが鳴った。

「よく、休まりました？」

ユカかと思ったら、ガラガラ声の村田だった。

「朝食はお済みで？」

「朝は、いつも野菜ジュースだけです」

「健康的でよろしいでんな。野菜ジュースなら下で呑み放題ですわ」

「そりゃ助かります」

「はい、たっぷりと。よかったら散歩がてらに……ちょこっと出ませんか？」

シャワーをさっと浴びて、下に降りた。

「昨日は奥深いお話を頂戴し、興奮のあまり、明け方までもんもんですわ。ぎょうさん話すことが頭に浮かんどります」

今日は迷彩柄のブルゾン姿だった。曇天《どんてん》の中、二人は肩を並べて歩きはじめた。村田は話題を探すように左右の風景に目をやった。

「最近の憲法改正論議、どう思います？」

「なにごともタブー視してはいけません。特に日本人は考えることをしない民族ですから、ケンケンゴウゴウ大いに議論すべしです」

憲法つながりで、村田が大日本帝国憲法を持ち出した。

発布は一八八九年（明治二二年）二月一一日。大久保と岩倉が鬼籍《きせき》に入《い》り、引き継いだ事実上の宰相、伊藤博文主導のもとで練られたものだが、同時に発表されたのが皇室典範である。

この皇室典範は、なぜか官報に記載しない非公式の発表だった。非公式のこっそり官報というのがいかにも偽装国家だが、中でも宮内省通達第一条は実に奇妙だと村田が語った。

「今朝は、こいつを語りたかったんですわ」

疑惑の皇位継承順位、つまり次期天皇の継承順位だ。

「明治以前の皇位継承なんてものは先生、実に漠《ばく》としたもので、これといったルールはありませんわね」

「その通り。権力者同士が話し合って決定するというのが普通のやり方で、なにせ閉ざされた朝廷ですから、暗殺、誘拐、拉致、脅し、なんでもありました」

すり替え天皇を無事御所に入れたものの、いつバレるかもしれぬ不安は尽きない。そこで明治の支配者たちはきっちりとした法律をもって、自分たちに従順な都合のよい人物に天皇を継がせようと発明したのが皇位継承順位なるものだとしゃべった。望月も同感だ。

「先生、継承順位一位はだれだと思います？」

「そりゃ明治天皇の実子、嘉仁《よしひと》親王（後の大正天皇）です」

「違います」

「なに？」

ギョッとし、反射的に応じた。

「だれでした？」

「有栖川宮熾仁です」

「あっ、そうでした……」

望月としたことが、バツが悪そうに腕を組んだ。

「一般の人には疑問、大アリでしょうなあ」

望月の不勉強に、優越感の混じった口調でさらなるクイズを仕掛ける。

「先生、幕末の有栖川宮熾仁のポジションをご存じでしょう?」

「維新前ですな」

「はいな」

「それなら実に重い、ポジション。孝明天皇を見限った尊皇派の中には、彼を天皇にしようとする勢力もあったくらいですから」

武家社会での天皇は、せいぜい支配権獲得ツールだ。有力武将は気に入った候補者を囲い、カネと武力、力業《ちからわざ》でアレレという人を適当な理由を付けて天皇にしてしまった歴史などいくらでもある。現代人がもっと重く考えてしまうのは教育で洗脳されているからだが、桂小五郎も一時、有栖川宮熾仁を天皇として奉じて挙兵する計画を持っていた。この事実は高松宮家《たかまつのみや》が編纂した伝記の『熾仁親王行実《たるひとしんのうこうじつ》』にも書かれている。

「では、なぜ熾仁なのか?」

村田が続ける。

「それを推理する前に、いったい宮家とはなにか? これを、いっぺん先生に掘り下げてもらいたいと思いましてね。どうもそこらへんが弱いんですわ」

宿泊ホテルのすぐ近く、赤い鳥居を潜《くぐ》り石段を登りはじめた。見上げるとかなり急だ。

一段踏み上げるたびに野菜ジュースが胃の中で揺れているのが分かった。

「『宮』のはじまりは、平安末期です」

と望月。

朝廷という漢字は「朝」、シャーマン（天子）が「廷」、つまり長い台に乗って祈るというシナの言葉だ。しだいにその儀式が肥大し、要員を朝廷というようになる。

儀式は中心人物にとって欠くべからざる権威であり、儀式のない朝廷はありえない。朝廷は、司祭《しさい》である天皇がいて、彼を取り巻く作法、儀式、舞の集団と行政機関で成り立つ。しかし武家社会になると行政機能が奪われ、作法、儀式、舞だけとなる。

作法、儀式、舞の集団、朝廷はこれらのスキルを身に付けた家柄だけで固められる。

平安末期、その集団は名前の下に「宮」を付けはじめる。

バリバリの現職はやがて老いぼれ、引退の二文字がやってくる。死ぬまで安楽に暮らしたい、影響力を残したいと思うのは一度権力を握った年寄りの常、そこで考え付いたのが「宮」の利権だ。

俺に逆らうな、お利口ちゃんにしている者に「宮」を与える、という禅譲《ぜんじょう》システム。これで死ぬまで影響力が保てるのだ。「宮」の継承は、家元制度と同じで一生食いっぱぐれのない利権の継承だった。

宮家は代々そうやって「利権」をバトンタッチしてきたのだが、やがて継げなかった分家も、勝手に宮家を創設するというパターンが流行《はや》りはじめる。

鎌倉時代には岩倉宮、四辻宮《よつつじのみや》が創設されたかと思うと、まかないきれなくなって短命に断絶。室町時代には常盤井宮《ときわいのみや》、木寺宮《きでらのみや》が出現し、また消滅する。

応仁《おうにん》の乱（一四六七〜一四七七）以降、朝廷は経済的にえらく逼迫《ひっぱく》した。経費節減は、さらなる分家切り離しを促し、切り離されたほうがまたそれぞれ宮家を名乗った。鎌倉以降、明治までの宮家は、本流から外されたいわば負け組で、現在の皇族のイメージとはかけ離れたものであり、そこには必ずや公家内部のドロドロとした対立と陰険なる争いの火種が残る。

さて問題の有栖川宮だ。

創設したのは後陽成《ごようぜい》天皇（一五七一〜一六一七）の七番目の皇子というから、そこそこ古い。二代目に有栖川宮を継いだのが、後西《ごさい》天皇（一六三七〜一六八五）本人という案配だから輝ける名門と言える。

で、熾仁は九代目だ。

孝明天皇とは血縁的にはかなり遠く、系図上では約一三〇年、一〇代遡《さかのぼ》った霊元《れいげん》天皇（一六五四〜一七三二）の時に枝分かれしたままなのだが、孝明は熾仁を可愛がった。で、妹和宮の許婚《いいなずけ》にしたのである。

岩倉、大久保亡きあと、明治政府は離れ業《わざ》に出た。そんな熾仁を明治天皇の実子、嘉仁親王（後の大正天皇）を押しのけ、皇位継承順位一位に組み込んだのである。

奇妙な展開だが、むりやりの裏には、必ず理由がある。

原因は大正天皇（嘉仁親王）本人だ。

大正天皇については明治天皇、昭和天皇と較べて、文献はないに等しい。研究もほぼゼロだ。

この落差はなにを物語っているのか？　脳障害で、歴然とした事実である。

一般的な勉強は不可能だったし、学習院に入学するも進級に失敗し、一三歳の時に中等科で中退している。海軍の総帥山本権兵衛《やまもとごんべえ》などは、大正天皇ではなく自分は国家に忠誠を誓う、と公言して憚《はばか》らなかったほどで、むろん支配層はそれを隠した。

だが、時代はそれを許さなかった。天皇は議会に、その身を晒さなければいけない時代になっていたのである。で、全議員の目前でやらかしたのが有名な「遠眼鏡《とおめがね》事件」だ。

三三歳、奇妙な仕草をとった。帝国議会の開院式、壇上で詔勅《しょうちょく》を読みあげた大正天皇は、持っていた勅書をくるくると巻き、遠眼鏡にしてキャプテン・キッドのように議員席をぐるりと見渡したのである。

不敬罪が恐くて、立ちすくむ新聞雑誌。

時代が下って不敬罪がゆるくなると、複数の証言が浮上し、とうとう戦後の一九五九年（昭和三四年）、『文藝春秋』の事件記事が弾《はじ》け散った。

旧皇室典範第九条にはこう書かれている。

〈皇嗣《こうし》精神もしくは身体の不治《ふち》の重患《じゅうかん》あり、又は重大の事故あるときは皇室会議及び枢《すう》密《みつ》顧問に諮詢《しじゅん》し前数条により継承と順序を換えうることを得〉

心身に問題があるならば、他の人物にしてもよい。側近たちはみな、嘉仁親王の病を知っているからこそ、皇位継承順位一位から外したのである。しかし明治天皇存命中に熾仁が先に他界。その結果、おはちが嘉仁親王に回って、大正天皇となる。

果てるともない長い石段は、朝の散歩にしてはかなりきつい。

「いったい、ぜんたい」

村田がハアハア言いながら続けた。

「皇位継承順位一位の有栖川宮熾仁とは、いったいなに者なんやろうね？」

「……」

「正直な話、有栖川宮記念公園一つ残して、なぜ跡形もなくなったのか、そこらが分からへんのですわ」

口ではそう言ったものの、村田は自分で解答を持っているようだった。参考までに望月の意見を聞いてみようかね、という程度の熱意のなさだ。その証拠に村田は質問のあと、大あくびをして、まっいいか、と呟いた。

やっとのことで平地に出た。平場《ひらば》に神社が見えた。

望月は、そこに戦慄すべき血の絆《きずな》を発見する。

5 謎の神社

有馬稲荷《いなり》神社。

振り返れば、はるか眼下に有馬の温泉街が広がっている。

望月が神社仏閣に到着したら、最初にすることは拝むことではない。まず由緒書《ゆいしょがき》の前に立つ。

どこの寺社でも誇らしげな来歴がテンコ盛りである。慎《つつし》み深く、控《ひか》え目な日本人にはそぐわない自慢たらたらが定番で、この胸の張り方にいつも違和感を覚える。

しかし寺も神社も、権威というものの価値を知り、利用し、のし上がってきた渡来人の施設だったことを考えれば、縄文人とは違う、自画自賛も納得がいく。

由緒書によれば前身は、「杉《すぎ》が谷《や》行宮《あんぐう》」という名前だったという。

行宮というのは天皇の旅館、仮宮のことで、温泉に来た折に泊まったのだろうか、造営は舒明《じょめい》天皇（五九三〜六四一）の時代となっている。

古文書を額面通り受け取れば、舒明は渡来系で、死んだ所も百済宮《くだら》である。

したがって舒明の視線は、国内より海外ははるか彼方、シナを向いている。

記録上、唐の腰巾着となるべく遣唐使を送った初めての天皇だし、唐からも身ぎれいな学問僧やら、政治家、学生を数多《あまた》受け入れている。唐ばかりか百済や新羅《しらぎ》といった舶来モノが大好きで、一つ前の隋留学で渡ったままの僧たちにも帰ってこいよ、と呼び戻すことも忘れない。

近畿の風景は、渡来系一色だ。

しかし実権は舒明にない。だれが君主かと言えば蘇我《そが》氏だ。

蘇我蝦夷《えみし》。

この男こそ近畿一帯を仕切っていた大王であり、古代史を読み込めば大和朝廷ではなく「蘇我帝国」といった案配である。

我々現代人は、天皇こそが古代における君主だと錯覚しがちだが、これはのちに権力を握った天皇による宣伝攻勢の賜物だ。

天皇による天皇のためのツール、我々の頭は『日本書紀』に汚染されているのである。捏造、上書き、消去……支離滅裂の騒ぎっぷりで煙に巻き、スーパーコンピューターが登場し、DNAがほぼ解析される二一世紀になっても、日本民族の頭はいまだにアップデートされることもなく、集団催眠状態だ。

紀元前八世紀の吟遊詩人ホメーロスが書いた『イーリアス』や『オデュッセイア』は読物であり、参考書であって、ギリシャの正史だというバカな外国人学者は皆無だ。だが不思議なことに、我が国では、もっとでたらめな創作本『日本書紀』の万世一系は、一生モノの日本史だと思い込んでいるから始末が悪い。だから、東京の超一等地の広大な土地の占拠を許しているのだ。

天皇とは何者か？

早い話が、元は渡り人《びと》の血を引く呪術部門の長だ。怪しげな祈禱を触媒にのし上がって肥大し、ついには軍をも洗脳して特等席に座った人物である。

舒明も祭祀の「長」にすぎず、時代が下ってその何代か後の呪術畑のボスが実権を握り、ハクをつけるために過去に遡って自分と同じ祈禱畑の「長」らしき人物を無理矢理ぜんぶ血をつなげて「天皇」だと、後付けしたにすぎない。

軍事集団と祈禱師集団。この二大勢力の、壮烈な権力闘争が古代だ。

イメージできない人はイラン、アフガン……イスラム世界を思い浮かべていただきたい。

宗教政府を軍事クーデターで倒す。軍事政府を宗教クーデターで倒す。

パーレビ国王率いる秘密警察＝軍事政権から、大宗教家ホメイニが政権を奪取したのが一九七九年のイラン革命で、中東は宗教と軍事の覇権争いの歴史で、古代の風景そのままである。

祈禱の親分「天子」が、喉から手の出るほど欲しがった政権を握ると、これまでの軍事政権トップの名称「大王」は使いたくないから、「天皇」という単語を作ったまでである。

そして地位保全。二度と再び軍事系に引っくり返されたくはない。そのためにトップは神と直結する血脈とし、すなわち「万世一系をもってなす」というご都合ルール一本で縛った。

さすがは口八丁のパフォーマンスでのし上がった祈禱の親分である。すぐ「テメーやるか！」の筋肉バカの軍事集団よりも知恵もあれば、謀略にも優れている。人心掌握術はお手のものであって、まずは誰もマネのできない複雑な儀式で宗教的権威を高め中央を固めた。ばんばかシナに宗教留学させた理由は、呪術系の確保だ。つまり土着倭人も徴兵しちまう軍事系大勢力と違って、呪術系官僚はどうしても少数だから、呪術系キャリア官僚育成の留学は不可欠だった。

やってみるとアチラの先進技術は導入できるし、自分たちの仲間である渡来人は増えるしで、魔法のような利があった。

では、パフォーマーの天皇に抑え込まれた蘇我氏とはいったい何者であろうか？古墳時代から飛鳥《あすか》時代にかけての軍事の大豪族で、むろん渡来系だ。

現在、蘇我氏の渡来説に異論を唱える学者が多数派だが、みんなアホだ。疑うならば名前を見よ。

蘇我蝦夷の四代前を遡れば蘇我韓子《からこ》という名が出てくる。「子」が付いていてもむろん男子なのだが、名の「韓」は見逃せない。

紀元前四世紀、シナ大陸を見渡すと秦《しん》の隣には偉大なる「韓《かん》」という強国がある。紀元前二世紀には、朝鮮半島にも押し出しのよい「韓」があり、紀元二世紀には「馬《ば》韓《かん》」「弁韓《べんかん》」「辰韓《しんかん》」の三大「韓」勢力が朝鮮半島中南部を三分している。

馬韓の位置は、のちの百済のエリアだ。そこには農耕と養蚕《ようさん》、綿布の技術を持った人間が住み着き、馬韓の辰王が三韓の一つ辰韓をも治めていた。その辰韓は、秦の過酷な労役からの逃亡者がつくった国である。『三国志』の「魏書《ぎ》」に書かれているのだが、ようするに馬韓の王が太っ腹で、秦人に自分の東の領土を分け与えて「辰韓」という国にしたというのが代々の言い伝えだ。

辰《しん》は秦《しん》を音写したものであることは、古代史をやっていればだれでも知っている。

望月は、この馬韓勢力が蘇我氏を名乗り、辰韓の養蚕、製鉄、綿布技術を持った連中が秦《ハタ》氏を名乗ったと思っている。

とうぜん「韓」は当時のブランドだ。

「韓」を名乗れるのは列島先住の縄文人ではない。だいいち元祖縄文人は漢字を知らないわけで、「韓」という文字に価値を見出し、これみよがしに名前をひけらかすことはない。

高貴な侵略者だけである。

さらに下って、蘇我氏の名前に高麗毘《こまひ》賣《め》が登場する。高麗などという、これまた明らかにあちらの名を持ち、そのうえ蘇我蝦夷の曾祖父が蘇我高麗《そがのこま》（本名蘇我馬背《うませ》）で、父が蘇我馬子《うまこ》ときたひにゃ、隠しようのない騎馬系、もしくは馬韓系だ。

「なるほど……」

村田がしゃべった。

「四世紀ころ騎馬民族が渡来して蘇我を名乗ったということでんね」

望月はもう一度、由緒書に書かれている有馬稲荷大明神という文字に眼をやった。

たった今、話した蘇我馬子と蘇我稲目とを足した名前に見えるのはイメージの膨らましすぎだろうか。現在の場所への移築は一九〇四年（明治三七年）五月九日となっている。

「先生、あれを見てください」

村田が手を差し向けている。昔こんなポーズで「君だけに〜」と歌っていたグループサウンズがいたような気がする。

視線を指先の彼方にずらす。拝殿、右側の柱に額が掛かっている。古びた筆文字で『有栖川宮熾仁』の名。

「ほう」

望月が眼を丸くした。

「この神社と、なにかご縁でも？」

「はい、有栖川宮熾仁親王から、令旨《りょうじ》を賜《たまわ》ったいうんですわ」

「令旨を？」

令旨とは天皇、皇后、親王の命令書だ。名誉も名誉、とんでもない名誉である。

「どんな命令内容ですか？」

「宮家の祈願所指定です」

「この神社が……宮家指定？」

「そうですわ」

望月は眉間《みけん》にシワを寄せ、質問を重ねた。

「いつのことでしょう？」

えーと、たしか……と言いながら村田は、股裂《またさ》きダンスのような大股で、再び由緒書の前に移動した。釣られて望月も肩を並べる。

そこには慶応四年五月九日、すなわち一八六八年六月二八日に賜ったと書かれている。

おかしい。望月は、怪訝《けげん》な眼差しで読み返した。

——一八六八年といえば……大騒動の時期だ……——

維新戦争のとば口で、常軌《じょうき》を逸した大騒ぎのど真ん中、令旨を与えている場合だろうか。

「ふーん、ここがねえ……」

あけすけに、言葉が漏れた。

「信じられまへんか？」

例の挑戦的な口調で言い返す。

「鳥羽・伏見の戦いから、五カ月もたってますけどね」

両手をブルゾンのポケットに突っ込み、身体を揺すった。望月は受けて立った。

「いくら軍神西郷隆盛が大砲をドッカン、ドッカンぶち込もうとも、戦況は見失っている時です」

「でも先生、五月三日には江戸城を取っていますって」

村田が目をむいてやり返す。

「江戸城いうたら飛車角取ったも同然で、詰《つ》みですわ。それにパークスの旦那と外国勢が公然と新政府を助けるべく、五月二日に大坂東本願寺《ひがしほんがんじ》において新天皇に信任状を渡してますよって」

「いや、それは結果論です」

大人げないが、望月も素人相手に一歩も引かない。

「上野の寛永寺《かんえいじ》には、英国の走狗《そうく》、薩長恥を知れ！　と吼《ほ》えまくる最後の侍たちが彰義《しょうぎ》隊《たい》を結成し、武士の街を死守せんと、歴史にその名を残すであろう伝説の一戦の火ぶたが、まさに切り落とされようとしている寸前です。人手不足、武器弾薬不足……天下はまだ分からない。異様な空気の中、新政府のトップ、総裁職にあった熾仁親王は、だれよりも陣頭で鼓舞しなきゃならんでしょう。それに」

と望月が続けた。

「この辺《あた》りをごらんなさい」

と言ったが村田は、ごらんにならず、むさい眼を望月に向けていた。

「ここは人里離れた革命とは無縁の土地です。まして当時は十数軒程度の、のんびりした湯治場でありましてね。動乱の最中、なにを好き好んで、こんなド田舎の社《やしろ》を宮家指定にしなきゃならんのです？　大変失礼だが、令旨を賜るほどの格式と風格を有していたとも、とても思えません」

宮家指定には理屈がある。その理屈がどこにも見つからなかった。タイミング、地理、釣り合い、この三つどれもに違和感を覚える。

新政府のトップ、有栖川宮熾仁ともあろうお方が、なにゆえ天下分け目のその時期、江戸から遠く離れたショボクレ神社に引き付けられ、宮家の祈願所に指定したのか？　政府筋に知れたら、頓珍漢《とんちんかん》どころか、なにやってんだかと面目丸つぶれであろう。

望月の、もの問いたげな顔を横眼で見ながら、村田が口を開いた。

「そうでしょうか」

声に、勝ち誇った色合いを含んでいる。望月は隠し玉に警戒した。

「いいんすか？」

いびるように言った。

「じゃ言いますがな。ここの宮司さんが、有栖川宮熾仁親王の息子だったとしたらどないです？」

思わぬ台詞に、口をポカンと開けた。隠し玉ならぬ、隠し子だ。

「宮司が親王の子供？」

「はいな、もしそうなら？」

熾仁の子はゼロだ。公《おおやけ》に子供はいないことになっている。

「ご落胤《らくいん》ですか？」

「ええ、私生児です、どうですか？」

「もしそうなら……話は……違ってくるかもしれません」

コートの襟を立て、歯切れ悪く答えた。望月は気分を変えようと脚を一歩出しかかったが、村田の言葉が引き止めた。

「ならば大先生、令旨も不自然ではないですわな」

にやりと口の端を上げ、わざわざ望月の前に回り込み、上目遣いで顔を覗き込んだ。

──クソ！──

「まあ、そうですが……そうなのですか？」

悔《くや》し紛《まぎ》れに問い返した。村田はしたり顔で、顎をしゃくった。宮司の住まいに違いない奥の一軒家だ。

「この辺じゃ、昔から言われていることですわな」

「……」

「噂だけじゃありませんて……水も漏らさぬ証拠がずらりと」

と言って望月を松の木に誘った。石碑があり、それには〈高松宮宣仁親王《たかまつのみやのぶひと》殿下御手植……〉と彫られている。

高松宮は有栖川宮を継承した皇族だ。その本人が、じきじき心臓破りの石段を一つ一つ踏破し、手を汚して松を植えている。これはよほどのことだ。

――村田の言うように、ただごとでないのかもしれない……――

この神社の株が、くいっと上昇した。宮家との結びを、由緒書から拾ってみた。

慶応四年六月二八日　有栖川宮熾仁の令旨
明治二二年九月一四日　有栖川宮夫妻参拝
明治四四年八月一八日　久邇宮邦彦《くにのみやくにひこ》夫妻参拝
昭和二七年一二月四日　高松宮宣仁参拝

ズバリなルックスだった。格別な皇族を身にまとっている。

新政府総裁にして、皇位継承順位一位の有栖川宮熾仁の令旨はすごいし、高松宮もかなりだ。久邇宮邦彦は直球ど真ん中、有無を言わさぬ証拠が望月の胸に迫った。なんとなれば、夫人は第一二代薩摩藩主島津忠義《しまづただよし》の令嬢で、二人の間に生まれたのが昭和天皇の嫁、良子《ながこ》（のちの香淳《こうじゅん》皇后）という、これ以上ありえないセレブなのだ。

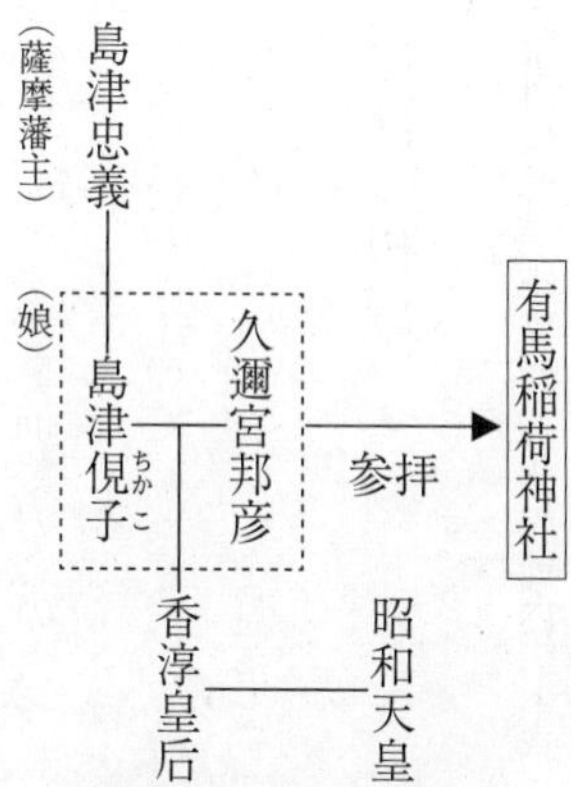

――一級の皇族がうち揃って、この神社にやって来た……このアピールはなんだ？――

望月の脳に、有栖川宮熾仁落胤説が赤く点滅した。

宝物として熾仁の令旨と和歌が納められている。ダメ押しの追加点だ。

しかしよくよく考えてみれば、熾仁に私生児がいたとしても、不思議なことではない。寺や神社に自分の私生児を預ける。宗門《しゅうもん》に籠《こも》らせるのは、世継ぎの野心を見せないためであり、権力者に謀反の疑いを抱かせない安全策だ。

まして熾仁は幼い頃から皇位継承渦中の人物であり、前天皇親子の運命を生々しく知る立場にあったからこそ、子を隠した。へたを打つと子は殺される。

――有栖川宮の世継ぎがここに……――

そう思うがしかし、ソレってやっぱりソウなんだよ、とスンナリとはいかなかった。

時期だ。ここの宮司が、仮に熾仁のご落胤だったとしても、令旨のタイミングが妙だった。

折から榎本武揚《えのもとたけあき》を司令官とする八隻の幕府艦隊は、抵抗の構えを見せているし、東北の虎、会津藩はじめとする奥羽勢力との大一番《おおいちばん》はこれからなのだ。激突シーズンを前に、革命軍の最高職が隠し子のことを考え、令旨を出すだろうか？　もしそうだとしたならば支離滅裂だ。投げやりでデカダンな感さえしてくる。

望月は、まだなにか重要なものを見落としているのかもしれないと思った。

三体目の和宮

翌日、望月は神戸市立博物館の前にいた。

ユカから、神戸市立博物館に眠っているという和宮像のことを聞いてから、はや三カ月がたっていた。

あの時は、はやる気持ちを抑えきれず確認を急いでいたので、すぐさま神戸市立博物館へかけあったものである。

「歴史小説の執筆で和宮を調べています。見せていただけますか？」

博物館側では知らなかったらしく、まずは本当に保管してあるかどうかを調べてみる、という学芸員の返答だった。数日たって連絡があった。

「ありますけど、和宮の銅像は展示物ではなく、教育委員会からの預かり物です。あちらの許可がなければ、どうにもなりません」

「見るだけですが……」

「無理です」

とニベもない。

「どこに保管してあるのですか？」

「どこって、倉庫ですが」

と、ぞんざいに語尾を上げた。しゃべり方に手が加わったようだった。

「では、どうすればいいのでしょう？」

「ですから、教育委員会のほうから許可をもらってくれなきゃ」

この一点張り。博物館としては、上筋の教育委員会の仰せの通りにきっちり動くだけで、そういう役割分担が正義であり、それ以外のちょろまかしはありえないという妙ちくりんな忠誠心を押し出してきた。

くれと言っているのではない。触らせろと言っているわけでもない。誰も興味を示さず、倉庫に放置されているだけの像を、歴史調査のためただ見せて欲しいとお願いしているのだ。もう少し血の通った対応があってもいいと思うのは望月だけであろうか。経験上、こういう手合いは骨が折れるので、あとは懇意の出版社にまかせた。

ただちに出版社はこの電話の主とコンタクトをとったが、教育委員会の紋所《もんどころ》を示せと、同じ対応である。

出版社は、教育委員会に連絡する。

すると、さっぱり要領を得ない様子で、そこでまた振り出しに戻ったらしい。

数日たっての折り返しの電話を要約するとこうだ。

和宮の像を博物館が預かったのは八年も前のことであり、当時の担当者が不在、もしくは不明で即答しかねる。しばらく日にちをくれということである。

むろんその間に、望月真司なるハミ出し作家についても調べるはずだ。有名作家なら対応が違ってくる。

数日たった後、出版社に「段取り」を踏んで欲しいという連絡が届く。

その「段取り」とは、教育委員会教育長宛てに出版社の社長名で「目視許可願い」を文書で提出することで、そこからすべてがスタートするのだと。

願い文を書かせる。これは支配を意味する。

バチカンの秘密文書ならまだしも、ブツは誰も見向きもしなかった放置像だ。その「写真を撮りたい」というだけで、当事者本人ではなく、まだ本になるかどうかも分からない出版社の社長を引っ張り出して、「責任」を負わせ、支配しようというのだから、不釣り合いなバカ騒ぎだ。

作家に見せたからといって、どういう不利益が発生するのか？

みな様のお役に立つならいつでもどうぞ、という精神こそが、文化にかかわっている公務員の公務員たる心意気ではないか。

それにしても、会社の社長名ならＯＫだが、作家の個人申請ならダメ、というのもバカにした話である。しかしさすがは手慣れた出版社。怒りを爆発させることもなく、その辺りはたんたんと従った。

ややあって神戸市教育委員会教育長名で、出版社社長宛てに許可が下りた。

望月は、その仰々《ぎょうぎょう》しいタイトルに苦笑した。

『特別利用許可書　許可第一〇八六号』

こっちが恥ずかしくなる。こまごまとしたくだらない条件を付け、その上、頭に「特別」なる恩着せがましい二文字を載せた許可書は、市民が善意で寄贈し、八年間も倉庫に放り込んでいただけの像をほんの五分見せるためだけに用意したものだ。

よほど暇なのだろう、実にくだらん。

最初の問い合わせからすでに二カ月を要している。

しかし、ここから先もスムーズではなかった。

今度は博物館の担当者が、多忙を理由になんとアポを一カ月先に延ばしたのだ。

あっという間に終わる作業であるからにして、パートのおばさんだって代打《だいう》ちは可能なはずだ。そう提案したのだが、自分が始めたことだから、自分が立ち会わなきゃならんのだと埒《らち》があかない。つべこべ言わずに従うべきだ、という雰囲気ムンムンのタフガイぶりである。

突っ張る役人に勝てるものではない。なにせ相手は、暇と不解雇という秘密兵器を保持している別世界の住人で、砂浜で自転車をこぐような押し問答など永遠にへっちゃらなのだ。かく言う望月も、普通なら憤慨《ふんがい》に堪《た》えないこうした対応にも、待ちきれなくて身をよじる年齢はとうに過ぎており、割り切って時を待った。


約束より少し前、博物館正面に到着した。

が、閉まっていた。四月から九月までの約五カ月、建物自体が長期休館の真っ最中で、理由は空調の整備工事のためだという。

ケータイで件《くだん》の電話の主を呼び出す。西に回れという。

——西？——

土地鑑のないよそ者に、方角は無理だ。こういうことを察することのできない御仁《ごじん》なのだが、面倒なのでケータイを切る。とりあえず四角い建物をぐるりと回った。と、ちょうど真裏に通用口を発見した。

守衛の前で待っていると、男がぬっと顔を出した。

「ああ、どうも」

神戸市立博物館の和宮像（神戸市教育委員会蔵）。衣の紋は徳川の三つ葉葵だ

景色を見る眼つきで望月を眺めた。伝説の男は期待を裏切らず、むっつりとこの一言だけである。

四〇代後半だろうか、中肉中背、ボタンを二つ外したユルいシャツ姿に、サンダル履きだ。このスタイルは役人だけが許される特権で、できたらこの男抜きで仕事をすませたい。

「すでに受け取っていると思いますが」

といって、望月が苦労して手に入れた『特別許可書』のコピーを示した。

「ああ、もちろん」

これが返答だった。お手数をかけましたでも、遠いところをわざわざお越しいただいてでもなく、伝説の男は「ああ、もちろん」と言い、望月の出したコピーを一瞥《いちべつ》するでもなく、くるりと背中を向けて歩き出した。

「重たくて」

前を見たまま、男がしゃべる。

「持てないので下に置いたまま……ビニールを取って……」

意味が分からないので、訊き返す。すると、心外だという口調で「だから」を前置詞として用い、同じことを繰り返した。まともに接していたらヒキツケを起こしかねないので、相手にしないことにした。

ドアを開ける。

——ひどい……——

息が詰まった。

地下の三畳ほどの、窓一つない暗い物置だ。

神々《こうごう》しき創造物は、床にべたりとじかに置かれ、その前にはむしり取った梱包用ビニールの残骸が乱雑に放置されている。

惨《みじ》めな姿だった。

見せてやっているのだから、とやかく言われる筋合いはないと思っているのかもしれないが、心血を注いで造った銅像作者に対しても、寄贈したであろう奇特な方に対しても、また手続きだなんだと三カ月以上も待たされ、はるばる関西まで調べにやってきた作家に対しても空前絶後の無礼な仕打ちであろう。

この学芸員とやらに足りないものは常識、礼儀、いやそれはいいとしても、なにより作品に対する愛情がない。

和宮の像はアートだ。日本国民の遺産なのだ。ならば見学の自由、閲覧の自由は基本だ。にもかかわらず、安物のビニールでぐるぐる巻きにしたまま鬱々《うつうつ》とした狭い所に押し込めておき、いざ見せて欲しいと頼めば、見せてやってもいいが、教育長宛てに正式書類を出せと命じたあげくがこの扱いだ。

いったいおまえは何様か！

本来ならば望月に言われる前に、一日も早く展示公開すべきものであって、なにゆえに放置するのか？ 怠慢の誹《そし》りを免れない。

望月は本気で怒っていた。

「では、これで失礼します」

「また来ますか？」

別れ際に「また来ますか？」と口走る人間がいたことに驚く。クソ野郎だ。不快さにおいては他の追随を許さないほど気分の悪い男だった。

「おそらく、もう来ることはないと思います」

君がいる限りは……という言葉は口に呑み込み、望月は耳鳴りがするほどの嫌悪感をその場に置き去りにした。

四体目の和宮

タクシーに乗り込む。

怒り、喜び、恨み、快感……言葉を生む母は感情だ。感情が文言《もんごん》になり、その言葉は文章になり、文章が物語となってゆく。物語が物語となった瞬間に、たいがいの感情は昇華されてゆくのが作家で、この辺は写経に近い。だから書き上げるまでは嫌な気分を引きずっているのであって、この気分を一掃するには新連載の執筆を待たねばならない。だが断筆宣言を決め込んでいる望月に、次の執筆はない。

後部座席で出てくる愚痴をしばらく払いのけていたが、景気づけにペットボトルの水をごくごくと呑み干す。

ほっと息を吐く。清めの水とはよく言ったものだ。生粋《きっすい》の天然水で、怒りの残骸はさっ

須磨浦公園（神戸市須磨区一ノ谷町）にある和宮像。市立博物館同様、紋は三つ葉葵

と流れた。と、急ぎ足で昂揚感がせり上がってきた。

たった今、目撃した問題の和宮の分身が頭を支配した。

期待を裏切らず、正真正銘徳川の「葵」（三つ葉葵）だったのだ。

これで和宮の着物には「菊」「菊と葉」「葵」の三つの家紋があしらわれていたことになる。

予想していたとはいえ、「葵」を目視した時には我を忘れるくらいぶっ飛びの刺激だったが、偉大なる発見は、ほかの誰でもない。完全に望月オリジナルであることに満足していた。


タクシーは、四体目に向かっていた。

銀色の道を歴史的磁場に導かれている実感、行先は須磨浦公園だ。おそらく神戸女学校三体の二つ目だから神戸博物館と同じ葵紋であろうが、はやる気持ちを抑えながら、阪神淡路大震災から見事に立ち直った地区を抜ける。タクシーは、民家に囲まれた路地を登ってゆき、細い路地を抜けると、不意に広がった空間が柔らかく望月を包んだ。麗《うるわ》しくも香《かぐわ》しい公園だった。運転手より先に望月が見つけた。

真実を求める者は、真実に引き寄せられる。

「あれですな」

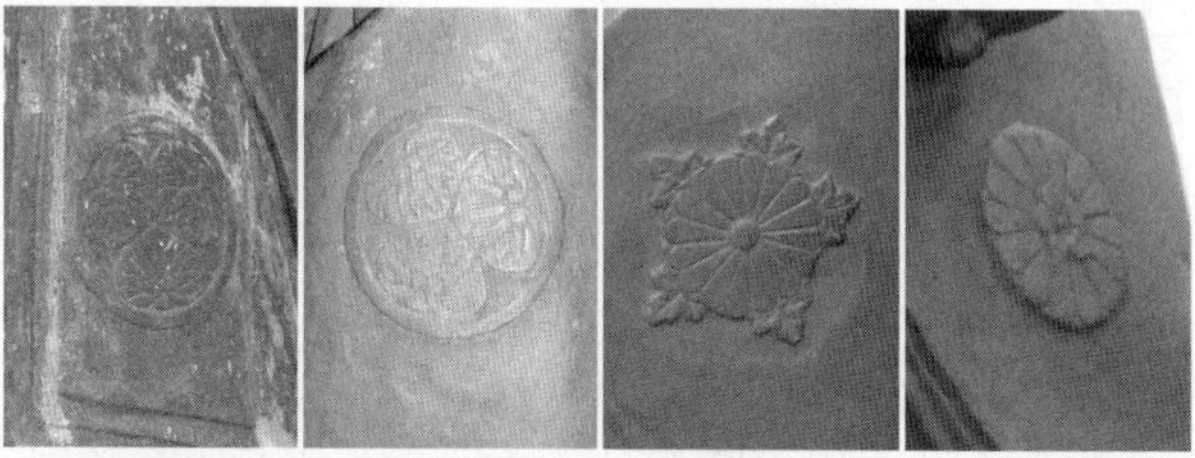

須磨浦公園（三つ葉葵）　神戸市立博物館（三つ葉葵）　日本女子会館（菊と葉）　増上寺（十四葉一重裏菊）

立志伝中の人物、中村直吉が鋳造させた和宮の銅像。神戸の２体には徳川の葵が、東京にある２体には形状の異なる菊花が象られていた。中村は和宮像の紋を違えることで、何を伝えようとしたのか？

和宮は、ネット上の写真と同じ小屋に納まっていた。

新鮮な花が供えられ、右に石碑、左に一《いち》ノ谷《たに》二丁目自治会の説明書き。小屋も説明書きも手作りで、仕上がりは素人レベルであるものの、像に対する素朴な愛が伝わってくる。いっぷくのそよ風だ。

タクシーを降り、はやる気持ちを抑えながら像に近付く。

長い間野ざらし状態だった関係で、あちこちに残念な擦《す》り傷があった。経年劣化はメリハリをなくし、着物の文様を見づらくしている。さらに近付こうとして、足がぴたりと止まった。

低く唸《うな》る音が耳に届いたのだ。蜂だ。七、八匹はいるだろうか、小屋のどこかに巣があるようだったが、スズメバチではなくミツバチで、蜂蜜好きの望月との相性はいい。

ゆるりと近付き、家紋を判別した。

——来たー！——

艶やかな葵の紋だ。するとこうなる。

増上寺　　　　＝菊（十四葉一重裏菊）
日本女子会館　＝菊と葉紋
神戸市立博物館＝葵
須磨浦公園　　＝葵

神戸フリーメーソン・ロッジと新政府

「先生、そちらは暑いですか？」

ケータイの向こうでユカがしゃべった。

「溶けるほどですよ」

「まあ、おおげさ……」

「……」

望月は、手にしているアイス・キャンディーを見た。

「先生、ごらんになりました？」

「なにをです？」

望月はとぼけながら神戸、異人館街の坂を登っている。

「像の家紋ですよ」

「それなら徳川葵でした」

「二体とも？」

「はい」

「それで、和宮像のオーナー中村直吉さんの心境……別々の家紋を指示した謎に近付けましたか？」

「むろん、自分なりにケリを」

驚くユカの吐息のようなものが、望月の耳を快く打った。

「結論は早くないですか？」

「あのねユカさん。DNAだって四つの塩基《えんき》の頭文字です」

妙な、たとえを出す。

「その四文字の配列で、何兆という生物の特質と活動をすべて決定しており、ゲノム（遺伝情報）の解析は目前です。それに比べたら、中村直吉の思惑など四体で十分ですよ」

と煙に巻き、アイス・キャンディーの棒を捨ててから見立てをしゃべった。

中村氏が造らせた分身は、ぜんぶで五体。

うち東京に二体を運び、残り三体は神戸の女学校に寄付している。

今日確認したのは、そのうちの二体だ。

ではあとの不明一体は、どこへ行ったのか？

目にする評伝、解説の部類は、三体とも戦時中に溶かして鉄砲の弾《たま》にしたというものだ。しかし尊重できない。

和宮の像が鉄砲の弾になったという説で押すと、ならば弾にされたはずの四体が現存しているのはどういうわけだと、押し戻される。

「ユカさん、弾の話は違います」

「……」

「恐い戦時体制の空気を感じてください。いくらメタル不足だといっても、天皇陛下万歳で国中ハイ状態です。そんな中で、皇女和宮の銅像を潰したらどうなります？」

ちょっと考える間があって、そうか……上野の西郷隆盛や皇居の楠木正成も手を付けていませんものねとしゃべった。

「そう、和宮は表向き、明治天皇の叔母《おば》です。畏《おそ》れ多くも鉄砲弾に変えるなどは不敬の極みで、頭がイカれていない限り手を付けないと思います。ではなぜ、一体だけが不明なのか？」

「どうしてですか？」

ユカが、引き込まれた。

「家紋が違っていたのではないかと」

中村直吉は、大ぼら吹きの成金ではない。

一代で財をなし、貧困少年を支援し、惜しげもなく小学校に二宮尊徳の像を寄付する。それでもあきたらなくてブラジル移民者のことを考え、くまなく手拭いを寄付する真心《まごころ》タイプだ。

そのうえ度胸もアイディアもピカイチだった。

神戸悠々自適の日々を送っていた直吉は、信頼できる筋から恐ろしい和宮の生涯を聞く。いや、そればかりではない。天皇すり替えも耳にした。

真実を愛し、なにごとも己《おのれ》の手で確かめなければ気が済まない直吉は、真実を求めて猛烈に調べはじめる。

足を棒にしてあちこち歩くと、嘘か真か実に奇妙な事実に遭遇する。

写真だ。和宮だと称する写真は昭憲皇太后《しょうけんこうたいごう》の姉で大和郡山藩主の正室、柳澤明子《やなぎさわあきこ》だったのだ。さらにもう一枚。今度は盛岡藩主の娘、南部郁子《なんぶいくこ》が登場した。

で、神をも恐れぬむごい話が浮上する。和宮暗殺。

直吉の眼に、悪魔の所業が見えた瞬間だった。義憤が身体を走り抜けた。

耐えがたき怒りは臨界点に達し、法が裁けないなら、自ら世に知らしめようと腹を据《す》える。

相手は巨大だ。ダイレクトにやれば悪魔崇拝者たちの生贄《いけにえ》になる。告発など、できようはずもない。直吉は細心の注意を払った。

これまで多くの二宮尊徳の像を学校に寄付していた関係上、方策は決まっていた。銅像の中に疑惑を入れる。ヒネリを利かせた絶妙な選択だ。

——いいか悪魔ども！　目障りな和宮を、あちこちにばらまいてやる——

表面上の大義名分は「敬愛する日本女性の鑑《かがみ》、和宮」だ。これならば、どの方面からもとやかく言われる筋合いはない。その裏で小細工を仕掛ける。家紋は違えれば目立たず、しかし決定的なサインとなる。

増上寺は「菊」にした。新王である睦仁の暗示だ。もう一つ、今は日本女子会館にある「菊と葉っぱ」、これは和宮を表わしている。静かなる挑発だ。むろん凶刃《きょうじん》に切断されたであろう左手も見えなくし、像からは忘れがたき陰謀の残像をプンプン発信させる。

一人の皇女、一つの伝説。直吉は準備に没頭した。最後の「葵」は替え玉二人、残された一体は下女だったので家紋はなかった。

しかし直吉の思いとは裏腹に、設置したもののステルスすぎて気付く人間はいなかった。八〇年もの間だ。アナーキーな歴史作家、望月が見破るまでは。

「ざっとこんなふうなんだが、ご異論は？」

「相も変わらずご推察で、恐れ入ります」

おどけたように言った。

「でも、だれが中村直吉に教えたのかしら……」

「はて……」

と望月は首をひねった。

後々、その人物が現われるのだが、まだ資料の渦《うず》の中でうろついている望月には分からない。

「いつお帰りですか？」

「せっかく来たから、ディズニーランドにでも寄ってから……」

「ディズニー？」

「僕のディズニーは古都ですよ」

ケータイを切ると、その足で観光案内所に入った。

「こんにちは」

案内人に声をかける。ボランティアであろう、七〇歳近い白髪の上品なご婦人がにこりと笑う。

「この近くにフリーメーソン・ロッジがありますよね」

フリーメーソンとはフランス革命、アメリカ独立戦争に深くからんだ歴史ある秘密結社だ。ロッジとはメンバーの集会所である。

こう切り出すと、女性の視線が不審げにブレた。周囲にも気を配った動きだが、所内には誰もいなかった。

「どうして……それを？」

「そのくらい知っていますよ、作家ですから」

「あら、作家さんですか」

気をゆるめたようだったので、穏やかに相手がしゃべり出すのを待った。

「ありますよ」

ぽつりと言った。

「どちらです？」

「神戸外国倶楽部《くらぶ》の裏……」

「ほう」

小首を傾《かし》げた。古《いにしえ》の外国人クラブ名が出るとは予想外である。しかしすぐ、それが極上の逸品《いっぴん》情報だと気付いた。

クラブの創設は一八六九年（明治二年）五月五日だ。その頃、桜がぽつぽつ咲き始めた北の大地、箱館《はこだて》で旧幕府軍が独立宣言をぶち上げている。

「フリーメーソン・ロッジの外観だけでも拝見できますか？」

「無理でしょうねえ」

「……」

「フリーメーソンへは、神戸外国倶楽部の敷地を通過しなければなりませんからね」

「通過は無理？」

女性は首を横に振った。

「あそこは厳重な会員制クラブですからメンバー以外はダメ、歯が立たないと思います」

フリーメーソンが、外国倶楽部によって守られている。

「なるほど、でもお詳しいですね」

「あたし、近くに住んでおりまして、叔父がメンバーでしたから」

「神戸外国倶楽部の？」

「いえ、フリーメーソンの」

「ライジング・サン・ロッジですか？」

望月は、秘密結社へ焦点を絞った。

「ええ」

かけがえのないものを知っているというように、胸を張る。

ライジング・サン・ロッジNo.１４０１。

設立はぐっと古い。正式記録では一八七二年（明治五年）だが、非公式にはそれよりかなり前だ。一八六〇年には、教会や贔屓《ひいき》のレストランでミーティングを開いていたという話が伝わっている。

ライジング・サン・ロッジの管轄は日本グランド・ロッジではない。遠いロンドンにあるイギリス・グランド・ロッジの傘下だ。系列が違うということは、日本グランド・ロッジには眼隠し状態で、構成員はもとより、行事の一切が日本側で把握できないということである。それだけに秘密性は高く、著名人、有名人が集まるブランド・ロッジだと噂されている。

同じ建物を他のロッジ、アイルランド・グランド・ロッジ所属の「兵庫・大阪ロッジNo.４９８」と共同使用している。実は、記録上はこちらのほうが二年古く、一八七〇年設立となる。

「あのー」

女性は声を潜めた。

「中曽根《なかそね》さんも来ています」

「中曽根って、元総理の？」

「はい」

「つまりメンバーだと？」

「それは分かりません。あたしは部外者ですから……訪問しただけかもしれませんし。でも、錚々《そうそう》たる日本の重鎮が……」

「珍獣ではなく、重鎮ですね」

と、いつもの笑いを取って、相手の心をもみほぐしてみた。気をよくしたのか、得意げに訪問した有名政治家と有名財界人の名前を並べた。

「メンバーかもしれないし、ただパーティに選ばれただけかもしれません。でも、ジェイコブ・ロスチャイルドさんやデイビッド・ロックフェラーさんも」

「ここまで来た？」

「わざわざね」

記録上、日本最古のロッジは横浜の「スフィンクス・ロッジNo.263」だ。

設置は一八六五年（慶応元年）。日本初の集会議事録の日付は一月二七日となっている。ちょうど英国公使パークスが赴任し、幕末がアップテンポになった年だ。

フリーメーソン・ロッジが堂々とできたから時代のスピードに拍車《はくしゃ》がかかったのだが、政商トーマス・グラバーが腕まくりをし、最新式のアームストロング砲三五門を英国に発注、長州の伊藤博文が、坂本龍馬の亀山社中《かめやましやちゆう》と薩摩藩の斡旋《あっせん》で、グラバーから銃を大量に購入する。この年、商談は目白押しだ。

薩摩、長州、土佐の開明派が英国と絆を太くする中、同じ年（一一月二二日）、孝明天皇は神戸開港を拒否。

この条約違反に、ここ神戸の外国勢力が激怒する。

当然、自由主義を掲げるフリーメーソンが黙っているわけはない。

年が明けると、大胆にも薩長が連合した。と同時に英国領事の若き諜報部員アーネスト・サトウが「議会制に移行し、開港しなければ英国は武力で幕府を倒す。期限を一八六八年一月一日とする」という武力革命宣言（『英国策論』）を「ジャパン・タイムズ」に発表、和訳本を各藩にくまなく送付した。

これは維新宣言だ。

薩長は英国との息はぴったりで、歴史はこのシナリオ通りに進んでゆく。

同年八月二九日、徳川家茂が大坂城で急死。暗殺の噂渦巻く中、江戸への遺体搬送は、これまで堅く封印されていたのだが、望月はそれが勝海舟斡旋による英国軍船だった、ということを突き止めている。

続いて半年後、孝明天皇死去。アーネスト・サトウは、自分の日記に病死でないことを暗示している。

サトウの『英国策論』通り、将軍が天皇に政権を譲渡し、神戸が開港した。

これで万事よかったはずだが、しかし岩倉、大久保たちは薩長兵をまとめ、一月二七日、無理やり鳥羽・伏見で戦いを仕掛けたのである。

なぜか？　必要だったからだ。

そう、朝廷を戦乱で取り巻き、どさくさにまぎれて天皇をすり替える舞台作りである。

ニセ天皇にふさわしい、ニセ錦の御旗は長州の品川《しながわ》弥二郎《やじろう》らが作ったものだが、孝明天皇所有の本物は別の人間が隠し持っていた。この人物の名は、後に意外なところで現われる。

二月八日、外国事務取調《とりしらべ》掛《かかり》東久世《ひがしくぜ》通禧《みちとみ》が神戸で各国公使と面会。英国主導による新政府容認の初セレモニーだが、こうして幕末動乱期、外国勢の窓口は、安全な神戸外国倶楽部とフリーメーソン・ロッジにあった。

　ここを拠点としたフリーメーソンが、米国独立戦争のきっかけを作ったティー・パーティよろしく、幕末維新での重要な役割を演じていたのは言うまでもない。

　神戸の異人街と南朝革命勢力を結ぶライン。

　望月は、外からではうかがい知れぬ広大な敷地の外国倶楽部を眺め、さぞ使い勝手がよかったのだろうと思いを当時に馳《は》せてから、その場を立ち去った。

大逆事件

暑かった。

ホテルのシャワールームに駆け込んですっかり暑さを流し、白地にヤシの木をあしらったポロシャツに着替えた。

これだけでリゾート気分だ。人間はのんびりしなければならない。キリスト教によれば、労力など禁断の実を食べた人間に対する罰なのだ。自由なユルやかさが望月を包んだ。

バーに下りる。すでにユカが待っていた。

ノースリーブの黒いワンピース。初めて見る装いだ。ユカも、先にシャワーを浴びて来たのだろう、ふんわりとなびくショート・ヘアからは清潔な香りが漂っていた。

レトロなバーの照明に、ユカの色白な細面が際立っていた。

なぜかしら？　こうではないですか？　さすがは先生、すばらしいご推察です……巧みな励ましに触発されて、歴史観が深掘りになってゆく。望月の非常識な思考こそ、権力者のネツ造史をはがす工具だが、ユカは望月の眠れる知の群を追う、美しき牧童だ。

ウンチクはあとでいい。今はまずシャンペンだ。注ぐ音が、静かなバーに響いた。

軽くグラスを合わせる。

「知識こそ、クールでスタイリッシュ！」

望月が、分かったような分からないようなことを言った。ユカは気持ちを制御できない、といったふうな上目遣いでグラスを口に運んで、またグラスを掲げた。

「奇才との出会いに……」

誉め言葉は、心のサプリだ。

「ユカさんこそ、僕の限界を押し広げてくれる唯一の存在だよ。すばらしい質問は理論を正すジャイロです」

「まあ、本当ですか」

「オフロードを走る僕の歴史観と、学術的なユカさんの融合が真事実を引き寄せます。で、今日は奮発」

と言って、クーラーからボトルをちょこっと持ち上げる。

「わー、先生、サロンじゃないですか」

「そういうこと」

「あら、私って呑ませがいがないですね、ちっとも気付かないなんて。もっと味わわなくっちゃ」

望月は満足そうにシャンペンを口に運んだ。

「でね」

ナプキンで口を押さえ、ごく自然に話が流れだした。

「古代エジプトでも、ギリシャやシナでも王が駆使した大衆の黙らせワザは、先祖を神とつなげるやり方でしょう」

「手っ取り早いですからね」

「己は神の血が流れている特別な人間だ。異民族であることを逆手に取ったのです。つまり風体《ふうてい》も違うから神になりやすい。おまえたちは我にひれ伏し、我が家系以外の代替わりは許さない」

「ええ」

「そうはいっても人々の脳は進化します。その芸はしだいにネタバレし、笑いの種となり、中世には完全なお伽噺《とぎばなし》と化す」

　ユカがおかしそうに笑った。

「しかしとっくの昔に世界中がやめたのに、日本だけは違っている。つい七十数年前、明治という近代にそのビジネスモデルが大々的に復活しました」

「戦国時代、江戸時代は蔑《ないがし》ろでしたからね」

「明治になって天皇は神となります。よく、支配者が洗脳した、と政府のせいにしますが、僕に言わせたら責任逃れです。一＋一＝一〇だと洗脳される人などいますか？　それと同じくらいバカバカしい言い訳で、ようは恐かっただけでしょう。今の北朝鮮と同じ、人と違う意見を口にして、官憲に引っ張られるのが怖かった。だから一＋一＝一〇だと、自己催眠的騙《だま》しでフリをして暮らしたわけで、言ってみれば自分で自分を洗脳した」

「演技しているうちに本当に思い込んでしまう」

　ユカがそう言って、シャンペンを呑んだ。

「宗教というのはみなそういう傾向が強いのですが、敗戦から四カ月、ＧＨＱの宗教課は日本人は集団催眠にかかっているとして、日本政府による神道への支援と普及を断固として禁止しました」

「宗教課なんてすごいですね」

「それだけ、宗教心理学は統治の重要なツールなんです。ＧＨＱは天皇崇拝を非合法にした。しかし、敗戦国日本をまとめるために昭和天皇を処刑せず、逆に利用した。人間宣言という奇妙な儀式を命じてね」

「三島由紀夫《みしまゆきお》は、人間宣言をためらいもなくやってのけた昭和天皇を激しく非難したのちに、自決しましたね」

「そう。なぜ怒ったかというと、特攻で戦死したのは神の命令だからであって、人間の命令なら、誰も聞かなかった。だからどうしていまさら人間宣言などしてしまったのか、彼らの御霊《みたま》は浮かばれないと嚙《か》みついた」

「でも、日本はまだ天皇批判は許されません」

　ユカの言葉に望月が頷く。

「だから死をもって抗議したのです。これがこの国の問題点でありましてね。メディアや出版社のタブーは本物で、自主規制は普通じゃない。こんなことは言論人の自殺行為なのだが、だれも恐くて解除できないのですよ。僕の『幕末　維新の暗号』ですら、大手出版社が尻込みしたくらいです。しかし最近ね」

望月は、しみじみとした口調でグラスを目の前に掲げ、バーのライトに照らした。

「先祖が神につながっているという考えは、案外正しいのではないかと思いはじめているのですよ」

「えっ」

ユカが唖然とした。

「いや、つまり、こういうことです」

「……」

「宇宙やＤＮＡが神の創造物だとしたら、天皇に限らず我々はみな神の子となる」

望月が、いたずらっ子のように肩をすくめた。

「なーんだ」

「むろんあらゆる生物は万世一系なのですが、天皇の場合、意味が違って、天皇のポジションは万世一系であった、という嘘だから問題なのです。いたるところで血脈は絶ち切れているのに、よじり合わせ、つなぎ合わせて、無理やり一本の系に見せかけている。偽りは公益にはなりえません」

「……」

「みんなが嘘だと知っている。しかし天皇は、一二五代すべて一系だとみんなで合唱し、東京のど真ん中、広大な一等地を一五〇年近くも専有しているのです」

おつまみのチーズを口に放った。トリュフの味が広がった。

「これには日本共産党でさえ口を閉ざす始末で、こんな国家など、まともにものを考えられない集団ですよ」

酔いが回ったのか、力んでも無駄なのに望月の辛辣《しんらつ》さは止まらなかった。

「偽装血脈が権威で、その権威に平伏《へいふく》する。国のシンボルがインチキ権威なんて、未開のヴードゥーの民です。真実こそ権威ではないですか。真実こそ尊敬に値するものでなければ国家は持ちません」

「……」

「真実には平和という恩恵がついてきます」

望月は、シャンペンを呑みながら話題を「大逆事件」に広げることを提案した。

「難しい事件ですよね」

「ユカさん。歴史はゲームと同じで、簡単なら一日で飽きます。難しすぎる面白さが一生、人間を惹《ひ》きつけてやまないのですよ」

大逆罪の制定は一八八〇年（明治一三年）だ。

天皇などに対して危害を加えた者、または危害を加えようとした者は死刑に処す。天皇を守る法律である。

この法律の恐いところは、心の中で呪い、誓っただけでも、「未遂」に括《くく》られることだ。適用範囲は無限に近く、検察側の都合により、気に食わなければいくらでも逮捕、拷問《ごうもん》による自白強要で、死刑にできる暗黒法だ。

すなわち、それだけ支配者は、天皇の威光にたよっていたのである。

その血祭りに上がった一人が幸徳秋水《こうとくしゆうすい》（一八七一～一九一一）だった。

五月雨《さみだれ》式に多数の反政府的人間が逮捕、検挙されていたのだが、一九一〇年（明治四三年）の春に幸徳秋水本人がやられた。明治のジャーナリストである。

経歴をざっと並べると、同じ土佐出身の中江兆民《なかえちようみん》に師事した秋水は、まず「日本軍横領事件」を新聞で追報した。これで長州閥危険ゾーンに突撃してしまった。これ一発で、大物山縣有朋《やまがたありとも》と陸軍の中将真鍋斌《まなべあきら》らの逆鱗に触れたのである。

しかし秋水は仕事の虫だ。どこ吹く風で帝国主義、植民地主義を批判、続いて足尾《あしお》銅山鉱毒事件では被害者の味方になって明治天皇に直訴状を書き、さらには日露戦争反対！と非開戦論をぶちあげた。

今なら称賛されるべき平和運動だが、時代が敵に回った。

官憲が眼をつけているにもかかわらず、ワイルドにも『共産党宣言』を翻訳出版、即日発禁となる。

するとと、秋水はジャーナリストと政治家の二足の草鞋《わらじ》を履《は》きはじめる。

「社会民主党」を結党し、雑誌『自由思想』を意気込んで発行したのだが、これまたモロ官憲の神経逆なでで、むろん即日発禁。

思想突撃を繰り返す秋水。時間の問題であった。検挙されるべくして、検挙されたのである。

戦後、学者の研究により、秋水はあくまでも言論での運動であって、武力による世直しなどとは無縁であったことが分かっているが、暗黒裁判により翌年処刑。

しかし秋水は死ぬ直前、どえらいことをやってのけている。

驚天動地、異彩を放つ公判での発言だ。

まず、鶴丈一郎《つるじょういちろう》裁判長が居丈高《いたけだか》に秋水をこう脅した。

「聖徳《せいとく》高き今上《きんじょう》陛下（明治天皇）に、弑逆《しいぎゃく》（暗殺）を企《くわだ》てるなど、許されざる大罪である」

それに対して秋水は、しれっと言ってのける。

「今の天皇は、南朝の天子を暗殺して三種の神器を奪い取った北朝の天子ではないか。天誅を下したとして、なにが大罪か！」

凍りつく法廷。言われてみればしごくまっとうな台詞で、裁判長はしばし言葉を失ったまま、長い時が経過した。

大逆事件は秘されている。当時、報道はご法度《はっと》だったが、秋水のヤンチャすぎる発言だけが外部に漏れたため、とんでもない騒ぎとなった。

南朝が正統なのか北朝なのか？

時の総理大臣は元長州藩士、桂太郎。

松下村塾の桂小五郎、伊藤博文、山縣有朋以下天皇すり替えグループの末端につながっていた男だ。

すべてを知っている関係上、早めの幕引きを画策するが、新政府で冷遇されている連中が騒ぎはじめる。冷や飯食いであっても、さすがに明治天皇はすり替え天皇だ！ ニセ天皇だ！ とまでは騒げない。これで世論を揉《も》めば、「大逆罪」というおっかない法律での揉み返しがくる。

作戦は、北朝正統論一本でいかざるをえない。で、反撃の狼煙《のろし》、北朝正統論をぶちかましたのである。

ここにどちらが正統かという、天下二分の南北正閏《せいじゅん》論争が勃発したのである。

折しも一九一一年（明治四四年）秋水処刑の年、政界、官界、財界、学界、教育界をも巻き込んで、倒閣運動まで発展しそうな勢いだ。

明治天皇は、表向き北朝天皇、第一二二代だ。

したがって北朝が正統と言えばケリのつく話なのだが、本当は南朝の末裔《まつえい》だからそうはいかない。国会も、思い切って北朝が本流だなどと決議したあとで、すり替えがバレたらどうなるのか？

国民から「異端の南朝は引っ込め」コールが巻き起こり、今だとばかりに旧幕勢力がどこかでひっそりと暮らしている北朝の旦那を担《かつ》ぎ出す事態にもなりかねない。

では、南朝天皇が正統であると宣言するのはどうだろう。これならすり替えがバレても、南朝の血を引く明治天皇の正統性が改めて浮き彫りになるだけだから、ダメージが少ない。

だが、やはり軽々に南朝万歳とは言っちゃイカンじゃないの。だれでもが知っている明治天皇は北朝天皇なのだから。

どちらが「吉」と出るか。

進退きわまった総理の桂は、昏倒しそうな金縛りに陥《おちい》って、大先輩の山縣有朋にすがりつく。

さすがは大貫録の山縣、桂を「この鼻たれが」と一喝し、枢密院会議を招集する。しかし、やっぱり同じ矛盾に陥る。

だれも責任をとりたくないから、こうなれば本人に丸投げするのが一番だという結論に達し、天皇直々《じきじき》の聖断を仰いだのである。

明治天皇、死の一年前のドタバタである。その結果、持病の糖尿病すぐれない中、明治天皇は内大臣を通じて「後醍醐《ごだいご》・後村上《ごむらかみ》・後亀山《ごかめやま》・後小松《ごこまつ》と続く南朝が正統である」と公式に発表しちまったのである。一九一一年（明治四四年）三月一日のことだ。

なにも知らない国民は、腰を抜かすほど驚いた。沈黙する宮内省。

「なんで？　誤爆じゃねえの？」

なにも知らない大衆は南朝が正しいなど、天皇自身の首を刎《は》ねることにもなるし、父の孝明天皇に対しても、祖父の仁孝《にんこう》天皇に対しても、オール北朝系の御先祖様にどう申し開きをするのか、こんなことは親不孝者のすることだ。糖尿病の尿毒が脳に回ったのじゃないか、という噂まで立つ始末である。

しかし、明治天皇の気持ちはどうだったのか？　ズバリ本当のことを語りたかった。これが真相である。

明治維新直後から奇妙な動きが続いていた。ここのくだりは、望月は幾度も口を酸っぱくしてユカに話しているが、まだ言い足りない。

南朝を讃《たた》え、続々と南朝神社の創建、再興、贈位などを行なって、南朝臭をこれでもかと振りまいている。

一八八三年（明治一六年）には、元老院《げんろういん》の、南朝天皇を歴代に加える行為があり、その六年後には岩倉具視、山縣有朋が北朝天皇には「天皇」号をやめ「帝《みかど》」号で統一するという、南朝の目白押しだ。

さらにほぼ二〇年ほど経過して、今度は皇居前広場に南朝の金看板、楠木正成像をドスンと投げ込む。

スーパー・スターとなった明治天皇の悩みの種はただ一つ、偽装だ。この屈辱の仮面を一刻も早く外したい。気が変になりそうだ。しかし周りは今しばらくの辛抱、もう少し、もう少し、と許さない。

明治天皇は、丘に上がって声を大にして真実を叫びたかったのだ。そしてこう宣言するはずであった。

「聞いてくれ！　俺は南朝天皇だ！」

晩節《ばんせつ》は汚《けが》したくないと、真実と本心を語らず棺桶入りする御仁がいるが、人としてどうなのか？　そのほうがよほど晩節を汚している。真実の中で死を迎えてこその人生締め括りだ。その点、明治天皇は子供のように正直であり、周囲の反対を押し切ってでも本当のことをぶちまけたかったのである。

「以前、なんども話したことですが」

望月がユカにしゃべった。片手にバーニャカウダのダイコン・スティックを持っている。

「周りがそういう態度ならと、土佐の暴れん坊田中光顕《たなかみつあき》（警視総監、宮内大臣などを歴任）の手を借ります」

楠木正成の像を皇居に置いてもまだ抵抗する輩に、設置三年後の一九〇四年（明治三七年）、田中は唐突に「皇后美子《はるこ》の夢枕に立った武士は、坂本龍馬だ」とメディアにぶち上げる作戦に出たのである。

当時坂本龍馬は無名だ。国民はなんのことやらちんぷんかんぷんだったが、一握りの首脳だけは怖気をふるった。

龍馬暗殺チーム

⇓

天皇すり替えチーム

⇓

明治政府首脳

龍馬暗殺をほじくれば、闇が暴かれる。田中光顕は元陸援隊の幹部で、近江屋の龍馬殺害現場にいた一人だ。一部始終を目撃し、すべてを知る男なのだ。

いいのかすべてをぶちまけても！　それが嫌なら明治天皇の希望をかなえてやれ、という恫喝だ。長州閥が田中に手を出せなかったのは、バックに明治天皇がいたからである。

「天皇は、坂本龍馬暗殺の真相を知っていたのかしら」

ユカが訊いた。望月はダイコン・スティックを口に放り込み、小気味いい音を響かせる。ごくりと呑み込んでからしゃべった。

「田中から聞いて、すべて知っていました。それで田中は天皇の信頼を得、土佐藩出身ながら宮内大臣という異例の出世を勝ち取り、生涯高飛車《たかびしや》な態度でいられたわけです」

それ以外、夢枕に坂本龍馬が立った、などという皇后による大本営発表は考えられない。

それらはみな死を予期した明治天皇最後の英断、南朝正統宣言につながっている。


「秋水の大逆事件でも、明治天皇の心中は複雑でした」

『明治天皇紀』には、天皇の動揺がしっかりと書かれている。大審院《だいしんいん》は大逆事件の被告二四名に死刑を宣告し、桂首相はその判決文を携《たずさ》えて、天皇に報告したとある（明治四四年一月一八日）。

すると天皇は大いにいたみ憐《あわ》れみ、特赦《とくしや》減刑を求めた。

「これも天皇の正体を知らない大衆の目には、とても不思議に映った」

望月は空のグラスを持ちながら続ける。かなり酔っている。

「秋水は、天皇暗殺計画裁判の被告ですよ。そんな極悪人をなぜ大いにいたみ憐れみ、特赦減刑までも求めたのか？」

「そうか」

ユカの瞳が輝いた。

「秋水さんは北朝の天皇はやっつけろ、と裁判所で公言し、南朝を讃《たた》えたわけですから……明治の楠木正成です」

「そうなんだよ。それなのに裁判所は誉《ほま》れ高き南朝武将、楠木正成を処刑するというんだ」

呂律《ろれつ》が怪しい。

「きさまら知ったかぶりをするな、と罵倒したい気持ちをぐっと抑え、ゆえに憐れんで減刑を望んだ。ああ、哀れなる今楠公《いまなんこう》、幸徳秋水」

グラスをテーブルにコンと置いた。

「よろしい。かなり酔ってきたので、この続きは次回ということで、今夜は……」

「あたしなら、まだ大丈夫で～す」

「そうかな? わたしが、あたしになっていますよ」

「あたしになってました? ちゃんとあたしって言ったと思ったけど……」

出口王仁三郎《でぐちおにさぶろう》

眠っていても望月の魂が、一つの霊と話していた。

名は出口王仁三郎(一八七一～一九四八)。

と言っても、今どきの若い者には、とんと馴染みがない。しかし誰がなんと言おうと、戦前、日本を彩《いろど》った大物である。

奇想天外、空前絶後、唯一無二。これほど世間を騒がせた日本男児もいまい。いや、世界をざっと見渡しても、一〇〇〇人の女性とベッドを共にし、上流階級を渡り歩いた外交官にして政治家、魔術師にして作家の顔を持つ異色のフリーメーソン、カサノバを超えている。むろん当時、王仁三郎の名は日本全国あまねく知れ渡り、首相の名前が霞《かす》むほどであった。

何者なのか？

一口に言うならば新興宗教「大本《おおもと》」教祖だ。聖師《せいし》という絢爛豪華《けんらんごうか》な尊称を持っている。もう一人の教祖は「御筆先《おふでさき》」という自動書記予言者の出口なお（一八三七〜一九一八）だ。なおの五女すみ（一八八三〜一九五二）が、王仁三郎の嫁である。

出口なお――すみ（娘）
　　　　｜（夫婦）
出口王仁三郎（本名、上《うえ》田《だ》喜《き》三郎《さぶろう》）

「大本」の発端は、なおだ。なおがいて、次に王仁三郎がやってきた。

だからといってこの男が、玉《たま》の輿《こし》に乗ったかというと、そうではない。なおは、京都府綾部《あやべ》は極貧の老婆で、シャーマン的な「気」を使ってほそぼそと病気治療に当たり、「御筆先」という予言をしては、近所の評判を集めていた程度だ。

そこに、破天荒な王仁三郎が亀岡からやってきて、爆発するのである。一八九八年（明治三一年）のことだ。

シャーマンなお、カリスマ男王仁三郎。二人に、たちまち核融合的化学反応が起き、信者六〇万人（一説には八〇〇万人）という当代屈指の教団が誕生した。


王仁三郎は教団内で吼えまくったかと思うと、たちまち人心を掌握して明智光秀の亀岡城（亀山城）を買収、そこを本拠地とする。大阪の大正日日《たいしょうにちにち》新聞、金沢の北国《ほっこく》夕刊新聞、舞鶴《まいづる》の丹州《たんしゅう》時報、東京の東京毎夕新聞……これらをかたっぱしから手に入れ、言論を駆使しての布教活動は怒濤の勢いだ。

外見は奇妙奇天烈《きてれつ》、性格的に難あり。

嫌悪するものまでをも巻き込むのがカリスマである。持とうと思って持てるものでもない。どこでどう身に付けたのか、この強烈なカリスマを武器に、断固として媚《こび》を売らず、天下の大日本帝国海軍上層部に食い込む。

国家中枢への殴り込みといっていい。

昔の軍隊は海軍と陸軍の二つだけだが、海軍が主導権を握っている中にあって、なんと主力艦「香取《かとり》」内で公然と「大本」の軍隊布教が行なわれ、連合艦隊旗艦の「日向《ひゅうが》」はじめ、軍艦単位で「大本」への寄付を行なったというのだから、海軍そっくり丸ごと「大本」といった感がある。

上《うわ》っ面《つら》のことではない。

日本海海戦でバルチック艦隊を破った丁字《ていじ》型迎撃作戦の立案者、秋山真之《あきやまさねゆき》（一八六八～一九一八）海軍中将は、直球のど真ん中、「大本」に深くのめり込み、教主顧問となっている。

うらやましいというか、罰当たりというか、ラグジュアリーな華族にも浸透した。

昭憲皇太后（明治天皇の妻）の姪、鶴殿親子《つるどのちかこ》が大本教の宣教師となったのだ。これが皮切りで、香淳皇后（昭和天皇の妻）の養育係で貴族院議員の山田春三《やまだしゅんぞう》（一八四六～一九二一）も入信。香淳皇后が色盲だとして山縣有朋らが干渉し、婚約辞退を迫ったいわゆる「宮中某《ぼう》重大事件」では、鶴殿と山田が王仁三郎に相談し、山縣らの妨害を退《しりぞ》けている。天下の長州閥に歯向かって勝ったのだから、大変なパワーだ。

「大本」は今に続く複数の新興宗教団体の母体でもある。

「生長《せいちょう》の家」の創始者谷口雅春《たにぐちまさはる》（一八九三～一九八五）は「大本」の専従活動家だったし、「世界救世教」の創始者、岡田茂吉《おかだもきち》（一八八二～一九五五）も「大本」の信者だ。他にも幾つもの小さな宗教を、枝分かれ的に産み落としている。

芸術分野でも退屈しない。

王仁三郎は、絵画、陶芸、短歌は言うに及ばず、悪ノリはレコード会社の大手、日本コロムビアだ。なんと出口王仁三郎のアルバム九枚を発売した。暴挙……いや快挙というべきか。おそらく演歌であろうが、詞は本人が書いたのか、一度聴いてみたいものである。レコーディングは国民的人気を当て込んだだけではなく、会社の幹部に熱狂的な信者がいたからに違いない。

芸術をとことん行けば映画にぶつかる。ということで、王仁三郎の眼は映画界にも向けられている。

東京に映画部玉川《たまがわ》研究所、亀岡に撮影所を開設。監督、脚本、さらに役者もこなしている。あのほっこり顔で役者を気取るなど随分楽しい男ではないか。

日本新劇の父、小山内薫《おさないかおる》（一八八一～一九二八）も「大本」の信者なら、なぜここでこの人物が登場するのか、粋人《すいじん》の大御所、北大路魯山人《きたおおじろさんじん》が王仁三郎のヒネリのきかした筆書きを絶賛しているのだ。

陸軍もハマっている。

石原莞爾《いしはらかんじ》（一八八九～一九四九）陸軍中将だ。この中将はわずか一万数千の関東軍で二三万の張学良《ちょうがくりょう》軍を破り、日本の三倍の国土を持つ満州を占領しちまった英雄だが、共に戦った満州の立役者、板垣征四郎《いたがきせいしろう》（一八八五～一九四八）陸軍大将と共に信奉者になっている。

左から出口王仁三郎、頭山満、内田良平　（個人蔵）

王仁三郎が運をもたらしたのか、それとも石原、板垣の満州タッグが王仁三郎を引き寄せたのか、とにかく強運な二人が「大本」にのめり込んでいる。

王仁三郎は、汗だくになってパフォーマンスに専念する。

神道言霊《ことだま》を駆使し、万物は同根で平等だと唱えつつ、そのくせしっかりと天皇制を擁護し、さらに民族主義と国際主義の間をブレまくるのだが、それがかえって得体の知れないカリスマ性を肥大化させることになって、ますます周囲が熱狂する。もうだれにも止められない。

当時、右翼の超大物といえば、なんと言っても玄洋社《げんようしゃ》の頭山満《とうやまみつる》（一八五五〜一九四四）だ。玄洋社は、大隈重信《おおくましげのぶ》首相の脚をテロ爆弾でぶっ飛ばし、政府軍部に太い根を張る結社だが、頭山は単なる偏狭な国粋主義者ではない。アジア人のアジア人による国家を目指す、東亜連合国粋主義者だ。このおっかないオヤジは王仁三郎の大のファンだし、玄洋社のシナ工作センター、泣く子も黙る黒龍会《こくりゆうかい》の内田良平《うちだりようへい》（一八七四～一九三七）という強烈な男も心酔する。

合気道の創始者植芝盛平《うえしばもりへい》（一八八三～一九六九）は、王仁三郎を師と仰ぎ、生死を共にすべくモンゴルに同行しているほどで、「合気道」の命名者は、だれあろう王仁三郎であったやに聞く。

ニヤけ顔で予言を口にし、錚々《そうそう》たるメンバーを従えながらのし上がってくる王仁三郎＝「大本」に、政府は強烈な危機感を覚えはじめた。

で、ついに現人神である天皇の権威を脅《おびや》かしたとして、官憲が牙をむいたのである。

官憲の怒りは、半端ではない。

一九二一年（大正一〇年）の第一次大本弾圧。

これですっかり環境が変わったのに、タフを極めた王仁三郎はそれをあっさりと乗り越えて、なんと出獄中にモンゴルに渡って周囲をあっと驚かせたのである。

さすがに教祖だが、驚きはそんなものではない。馬賊《ばぞく》の頭領を手下にしたかと思うと、日本陸軍特務機関を活用し、張作霖《ちようさくりん》から内モンゴルの匪賊討伐《ひぞくとうばつ》委任状を得て義勇軍を結成。ダライ・ラマやスサノオを名乗ったかと思ったら、自分をチンギス・ハーンになぞらえて、こともあろうにエルサレムへ驚異の進軍を決行した。これはアニメではない。リアルな現実なのだからもうハチャメチャである。

　この男の無軌道ぶりには、だれも付いて行けそうもないのだが、それがカリスマのカリスマたる所以《ゆえん》で、みんなが付いて行くのだからわけが分からない。

　途中で捕まって銃殺寸前となるも、寸前で脱出、やっとのことで日本に逃げ帰る。

　続いて一九三五年（昭和一〇年）、第二次大本弾圧勃発。

　第一次弾圧は不敬罪での起訴だったが、第二次弾圧はもっとひどい。今度は治安維持法違反を付け足して襲いかかったのだ。

「邪教撲滅！」が合言葉だ。

　そのころのメディアは完全なる政府御用機関だから「大本」を呪われた陰謀結社、妖《よう》教《きょう》と決めつけ、王仁三郎を怪物、反逆者、非国民と煽った。

　関係文書の焚書《ふんしょ》は言うに及ばず、捜査段階で聖地の綾部、亀岡の教団施設をダイナマイトで木端微塵《こっぱみじん》に爆破するという無法ぶりだ。

　特高警察の無慈悲な拷問で死んだ信者一六名、気が狂った幹部は数知れない。

　官憲たちこそが悪魔崇拝者顔負けの非道ざんまいで、なぜこれほど破壊に血道を上げたのかという疑問がわく。

　一連の弾圧は内務省の仕業だ。

詳しくはおいおい述べるとして、話を戻すと留置場から刑務所へ、王仁三郎の生と死の綱引きは長きにわたった。一九四二年にケリがついた。治安維持法違反は無罪。その後敗戦の大赦令《たいしゃれい》で、不敬罪も解消され、晴れて無罪放免となっている。

キリシタン弾圧を彷彿《ほうふつ》とさせる異常な国家の宗教弾圧。特筆すべきは、「大本」が宗教として唯一、あきらめずに太平洋戦争に協力しなかったことだ。王仁三郎は東京大空襲、敗戦を予言し、晩年は心の経年変化こそあったものの、平等主義を最後まで貫き、一生をシブく静かに過ごした。

この王仁三郎の霊が、夜明け前の睡眠中、望月に語りかけてきたのだ。

目覚めた望月は、一夜にして自分の頭がツルっ禿《ぱ》げになった以上の衝撃を宿していた。

〈望月真司、日本の姿をおまえが世に広めることになるぞよ。偽りは日本に破壊と不快を産じ、真実は平和を産む。でたらめを清算しない限り、日本は沈没するぞよ〉

稀代《きたい》の予言者、王仁三郎の託宣《たくせん》が耳に残っている。

朝は、望月に、覆われたベールを剝《は》ぎ取る時が来たことを告げているようだった。

そしてなぜか頭の中で、有栖川宮熾仁と王仁三郎が太く分かちがたい絆でつながっていた。

　ケータイが震えた。

「おはようございます」

　村田ではなかった。聞き慣れぬ、男の声だった。

「先生」

　返事をする暇も与えず、男は言葉をかぶせてきた。

「次なに書きますのん？」

「……」

「察するに、またまたよからぬことをほじくり返しては、世間を騒がせる本にとりかかろう思うてんやろね。もうやめとき」

「君は？」

「もう、あかんって」

「なにが？」

「引退してもらわんとね」

「もうすでに引退しています」

「あちこち取材に回ってるのと違いまっか」

「違いますな。僕の修学旅行でしてね。人生、やりたいことは望月真司以外にもありますから」

「いろいろな方面に素質がありすぎますからね」

ニヤけ声が流れた。

「もう書く気がしないだけです」

南梟団か？　このホテルのどこかで眠っているユカの身を案じた。相手はユカに気付いているのか、いないのか？

「じゃ、そのうざい修学旅行も終わりにしてくれますか。上筋《うわすじ》が神経尖《とが》らせとるもんでね」

「上筋とは？」

「そりゃ――」

と言いかけて言葉を引っ込め、別のことをしゃべった。

「なにも余生を縮めることはないでしょう。先生の赤丸上昇株だった時代はもう終わり。これからは静かにゴルフでもやって、暮らしてもらわへんと、こっちも忙しくなりますよってに。ねえ先生」

気軽な調子で言い、乱暴にケータイが切られた。

――楽しみを取り上げられてたまるか、このクソ野郎！――

6——孝明天皇を拉致せよ

有栖川宮熾仁、熾仁のご落胤神社。三つの異なる和宮像と家紋。すべてが絡《から》み合っている。

この世は謎だが、真実は美だ。真実は常に気高く、合理的で、無駄がない。足りなかった空白をぴたりぴたりと埋めてゆく真実ジグソーパズル。この快感は味わった者にしか理解できない。

新しい発見、そして同志ユカとの合流。そのうえ昨夜の極上シャンペンの余韻に、望月はいささかハイ状態になっていた。

そこに冷水を浴びせたのが、一本の電話である。

イカれた天皇崇拝者、幕末の闇が産み落とした南梟団に違いない。断定した理由は自分のケータイの番号だった。ほんの一週間前、新機種に買い替え、ついでに番号も一新していた。替えたばかりの番号を、好きにいじくりまわして調べ上げる芸当は、彼らの十八番《おはこ》だ。

内閣情報調査室や公安も可能だが、ヤクザ顔負けの脅しはやらない。

「口を開く者は身を亡ぼし、閉じるものは栄華を味わう」

仰々しいガラクタ言葉で人を脅し、上書きの歴史を守る言論の敵だ。

だれでも多少バカだが、時代錯誤の狂信性は本物のバカだ。無意味な復古《ふっこ》思想に快《よろこ》びを感じる輩だが、それにもましてバカなのは、新しい説が自分たちへの侮蔑だと感じて、問答無用で遮断《しゃだん》し、知らないことを知るチャンスをみすみす逃していることだ。

翌朝を待って、ユカに脅迫電話の件を伝えた。

ユカはもう慣れっこになっているわよという眼差《まなざ》しで、自分の師匠を見た。

しかしこうした慣れが一番怖い。こけ脅しだと高を括《くく》っていて、本当に殺《や》られた言論人は少なくない。

「断筆を言明しているので手出しはしないと思うが、僕から少しの間離れていたほうが無難です」

カフェオレの香りがテーブルを包む中、ユカは首を横に振る代わりに、微笑《ほほえ》みを返した。そんなことできないわ、という少しアンニュイがかった例の目だ。

「やれやれ……」

「やれやれです」

ユカがニコリとする。

「僕一人なら、自己責任だが、ユカさんまで目を付けられるとなると――」

「先生」

話を制した。

「その言葉は、害毒です」

強い言葉を使った。作法の中で育ったようなユカが使うと、害毒という言葉が必要以上に強く感じられた。二人の間に、気まずい沈黙が横たわった。

黙ってカフェオレに口を付ける。ユカは話題を探すようにティーカップの耳をつまんだまま、しばらく中の紅茶を眺めて話題を変えた。

「明け方、一度目覚めて……それからなかなか寝付けなくって」

あいかわらず口調が理性的だ。

「先生は以前、歴史を考察するうえで、いろいろな人物になりきって考えれば、違う世界が見えてくるとおっしゃいましたが、私たちは幕末史の一番大事な人の視点を忘れがちです」

望月は、ゆったりとカップを口に運びながら、先の話を促す。

「大事な人……」

「孝明天皇の視点です」

「うん？」

望月のカップを持つ手が止まった。

「孝明の視点……たしかに想定外です」

「地獄と化す朝廷内で天皇はどう感じ、振る舞ったのか……」

言われてみると、たしかに、盲点だった。

三条実美は、土佐勤王党のボス、武市半平太と動きはじめる。

事実上の土佐藩主、山内容堂は新興勢力の武市を利用しつつ復権をはたす。ところが武市はやり過ぎた。京での攘夷テロが乱痴気騒ぎになり、幕府の圧力が強くなって、今度は武市を遠ざけるようになる。

すると三条実美、政治哲学はからきしないくせして機を見ることだけは妙に敏《びん》で、変わり身は早かった。落ち目の武市に見切りをつけ、さっさと長州攘夷派へと鞍替えする。

長州開明派のトップは桂小五郎だ。

吉田松陰の不動の門下生、筋金入りの南朝革命論者にして開国論者だ。太っ腹で頭脳明晰、将来を見越して伊藤博文、井上馨……長州ファイブの英国留学を後押し、工作資金をたっぷりと三条にぶち込む。

孝明に手の甲で払い除けられている以上、もはや朝廷内で慎ましく振る舞い、階段を一段、また一段と上ることはできない。一か八か、肚《はら》を固める三条。

「己の運命は長州開明派と共にある」

その長州には、懐《ふところ》深く卵が潜ませてある。孵化《ふか》する前の若き南朝天皇、大室寅之祐《おおむろとらのすけ》だ。

が、出番はまだ先、まずは孝明を意のままに動かす。そう、攘夷狂いの孝明のハートをつかむには、その願いをかなえてやることだ。

長州はパッとしない攘夷戦をだらだらとやりながら、孝明を取り込んでゆく。じっさいこの作戦は功を奏し、なにも知らぬ孝明は御所の警護を長州に任せてしまったのである。羊の番を、狼に託したも同然だ。

長州は次の作戦に移行する。

完全に孝明を囲うことだ。そうすれば説得、懐柔、脅し……一段階ずつ締めつけをきつくして、後継者として大室寅之祐に禅譲させる。無血南朝革命だ。不可能ならば暗殺し、クーデターをもって天下を取る。

長州の尊皇攘夷は主義主張ではない。孝明の機嫌をとって取り込むだけのツールである。本心は南朝への天皇代えだ。

この秘密を打ち明けられた三条に、もはや後退はなかった。たとえ夢物語であろうと毒を食らわば皿までで、かくなるうえは長州と共に前進あるのみ。

本籍朝廷、現住所長州である。

孝明派 vs 反孝明派

公家にあるものは得体の知れない高貴な地位。ないものは、カネと政治性と武力だ。ならばその三つで攻める。

やるわ、やるわ、三条は、長州の潤沢な資金を朝廷にぶち込んだかと思うと、テロの脅しをもって睨みつける。そして官位の口約束。カネ、脅し、ポジションの古典的突撃をくり返せば、公家などちょろいもので、次々とオセロゲームのように裏返ってゆき、拍子抜けするほどあっさりと主導権を握ってしまったのである。

三条と長州、互いに互いを巻き込みながら狂気の世界に落ち込んでゆく。

孝明を拉致し、武力クーデターをもって一気に朝廷を掌握する。あと一歩だ。天皇さえ連れ去れば、どこでもその場が御所、朝廷になる。国元に連れ去れば長州京と化す。衝撃度満点の、ヤバすぎる夢物語だ。

ところがそれに気づいた孝明は会津藩に泣きつく。それに桑名《くわな》藩、徳川の一橋《ひとつばし》勢が加わって巻き返しをはかった。京都守護職を置いてガードを固めたのである。

こうなれば拉致は無理だ。ではどうするか?

方策は一つ、孝明を御所から外に引きずり出せばよい。外に出して、行列の真横から千本の矢を射かければ、目的は簡単に遂げられるのだが、なにせ孝明は御所を出たことがない。朝廷の慣例を破るのは並大抵のことではなく、はてさて外に引っ張り出すにはどうしたらよいのか?　思案投げ首も、ものの五分で答えが出た。

強制するのではない。天皇自らすすんでイエス、「まろは出るぞよ」と言えばいい。

それには餌だ。旨そうな餌を外に置く。餌は大好きな攘夷祈願で決定、神社仏閣での攘夷祈願という毒餌でおびき出すことにした。

孝明は攘夷一色の天皇で、大嫌い病がどんどん悪化し、熱病にでもおかされたように二言目には外国人は穢《けが》れているから打ち払えだ。

その代償は大きい。逆手に取られれば致命傷となる。

「おや？ お上《かみ》、攘夷ですぞ。辻褄が合わぬではおじゃりませぬか！ 神社で攘夷祈願を行なってこそ、広く万民に権威を示すことができますする」

とかなんとか、汚い手を使って三条がぐいぐいと追い詰める。案の定、孝明は金縛りにあう。

「このときの孝明の様子が、『孝明天皇紀』に書かれています」

望月が続けた。

「三条らが自分を外に連れ出して、どうにかするつもりだと」

「そうなんですよ、先生。憔悴《しょうすい》しきった孝明のストレートな表現には驚かされます」

ユカが白く長い指で、トーストをちぎりながら続けた。

「孝明の恐怖は、自分が認める以上にもっとすごいものがあったと思います」

「和宮を嫁がせた義弟、徳川家茂を京に呼び、一緒に攘夷祈願をするのがよかろうという餌を三条から投げられて、飛び付きます。二人で行けば怖くない。もはや自分を守ってくれるのは身内だけです」

この時点で、政治勢力をざっくり括ればこうなる。

親孝明　＝会津藩、桑名藩、一橋（徳川慶喜）グループ

孝明寄り＝勝海舟、坂本龍馬、薩摩藩、西郷グループ

反孝明　＝三条、長州藩桂小五郎グループ

「御所周辺は、手筈を整えた長州藩の屈強な武士団がかなり潜入しており、孝明、家茂二人が仲よく外出すれば、飛んで火にいる夏の虫、これ以上の好機はない。公と武の攘夷派トップを一網打尽《いちもうだじん》にすべく配置につきます」

ところが家茂は京に入るも、びびって仮病を使う。やんわりと同行を拒否したのである。むろん各方面からテロ情報を得ていたからこそのびびりなのだが、三日延び、五日延び……延び延びの連続で、暗殺隊はその機会をしくじった。

「それで」

とユカが、身を乗り出して付け加えた。

「第二弾を企画します。次は大和行幸」

「長州は絶対あきらめない。なにせ長州の未来は南朝天皇にあり！　と信じる吉田松陰大

先生が組織した狂信的秘密結社だからね」

「桂小五郎がボスですね」

「そう、それに電撃的攻撃能力が備わっている高杉晋作《たかすぎしんさく》、頑健で鉄の意志を持つ伊藤博文、凶暴な山縣有朋、頭脳派の前原一誠《まえばらいっせい》、忠実な切れ者品川弥二郎……」

有能の士が、死の掟で結ばれた危険極まりない陰謀結社だ。

大和行幸の計画はこうである。

まず軽く足慣らしとして、天皇を大和（奈良）の神武《じんむ》天皇陵、春日《かすが》大社と連れまわし、攘夷祈願をすませる。と同時に、「親征」の軍会議で天皇自らを前線に立たせ、その勢いを駆《か》って遠く伊勢《いせ》神宮へ行幸するという段取りだ。

これは二重底になっている。すなわち表面上は、天皇による討幕クーデター。しかしそう見せかけているだけで、その下には身のほど知らずな天皇誘拐による長州独自のクーデター計画が隠されていたのである。

準備は綿密だ。

気脈を通じた公家の中山忠光は、元土佐勤王党のメンバーからなる天誅組を組織し、先回りで大和に入る。そこでやってくる天皇長州グループと合流、周辺の小藩、中藩に恭順を呼び掛けて、一気に武装蜂起する算段だった。

ではこの時、同じ元土佐勤王党の坂本龍馬はなぜ加わらなかったのか？

二八歳、まだそこまでの政治性に目覚めておらず、勝海舟の弟子として神戸海軍操練所設立で奔走している最中であり、天下国家どころではない。

と言うと、決まって反論する人たちが登場する。

いや、この時期、龍馬は手紙に〈日本を今一度せんたく（洗濯）いたし申候《もうしそうろう》〉と書いているから、日本の行く末を見据えていたのだと。しかしそれとこれとは違う。

龍馬はまだ視野が狭い。

龍馬の手紙では幕府の役人が異人と内通して、外国艦船の修理をしていることを大いに怒り、役人を「官吏《かんり》」ではなく、せいぜい「姦吏《かんり》」と書いて蔑《さげす》むくらいが関の山だ。

手紙文の前段を入れるとこうなる。

〈姦吏を一事に軍《いくさ》いたし打殺《うちころし》、日本を今一度せんたくいたし申候〉

つまり悪い賄賂《わいろ》役人をぶっ殺して、日本を正しくするというレベルで、革命云々《うんぬん》ではない。

天皇による大和行幸の詔《みことのり》が出されたのは一八六三年（文久三年）八月一三日である。

三条の偽造だという説も根強いが、望月は違う見方だ。三条が強制的に天皇に出させたもので、偽造とはニュアンスが異なる。

「この時も、孝明の怯《おび》えと救いを求める記録が残っています」

と望月。

「先生、そこなんです」

ようやく言いたいことの着地点に到達したのか、ユカの目が輝いた。爽やかな白い麻地のシャツ、昨夜とはうって変わっている。

「この時の孤立と焦燥感、孝明の心にスポットライトが当たっておりません」

「そう言われればそのとおりです。一度は大和行幸攘夷祈願を承諾したものの、その陰謀に気付き身を強張《こわば》らせる孝明。無理やり引きずり出そうとする三条と長州」

「孝明拉致の大陰謀が大和行幸です。しかしどの教科書にもそうは書いていません」

これは数ある歴史隠蔽の一つで、日本人の知性をバカにしているのだが、バカにされても当の日本人は鵜呑み丸呑みだから仕方がない。歳月は偽装を磨き、やがて定着する。

「孝明は、薩摩と会津に頼りますね」

三条に立ちはだかったのが公家の中川宮朝彦《なかがわのみやあさひこ》だ。薩摩の高崎正風《たかさきまさかぜ》、そして会津の秋月悌次郎《ていじろう》たちの手を借り、三条追い出し作戦を練る。

それに呼応して会津藩、薩摩藩、徳島《とくしま》藩、岡山藩、鳥取《とっとり》藩、米沢藩などが協力、ついに真夏の早朝四時、御所九門を連合武装兵が占拠、三条以下七卿と長州兵を京都から叩き出したのである。

これが世にいう「八月一八日の政変」だ。

大和御行（天皇誘拐クーデター）
⇐
八月一八日の政変（天皇逆クーデター）

孝明派　＝薩摩、会津
vs
反孝明派＝長州

「なぜ、一八日の早朝だったのでしょう？」

「前日に、大和行幸の先鋒《せんぽう》、天誅組《てんちゅうぐみ》が大和国で決起、という情報が入ったから慌ててやったのでしょう」

「正解、満点です！　わーい」

孝明天皇。大和行幸に隠された陰謀とは？

とユカがおどけた。思わず望月も苦笑した。

「こうなれば、事は急を要する」

望月が付け加えた。

「一刻も早い孝明救出が必要です」

すなわち、天皇が「大和挙兵の天誅組は官軍であり、逆らう者は朝敵とみなす」と長州に押されて詔《みことのり》でも出されたら、事態は一八〇度ひっくり返り、長州の勝利は現実となる。つまり「玉《ぎょく》」を奪われる前に、なんとしても「玉」を奪還しなければならなかったのだ。

薩摩と会津に守られた孝明は、天誅組を暴徒と決めつけ追討命令を発した。

押し寄せる一万四〇〇〇名の幕府兵。

大義を失っては、単なるならず者だ。天誅組はあっという間に崩れる。リーダーは粋《いき》がっているだけの中山忠光。しょせんは公家、合戦など知らぬから敗北と撤退を繰り返し、かろうじて生き残った残党も九月一九日、いじけるように解散した。

その後、長州は天誅組の残党に対し、無慈悲な切り捨てに出た。なぜか？

彼らははじめから捨て駒だったからだ。利用したまでで長州の野望、南朝天皇すり替えさえ知らせていなかった。

なにも知らない中山忠光は、役を嬉々として演じたあげく失速し、命からがら長州に逃げ延びている。長州藩は下部組織、長府藩預かりの身とするも翌年、長府藩の刺客五人が襲って、中山を暗殺した。

お分かりだろうか？

ようするに長州は、「孝明の傀儡《かいらい》化作戦」を完全にあきらめ、孝明を殺害し、大室寅之祐を担《かつ》ぐ作戦に腹を固めたためで、そうなるとその辺の事情を知らない単なる尊皇バカ、本物の睦仁の叔父である忠光が、厄介者となったのだ。

有栖川天皇計画

「先生、その頃、有栖川宮熾仁はどこでどうしていたのでしょう？」

「よく訊いてくれました。昨晩食べたオカズの種類を思い出すのはホネが折れますが、歴史には自信があります」

おどけて言った。

「有栖川宮熾仁は、父親ともども三条実美のシンパです。つまり反孝明。ここは大切なポイントですから、しっかり押さえておく必要があります」

「なぜ、反孝明に……」

「怨みでしょうね。一四歳で親王となった熾仁は、孝明に対してライバル視しているようなところもあったし、初恋の許嫁《いいなずけ》、和宮を奪った憎き男です」

「あっ、そうか」

と言って肩をすくめた。

「最後は渋る和宮を脅して、徳川家茂に横取りさせちゃったわけで、孝明への遺恨は根強い」

「天下国家より恋が大事、恋の恨《うら》みほど恐ろしいものはありませんからね」

「あれユカさん、経験がものを言ってるかな？」

「一般論です」

野暮なからかいだったかなと反省しつつ、ちょうど通りかかったウェイトレスにオレンジジュースを頼んで、なんとなくごまかす。

「ユカさんもどう？」

「私は、けっこうです」

望月は、気まずそうな溜息を軽くついてからしゃべった。

「有栖川宮熾仁の父親、幟仁《たかひと》も頑固な反孝明です」

「……」

「制御《せいぎょ》できない性分《しょうぶん》なんでしょうねえ、親子で決着済みの八月一八日の政変（天皇クーデター）を蒸し返し、天皇を守ろうとしただけの長州は悪くないと、肩を懸命に持って中川宮朝彦と激論に及び、孝明の怒りをかっています」

一八六三年（文久三年）九月二日のことだ。

孝明の、二条関白《にじようかんぱく》（斉敬《なりゆき》）や中川宮朝彦宛ての、有栖川宮熾仁に立腹した内容の書簡が残っている。望月はそこをさらりと流して、実は、と話を進めた。

「高松宮家が昭和四年にまとめた伝記『熾仁親王行実《たるひとしんのうこうじつ》』には、あっという事実が記されています」

「……」

「こいつはとんでもない話ですよ、ユカさん」

「天皇誘拐クーデター」が未遂に終わった深夜二時、桂小五郎（長州）は汗を拭《ふ》きながら鳥取藩士の河田景与《かわだかげとも》（一八二八〜一八九七）の元を訪れて、謀議を交わしている。

「京都を脱出して、有栖川宮熾仁を擁立して挙兵して欲しい」

長州だけでは勝ち目がない。鳥取藩も加わって共に立ち上がってくれという、そそのかしだが、これだけの窮地でもさすがは桂小五郎、しつこさは病的だ。望月はアスペルガー症候群的なものを疑っているのだが、しかし、河田は後難を恐れて乗らなかった。

河田は三二万五千石、鳥取藩のチェ・ゲバラだ。久留米《くるめ》藩の今楠公と呼ばれた真木和泉《まきいずみ》も一緒になって大和行幸を主張した超過激派で、三条とも通じている。

有言実行男。藩内の政敵、重臣黒部権之介《くろべごんのすけ》ら公武合体グループ三人を殺害、一人を自刃に追い込み、長州シンパとして公然と動き回っている本物で、その功績をもって明治新政府は初代鳥取県権令《ごんれい》（知事）に抜擢《ばってき》、さらには貴族院議員となっている。その男に熾仁を天皇にして兵を挙げようと誘ったのだ。

三条実美は土佐藩山内家の親戚だ。その縁で土佐のビン・ラディン、武市半平太とくっついたのであるが、有栖川宮家もまた長州毛利《もうり》家の縁戚、むろん長州から資金を得て、かなり以前から歩調を合わせている。

「熾仁擁立《ようりつ》って……桂小五郎は本心ですか？」

「本心もなにも、長州は瀬戸際です。こうなったら有栖川宮でまとまるならそれに乗っかってでも、孝明を粉砕しなきゃどうにもなりません。その後のことはその後のこと、またあとでゆっくり考えればよい。今は――」

「熾仁を鳥取に移すっていうことですよね」

「そう、鳥取を動かし、挙兵する」

「有栖川天皇……すごすぎます」

ぞっとしたのか、ユカが身を引き、両手で自分の体を抱きしめた。

「孝明を葬《ほうむ》り……有栖川宮を玉座に就《つ》ける」

「まるで戦国時代の大名みたいですね」

「情勢が切迫すれば、組める相手ならだれでもいい」

「それに対して、熾仁はどう答えたのかしら」

「記録によれば……」

望月はここで間を置く。ようやく自分のトーストに手をつける。もうとっくに冷めているのに、バターを塗るとガサガサと香ばしい音が響いた。一口かじり、旨そうにもぐもぐと口を動かす。ごくりと呑んでから、ようやく話し出した。

「政局が読めないので、今は孝明天皇に尽くす、と語っています」

「殊勝《しゅしょう》ですが、本心は違いますね」

「かなり違います」

望月はこくりと頷いてから続けた。

「『今は』ですから裏を返せば、政局が読めたら天皇を目指してもよい」

「やはり玉座に座りたかった」

「偽らざる心境でしょう。『熾仁親王行実』のような記録には、差し障りがないように抑《おさ》えて書きますから、その手加減分を差っ引けば、孝明埋葬までの具体案が細く話し合われていたと見るべきです」

興味をそそられるのは、この天皇逆クーデター（八月一八日の政変）における、熾仁の身に起った支離滅裂な展開だ。これを読み解けば緊迫した事実が浮かんでくる。

正確には一八六三年九月二八日（文久三年八月一六日、庚寅《かのえとら》）西国鎮撫使《さいごくちんぶし》に補任《ぶにん》され、しかし三日後に中止。次は一〇月一三日（文久三年九月一日）、攘夷別勅使《べっちょくし》に補任されるも、これまた延期願いにより破談。異常な動きだ。

この史実を、望月はこう読み解く。

「西国鎮撫使というのは、京より西の武装治安部隊です。大和の天誅組の挙兵が八月一七日ですから、その前日ですね、熾仁が鎮圧隊のトップになったのは」

「すると天誅組を睨んでの鎮圧隊ですね」

ユカが反射的に答えた。

「いや、そうじゃない」

「違いますか？」

「逆です」

「……」

「いいですかユカさん、天皇逆クーデターは一八日。しかし補任は一六日、この二日の差が大変重要なのです」

「ええと……」

「すなわち、一八日まで朝廷を牛耳っていたのはだれですか？」

「三条実美……あっ」

「そうです、朝廷は三条の天下、思いのままでした」

「すると、熾仁の任命は三条の差し金ということに」

「そのとおり。目前に迫った大和行幸と呼吸を合わせ、三条主導の熾仁西国鎮撫隊を大和に送って、天誅組と合流させようとしていた」

「まあ」

　クーデターは、三つのグループが連帯した大規模なものだった。

一、京都、桂小五郎の長州攘夷派グループ
二、大和、中山忠光の天誅組
三、有栖川熾仁の西国鎮撫使

黒幕　三条実美

　ところがタッチの差で中川宮をリーダーとする会津、薩摩の天皇逆クーデターがあって、京都急遽《きゅうきょ》中止、計画は頓挫した。

「で、熾仁は天皇逆クーデター翌日に西国治安隊長解任となり、軍事関係のない攘夷別勅使に回される。しかし今度は熾仁が拒否」

「先生、すごい……朝廷内の動きが手に取るように見えてきます」

　ユカは心底感服した声を出した。聞く人に衝撃を与える望月の洞察力だ。望月は、さらに深部をえぐりはじめる。

一八六三年、八月一八日の天皇誘拐クーデターは、三つの案が練られた。

一、孝明を誘拐し、操《あやつ》る
二、孝明を殺害し、有栖川宮熾仁を天皇にする
三、朝廷を完全に制圧し、大室寅之祐を南朝天皇として奉じる

「一、二、三と、状況を見ながら三段方式になっていましたが、しかしこんなのは、革命家ならばだれでも考える初歩的な策略です」

「……」

「昔は後がないから命がけでズバッといく。今の議員のようにフワフワ、チョロチョロしていませんな」

朝のまばゆい光がレストランの中庭に差し込んでいた。

「それはそれとして、三条一派は『七卿落ち』で京都から一掃されたわけではない。ちゃんと仲間を温存しています」

「残党が？」

「朝廷内にしぶとくね」

「……」

「たとえば烏丸光徳《からすまるみつえ》。彼は三条の提灯持ちで、初代東京府知事に出世した男。近衛《このえ》家と島津家のパイプ役の平松時厚《ひらまつときあつ》も残留です。彼らは事件の数日後、静かになった京の街で、ごそごそとゴキブリのように動き回っている」

「なんだか、どんどん歴史が変わって見えます」

憧れにも似た目、母親の暖かき愛情にあやされているようでもあり、望月の居心地はいい。

ユカは、どうすればこうした独自の史観を開拓できるのかというふうなことを訊いた。長い間の付き合いで、たぶんはじめて口にした素朴な質問だった。

「コツは、答えを求めないことです」

答えを求めず、なにを求めるの？　という仕草で首をちょいと動かす。

「求めるのは可能性。当時の政治情勢、経済情勢、人間の心理……僕の場合はよく瞑想を交《まじ》えますが、瞑想はあらゆる先入観を溶かすので、可能性を自由に絞れるのですよ。すると、濃厚な答えがぽたりぽたりと落ちてくる」

「答えを求めず、可能性を探す……」

ユカが独り言のようにつぶやいた。

オレンジジュースが来た。望月がトーストの最後を口に放り込み、続きを話しはじめた。

「熾仁の性格は、控え目だと思っていましたが、ぜんぜんそうじゃない。それから一年後の一八六四年（元治元年）七月一八日、熾仁はまたまた大胆な行動に出る」

「……」

「さっきも話しましたが、一年前の天皇逆クーデター（八月一八日の政変）にこだわっていて、会津に、嚙みつきます」

「なんのために？」

「岩倉のように冷静に判断できないというか、あるいは桂小五郎の黒魔術にかかったのかもしれません。長州はただ御所を守っていたのに、会津藩がクーデターを起こして治安を乱したのだと責めまくり、藩主松平容保《まつだいらかたもり》（京都守護職）討伐の決起文を書いて、それを孝明に渡すべく参内《さんだい》したのですよ」

「会津討伐ですか？」

ユカが、頰に手を添えた。

「そう、そのまさかです。僭越《せんえつ》にも関白の許可なしで、容保の京追放工作を謀《はか》ったわけで、なにがあっても驚かない僕でさえ、度胆を抜かれるご乱心です」

「それって、禁門《きんもん》の変の前ですよね」

(『幕末・明治・大正　回顧八十年史』から)　(『威仁親王行実』から)

壮年期、陸軍大将時代の有栖川宮熾仁(右)と父の幟仁(左)。二人は禁門の変で一時、失脚する

「ずばり前日です」

「それじゃ、まるで長州藩が戦闘を開始する前の露払《つゆはら》いじゃないですか」

望月が、意味ありげにゆっくりと頷く。

「そうなんですよ。長州との連携《れんけい》プレー先駆けになっている」

「親王が禁門の変の狼煙《のろし》を……」

「奮闘努力のかいもなく、禁門の変であっけなく長州が敗北。幟仁、熾仁の有栖川宮親子は即失脚、七月二七日には参内禁止、面会謝絶、行動禁止の措置がとられます」

次に八月二四日、九月一日の二度、追加ペナルティが科される。

罪状は松平容保討伐工作と禁門の変の加担だ。有栖川宮邸の差し押さえは翌年の一〇月二八日。親子は京都から旅立ち、日光《にっこう》は輪王寺《りんのうじ》の粗末な住まいに蟄居《ちっきょ》する。

武士なら切腹ものだが、蟄居くらいですむ。さすがに公家は甘ちゃんの特権階級で、それは重い罪でない限り、なにをやってもほぼ逮捕は免れる現代のキャリア官僚に相通ずる。

熾仁の敵は孝明と二条関白、そして中川宮の三人。

で、突然孝明が死亡する。むろん望月は、この死を暗殺だと確信しているが、孝明が死んだとたん、熾仁の活動禁止は解除となる。このことは孝明の死と共に中川宮が失脚し、朝廷が三条派、すなわち長州勢力に呑み込まれたことを意味する。

〈一八六七年〉

一月三〇日　孝明天皇暗殺

一月一三日　一五歳の睦仁が践祚《せんそ》。この時は本物の睦仁

二月二八日　有栖川宮親子、朝廷に復帰

謹慎を解かれた熾仁は、隅っこでこそこそとしている性分ではなかった。孝明も世を去り、玉座には、ひ弱な睦仁が座っている。小僧などどうにでもなる。

「次は俺が天皇だ！」

長州の見せかけゲームだとも知らずに、事実だろうと嘘だろうと、自分のいいように解

釈し、とうとう己の出番がやって来たと信じる熾仁。狂おしくも希望に胸を膨らませ、大胆に振る舞いはじめたのである。

龍馬暗殺の真相

一八六七年の春、岩倉と大久保は武力革命に舵を大きく切る。

薩摩藩、土佐藩、広島《ひろしま》藩、尾張《おわり》藩、越前《えちぜん》藩からは出兵の内諾を得たのだが、土佐藩だけ、明確に首を縦に振らない。

坂本龍馬が真っ向から反対していたのだ。

これが龍馬暗殺の原因だ。

龍馬の中では、革命は「大政奉還」だ。完結している。当たり前だ。約束どおり将軍が引っ込み、政権を天皇に引き渡したからには、あとは議会が決めることであって、大砲の出る幕ではない。

にもかかわらず挙兵するなど、筋も通らなければ義の欠片《かけら》もない。もっともな理屈だ。傲然《ごうぜん》と立ちはだかる自信家の龍馬。なにせ「大政奉還」をやらかした大立者だ。もし武力でくるというならば、こちらにも考えがある。屈強な土佐兵は一ミリも動かさないし、それどころか家老の後藤象二郎《ごとうしょうじろう》と組んで、土佐兵をもって長州に対抗する。パークスだって西郷だってこっちについてくれると思い込んでいた。勝海舟と共に、幕軍をまとめて反革命分子を叩き潰す！　生まれながらの行動家は一歩も引かなかった。

これが、京都近江屋での大激論だ。

友好的ライバルで、武闘集団陸援隊隊長の中岡慎太郎とせめぎ合う龍馬。

その晩、近江屋には「土佐藩兵を動かす、動かさない」で、土佐の革命家が対立していた。

「薩長はじめ、みな足並みがそろっちょる。あとは土佐だきに」

中岡が懇願する。

「何度言われても、それは呑めん」

中岡はついに禁断の隠し玉、南朝天皇擁立を打ち明ける。龍馬はぎょっとなったが、次の瞬間、一笑に付す。

「バカなこと、言わんこつじゃ」

頑強に抵抗する龍馬。

「おまんらは幕府との約束をも守れん、見下げた悪魔じゃ」

龍馬を取り込もうと必死になっていた中岡。この時だ。南朝天皇武力革命という秘密を打ち明けて、ルビコン川を渡ってしまったのは。後はない。必ず龍馬を抑えてみせると岩倉、大久保に豪語した手前、陸援隊隊長としての面目がある。

一瞬の沈黙、鋭い慎太郎の視線と、見下すような憐れむような龍馬の視線がぶつかった。

「もはや、これまで」

破鐘《われがね》のような声を発するやいなや、電光石火のごとく居合《いあい》を見せる中岡。龍馬は斬られながらもピストルを放った。

土佐藩の内ゲバだ。

その場にいた全員が、岩倉、大久保と気脈を通じ、決着をつけに来た過激派だったのである。

彼らにとって最大の障害は、土佐藩兵と幕府軍を束ねる龍馬だ。排除しなければどうにもならないほど、土佐の無頼、龍馬は力を持ち、特別な存在となっていたのである。

犯行後に駆け付けたメンバーが判明している。しかし、実は犯行前から部屋にいた面々だったというのが望月の見立てだ。

田中光顕（陸援隊）、谷干城《たにたてき》（薩土密約）、毛利恭助《もうりきようすけ》（薩土密約）、河村盈進《かわむらえいしん》、そして坂本龍馬と中岡慎太郎、土佐藩士が計六人。

それに白峰駿馬《しらみねしゆんめ》（海援隊）ともう一人、大久保利通の片腕、薩摩藩の吉井幸輔《よしいこうすけ》（薩土密約）だ。吉井は大久保の名代《みようだい》として参加している。

彼らはみな龍馬を斬りに来た。なぜなら薩摩藩と武力討幕を密約した当事者と陸援隊、すなわち、白峰を除く全員が中岡の同志なのである。

望月がそう結論付けてから早いもので一五年以上がたつ。その間、龍馬の本を書き、調べ、講演を重ねれば重ねるほど、この思いは不動の情景へと定着している。

始動

二年前、アーネスト・サトウが「ジャパン・タイムズ」で指定した、まさにどんぴしゃのその日。つまり一八六八年一月一日、英国の意を汲《く》むべく岩倉が朝廷会議を招集、翌二日旧体制最後の朝廷会議を開催、即長州、三条実美らの赦免を決定した。

即、長州と三条の縛りが解け、これで自由入京とあいなるのだが、岩倉などは、これまで行きたいところをどこでもうろつき回っていたくせに、滑稽にも自分で自分の蟄居赦免を整えている。すべては儀式、形式の時代。些細なことで突《つ》かれないためにも、こういう段取りは必要だ。

夕刻から始まった朝廷会議。延々と続き、公家たちが退出したのは夜明け前。

その刹那《せつな》、近代史上最大のクーデターのすべてが動き出す。一つの時代が始まる瞬間である。

待機していた五藩の兵がばらばらと御所九門を封鎖。最後の関白、二条斉敬と中川宮朝彦親王はじめ、体制派の公家の立ち入りを禁止した。

地ならしが終わったあと、長州藩兵に守られてゆうゆうと参内したのは岩倉具視ら陰謀公家グループ。

寒い一月だというのに、汗だくになった岩倉が、ぎょろっと目をむく。

「みなの者、よく聴きたもれ！」

『王政復古の大号令』を、声も高らかに発したのである。切れ味鋭いパフォーマンス、フルコースの舞台回しだ。

大号令の中身はざっくり四つだ。

(一) 幕府の廃止
(二) 京都守護職、京都所司代《しょしだい》の廃止
(三) 摂政《せっしょう》、関白の廃止
(四) 総裁、議定、参与の設置

(三) を読み返して欲しい。摂政、関白を撤廃するなど神聖なる朝廷への蹂躙《じゅうりん》だ。ようするに王政復古など嘘っぱちで、朝廷をガランドウにしたのである。

国の最高権力者は天皇でも、朝廷でもなく、総裁、議定、参与だというのだから「王政復古」が聞いて呆れる。

天皇などは徳川時代より、もっと無視されて、どこにも出てこない。で、最高権力者の『総裁』に有栖川宮熾仁をつけたのである。

「回りくどい説明でしたが」

ほっとした顔で望月がしゃべった。

「なぜ熾仁が皇位継承順位の一位に躍り出たのか？　その理由がこれで分かったのではないですか」

「私なりに……」

「では私なりに整理してみてください」

弟子に言った。二人の皿はもう空である。

「ええと……岩倉としては」

ユカが、答える。

「南朝天皇へのすり替えがバレないようにする？」

「うん」

「だから完全に天皇を隠した。で、仮に北朝勢力が騒ぎ出す事態になれば、睦仁を戻すか、または彼らが囲う玉《ぎょく》は高位の北朝系、すなわち有栖川宮熾仁を当てる。だから、先手を打って有栖川宮熾仁を新政府最高のポジションにつけておいたのだと思います」

望月が目を細めて我が弟子を見た。

「そう、陰謀を見破った反対勢力が、なにが南朝天皇だ、この逆賊ども！　と騒いで抑えきれなくなった時に、なにをおっしゃるやら、はい、このとおり私どものメニューには北朝系の筆頭公家が最高のポジション、総裁にしているじゃないですかとなだめる。裏メニューです」

「ハ、ハ、ハ……裏メニューだなんて」

望月が、真顔で言った。

「無情の世界。岩倉は朝廷も蹂躙したが、ただ天皇になりたいだけの熾仁も岩倉の敵じゃなかった。空約束《からやくそく》で軽々と手玉に取ります。カネをいくら払ったと思います？」

「いくらかしら……」

「総裁の給料として月一〇〇〇両」

「えっ、一〇〇〇両ですか？」

「今の一億円じゃないですか……」

目を丸くした。

「餌ですから」

「年俸一二億円の餌……」

「公家はみな貧乏です。熾仁は見たこともない大金に目が眩《くら》んだはずですね。それに岩倉あたりから、ゆくゆくは次の天皇だと囁かれれば、だれだって天下を手中に収めたような気になります」

望月は厳しい目を空に向けた。

「ところが天にも昇る心持ちは、一時《いっとき》でした。鳥羽・伏見の戦いを制し、北朝勢も案外ふぬけ揃いだと分かった瞬間に、熾仁は用済み、風前の灯です」

総裁になって間もない二カ月後、岩倉は熾仁を京都から追い出す。

むろんまだ利用価値はある。徳川家臣団が言うことを聞くのは、もはや逃げた将軍慶喜ではない。故孝明の妹にして、今は亡き家茂の妻、和宮ただ一人である。その和宮を動かせるのはこれまたただ一人、かつて誓い合った熾仁ではないか。この男だけには気を許し、願いを聞くはずだ。

そこで、東征大総督《とうせいだいそうとく》という軍の名目上のトップに据えつけ江戸へ行かせたのである。この辺の舵取りは、さすがに絶妙で、むろん国政は岩倉と大久保の二人がおおっぴらに牛耳っている。

手玉に取られた熾仁の、嫌がらせのような人事異動はこうだ。

〈一八六八年〉

一月二七日　総裁就任（１）

三月二日　東征大総督を兼任、事実上総裁棚上げ（↓）
三月八日　京都出発
三月一三日　神祇《じんぎ》事務局督を兼任するも一週間で辞める（↓）
三月二九日　静岡駿府《すんぷ》城で奥羽越列藩同盟の「玉」、東武《とうぶ》天皇こと輪王寺宮《りんのうじのみや》と会見
五月六日　江戸着
六月一一日　総裁解任（↓）
七月四日　徳川家の菩提寺、寛永寺に結集した彰義隊征討の名目上指揮官に格下げ（↓）
七月八日　江戸《えど》鎮台《ちんだい》並びに会津征伐大総督就任（←）
一二月六日　江戸鎮台並びに会津征伐大総督辞表提出（↓）
一二月八日　京都に帰還

利用されながらもどんどん位が下がり、憐れなたらい回しの配置換えは、一八九五年（明治二八年）の死ぬ間際まで続いている。

年表を根こそぎさらえば異動命令と延期、任命、辞職、解任の支離滅裂さは普通の人間なら気がおかしくなる。

望月の声が、朝のレストランに響いた。周囲がなにごとかと振り返る。

「そうか！」

「失礼……」

「……」

「有馬稲荷神社の謎」

「有馬稲荷……ですか？」

狐につままれたような顔をしている。ユカに説明を施《ほどこ》す。

有馬稲荷神社が維新のどさくさの最中、有栖川宮熾仁から宮家祈願所指定の令旨《りょうじ》を賜っていること、高松宮宣仁親王や、昭和天皇の妃《きさき》（香淳皇后）の両親など高位の皇族が参拝していること、熾仁の令旨や和歌が宝物としてあることを説明した。

「噂通り、宮司が熾仁の私生児ならば、これらはすべて説明がつきます」

「……」

「疑問の余地はありません、ユカさん。ただ妙に思っていたのが令旨の時期。総裁を辞職して間もなくの、正確には六月二八日（旧暦五月九日）。熾仁はまだ東京です。ちょうど寛永寺攻撃の指揮を命じられた直後」

ユカが頷く。

「すると熾仁は戦の大一番を前にして、遠い田舎のちっぽけな神社を気にし、令旨を発し

ているこ とになるんです」

ユカとの会話がヒートアップして、たった今浮上した結論をしゃべった。

「熾仁は孝明亡き後の天皇候補でした。岩倉たちはぎりぎりまで熾仁に期待を持たせており、本人もその気になって新政府に協力していたのです。しかし、いざ蓋《ふた》を開けてみれば、天皇は自分ではなかった」

そりゃないだろうと落胆する熾仁。拗《す》ねられては大変だ。なにをしでかすか分かったものではない。だから総裁という破格のポジションとカネで口を封じた。

この厚遇に熾仁もまあいいかと、まんざらでもなかった。だがふと我に返る。

気が付くと、京都から遠く離れた、それも危険なエリアばかりを歩かされていることに動揺する。

——最前線である。なぜ、トップの自分が立たなくてはならないのか？——

そして、わずか四カ月で総裁を解任された熾仁は、不信の坩堝《るつぼ》と化す。

——騙されている……——

そう思っているところに、今度は徳川の菩提寺、寛永寺での上野戦争が迫った。今度はその指揮をとれという。実際の指揮官は戦争の申し子、大村益次郎《おおむらますじろう》だが、その上の重石《おもし》がいるというのである。

「熾仁は身の危険を感じたのではないだろうか。流れ弾を装っての暗殺をね。だからといって支配者は邪悪で巨大な力を持っており、正面から逆らえる相手ではない。一番狼狽《ろうばい》したのは」

望月が遠くを見つめるように目を細めた。

「新政府が、南朝天皇の正統化で動きはじめたことです」

「そうか、熾仁の血は北朝ですものね」

「そういうことです」

ハメられたのか？　と後悔したが、遅かった。

「過去はもう変えられないが、未来なら変えられる。和宮と連絡を取り合い、密談を交わしたに違いありません」

望月の目には、和宮の左手を自宅に祀《まつ》った八木清之助《やぎせいのすけ》が、二人の間を行き来する光景がちらついている。

兄も夫も殺された和宮。積もり積もった怨恨《えんこん》が一気に噴出するも、しかし冷静になれば、へたに動けば刃のお鉢《はち》が私たちに回ってくる。熾仁は和宮を案じ、和宮は熾仁の身を案じた。

熾仁は決断した。有馬稲荷神社の我が血脈を他の公家たちに明らかにする。高位北朝系の公家に認知してもらっておけば、我が身に万一のことがあっても、子までは殺されずにすみ、ひょっとすると子孫は北朝の後継者となってくれるのではないか。

そう考えれば、慌ただしくも切羽詰まった時期、熾仁が唐突に有馬稲荷神社へ令旨を出した謎と、錚々《そうそう》たる高位の公家参拝の理由も頷けると。

望月は話をここで切り上げ、ホテルを出た。

謎の相撲取り、そして虐《しいた》げられた神社

いても立ってもいられなかったのだ。自他ともに認める歴史中毒患者だ。

「山勘《やまかん》ですが、そこへ行けば闇に隠れたつながりが実感できると思います」

「そこって？」

「行ってのお楽しみ」

男なら、冗談きついぜという場面だが、実のある師匠の表情に、ユカは微笑《ほほえ》みで応じた。

向かったのは愛知県の片田舎、人口五万人にも満たない武豊《たけとよ》町だ。

聞き慣れない神社がある。一般的には神社だが、望月にとっては神社ではない。歴史の闇を秘めたカプセルだ。

社殿は奥まった小高い所にあって、通りからは見えなかった。

人気《ひとけ》のない緩《ゆる》やかな坂道をほこほこと歩くと、こんもりとしたなだらかな山の途中に、それらしき姿が見えた。

菊の紋の垂れ幕がかかり、素朴にして清楚な本殿である。

『玉鉾《たまほこ》神社』

「あら……孝明……」

ユカが軽いショック状態に陥った。

辺鄙《へんぴ》も辺鄙、こんな僻地《へきち》に孝明が祀ってある神社があるなど、だれが気付くだろう。行先知らずのミステリー旅行作戦が功を奏し、望月はしてやったりと、長身のユカに眼じりを下げた。

「でも孝明天皇は……平安神宮の祭神ですよね」

「さすがは歴史の先生です」

と持ち上げてから、疑問を広げた。

「そう、たしかに孝明は平安神宮の祭神ですが、それは後の付け足しです」

「えっ？」

「もともと平安神宮の祭神は平安京、つまり京都を開いた桓武《かんむ》のものです」

「……」

「昭和一五年になって、孝明天皇の神社がない、というのはさすがにまずいのではないか、ということになって、平安京、つまり京都で暮らした最後の天皇というむりやりのつながりで、押し込んだわけです」

「死後七三年もたって、ようやくですか？」

「はい、どういう風の吹き回しか知りませんがね」

「それまでは……ここだけ……」

とユカが、心細そうに本殿を眺める。

「そう、ここだけ。しかしこの玉鉾神社にしても、孝明の死後三二年、（一八九九年明治三二年）になってようやくのことで、しかもこんな外れにひっそりとね。町役場のホームページにすら載っておらず、いまだに除《の》けもの扱いです」

少しユカと離れた。長身のユカ相手との会話は首が疲れるのだ。

「明治天皇は」

離れた分、声が大きくなった。

「南朝神社をごっそりと建てまくった神社大好き人間なのに、孝明にはソッポを向いている。本来なら最後まで尊皇攘夷を貫いた天皇の鑑《かがみ》、偉大な父親ですから立派な神社を建ててもおかしくないはずですが、実の父親でもなんでもなかったら、ただの一社も祀らなかった。傍《はた》からはとんでもない親不孝者。僕の本を読んだ賢明なみなさんなら納得する話ですが、多くの人々はこのことすら疑問を持ちません」

「疑問を持たず、疑問を持つ人を疑うのが日本人の特徴ですから」

「はい、脳ミソの古漬《ふるづ》け状態」

「あはは」

「明治天皇にしてみれば孝明は赤の他人。自分とはまったく無縁の北朝天皇だから孝明神社など創建する理由がない。このポイントが理解できなければ、日本史は見通せません。で、明治政府も、ここ玉鉾神社の孝明天皇の祭神を認めなかったのです。政府というより、すでに首相になっていた伊藤博文（一八四一～一九〇九）本人がね」

望月が付け加える。

「伊藤にしてみれば孝明神社など、まっぴらでしょう。暗殺者は殺した相手を嫌います」

「同じ天皇なのに明治神宮と玉鉾神社……月とスッポンどころか、いくらなんでも露骨な仕打ちです……」

ユカがしみじみと建物を眺めた。

「草薙《くさなぎ》の剣《つるぎ》」と熱田《あつた》神宮。「八咫鏡《やたのかがみ》」と伊勢《いせ》神宮。この組み合わせは有名だ。「剣」「鏡」とくれば、あとは「玉」だ。これで三種の神器の揃い踏みである。

玉鉾神社はそれを意識し、「玉」を入れ込んでいる。場所も熱田神宮、伊勢神宮のほぼ中間に位置しており、創建当時は「剣」「鏡」の二つの社殿に追いつくほどの規模で建てられている。

「政府の邪魔を乗り越えて、創設した？」

「そう、勇気ある開拓者は旭《あさひ》形亀太郎《がたかめたろう》。尊皇一筋の人物です」

孝明天皇を祀る玉鉾神社(愛知県知多郡武豊町)。その創建に秘密が……

これまた一般には聞きなれない名だ。この男も歴史上から完全に消されているのだ。

孝明神社新設！　あちこち奔走するも邪魔が入り許可にならない。無理ならばどうするのか？

偶然、名古屋に廃社寸前の八幡宮があった。旭形は買収し、祭神を孝明に変更する作戦に打って出たのである。

しかしマークがきつくて許可が下りない。なにせ相手は幕末のエネルギーをぜんぶ吸い取り、支配権があれば真実はいくらでも作れるという傲慢でおっかない連中だ。闇に葬った孝明が、神社の姿をかりてよみがえるなど悪夢だ。断じて許すわけにはいかない。

しかし旭形は怯《ひる》まなかった。怖い政府と旭形があいまみえた見事な一戦である。

望月はここに戦慄すべき絆をまた一つ、発

見する。なんと有栖川宮熾仁との太いつながりである。

「まあ……」

ユカが息を呑んだ。いつ、どこで？　と瞳が輝く。

「時は一八九四年（明治二七年）、場所は広島。記録によれば、日清戦争における参謀総長として広島大本営《だいほんえい》にいた熾仁と面会している」

「旭形が？」

「はい」

熾仁は苦戦の旭形を見て、助っ人に入った。武豊の地主を紹介し、広大な土地を提供させたのである。

で、八幡神社を移築。

「この社《やしろ》は、かつて」

敷地を見渡しながらしゃべった。

「その辺の神社など足元にも及ばない、荘厳《そうごん》にして大規模な複数の施設を持っていました。しかし、長年、無格社《むかくしゃ》という扱いを受け続け、今はこのおちぶれようです」

「……」

「蔵には」

望月が本殿に目を留める。

『日本相撲史』に掲載された旭形亀太郎の全身写真

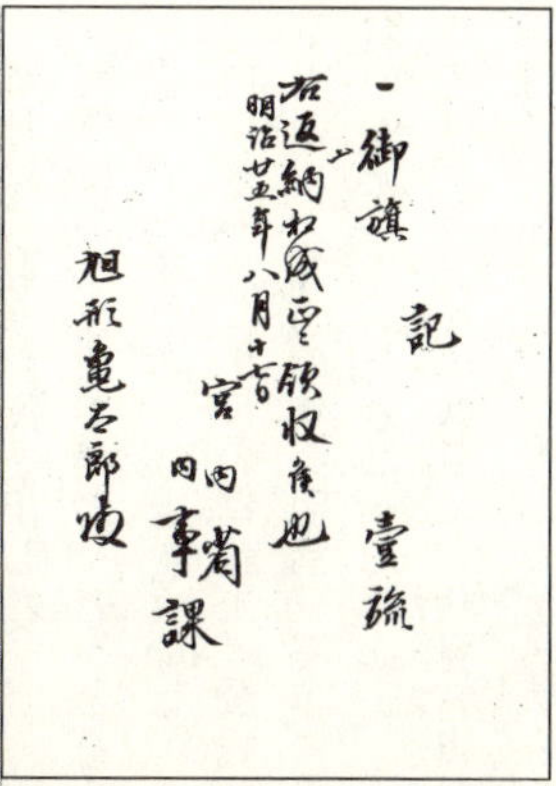

一　御旗　　記　　壹旒
右返納相成受領收候也
明治廿五年八月十七日　宮内省
内事課
旭形亀太郎殿

旭形が「旗」を返納したことを記す、明治25年８月17日付の宮内省内事課の証書

「にわかには信じられないでしょうが、錦の御旗が納められていた」

「それって、あの官軍が掲げた？」

「いやいや、あちらは品川弥二郎（長州）たちがこしらえたまがい物。こちらにあったのが正真正銘、本物の錦の御旗です」

「つまり旭形さんが、孝明天皇から本物をちょうだいしていた」

「そうです。初代宮司《ぐうじ》の旭形亀太郎本人がね」

　ユカが難しい顔をした。半信半疑のようだった。

「じゃ今でも？」

「いや旗は、宮内省に返還しています」

　下唇を嚙み、インチキくさいという顔をした。

「ここの宮司は代々旭形の姓を名乗ってい

る子孫ですが、今は四代目です。もっとも、三代目は養子らしいのですがね」

ユカは、さらに現実感のない顔付きをした。

「ははー、上《うわ》っ面《つら》の話には興味がないようですね」

「そんな……」

ユカが慌てて、手を振って否定した。

「想像を弄《もてあそ》ばなくとも、これを……」

秘密兵器、ｉＰａｄを出して検索した。現われたのは宮内省の受け取り書だ。錦の御旗の返納が書かれている。ユカが熱心に読み込み、考えるように画像を凝視した。

「それと……これ」

望月は、違う画像を出した。

「記録にある皇族参拝者をざっとなぞれば、前時代の真実に迫れます」

まさに華麗なる一族というのは、こういう顔ぶれのことだ。

皮切りが小松宮彰仁《こまつのみやあきひと》親王。公式参拝は、ここが神社として正式に許可が下りた翌年早々の、一九〇〇年（明治三三年）の五月。小松宮彰仁は仁孝《にんこう》天皇の猶子《ゆうし》、いうなれば孝明の義兄弟にあたる皇族だ。

その三カ月後の八月に、伏見宮貞愛《ふしみのみやさだなる》親王が来ている。公式参拝だ。伏見宮貞愛は孝明の猶子だ。

三人目がまた驚く。

睦仁の生母中山慶子《なかやまよしこ》（一八三六～一九〇七）の代理人である。明治時代、表向きであっても明治天皇の生母が代理を送るというのは大事件だ。

さらに孝明天皇の腹心、大原重徳《おおはらしげとみ》（一八〇一～一八七九）の三男、重朝《しげとも》が正式参拝し、最後に孝明を守り、岩倉と闘った中川宮朝彦《なかがわのみやあさひこ》の孫の東久邇盛厚《ひがしくにもりひろ》が、ずっと下って昭和四〇年一一月に訪れている。全員が孝明天皇のジャンルにいた人々だ。

「ふ～」

ユカが溜息をつく。

「ここは北朝の磁場です。引き寄せられたこの顔ぶれを見れば実にリアルで、世間にしこたまあるお伽噺の神社ではないことが分かるでしょう?」

「ええ、でも何者ですか? 旭形って」

「力士です」

ずばり答えた。

「えっ、お相撲さん」

「心も体もマッチョ。ですから玉鉾神社のもう一つの祭神が、ホンダワラノカミとなります」

「そんな神様いるのかしら」

「ですからホンダワラは土俵の本俵《ほんだわら》ですよ。日本は八百万《やおよろず》の神ですから、なんでもありで、僕の神は、さしずめキーボードノカミかな？」

言ったあとで、もっとマシな神を考えておけばよかったと思いつつ、望月は一〇〇歩ほど歩く間、口をきかなかった。時々立ち止まっては周りの風景をカメラに収め、大まかなタッチで眼に焼き付けながら、思考の海を悠々と泳ぎ、儚《はかな》い人生の一コマをたっぷりと楽しんだ。

肩を並べて歩くユカは、話を催促しなかったし、かと言って望月の沈黙を気にすることもなく、無言のウォーキングに付き合っていた。

消された履歴

「旭形は」

突然、望月がしゃべった。

「正八位を賜った名士です」

ユカはまた浮かぬ顔をした。なぜ反政府的な人物に、宮内大臣は正八位を授与したのだろうといったふうである。当然の疑問だ。疑問を持ってくれなければ、話し甲斐《がい》がない。

「さて、これから吹田《すいた》へ行ってみませんか？」

「吹田って大阪の？」

「これから少しずつ明かします」

望月は名古屋まで戻って、新幹線に乗った。少し眠ってから、旭形について記された資料の中身を解説した。

「『日本相撲史』に、刮目《かつもく》すべき記事が載っておりましてね」

一九六四年（昭和三九年）に、金八五〇〇円也で発売になっている限定超豪華本だ。

「えーと……」

1964年に発行された豪華本『日本相撲史』。旭形とアサヒビールの関係をつぶさに記している

iPadを出し、画面を読んだ。

〈旭形は明治二八年、大阪麦酒会社の生田秀《いくたひいで》（一八五七〜一九〇六、大阪麦酒初代支配人兼技師長）より総代として招聘《しょうへい》され、その旭形の名前からアサヒビールと命名、その後実業家として手腕発揮し、関西実業界の大立者となった〉

「まあ、アサヒビール……」

「そうなんですよ」

「社名の由来が、旭形というお相撲さんだったなんて新事実です。でも先生――」

「その本は、当てになるのかというご質問ですな？　ならば信頼できます」

力強く頷いた。

執筆者は酒井忠正《さかいただまさ》（一八九三～一九七一）だ。

広島の福山《ふくやま》藩主（一〇万石）の次男。勲一等瑞宝章《ずいほうしょう》をもらった伯爵であり、貴族院議員でもある。さらに日本中央競馬会理事長、農林大臣を経て横綱審議委員会初代委員長や相撲博物館初代館長を歴任した華麗なる酒井家宗家の二一代当主だ。

「こういうセレブというのは立場上用心深い。酒井が大好きな相撲界のトップに長い間君臨していた関係上、そうとう精通していて、太鼓判を押しての相撲史です」

と断言した。

「個人的な考えですが、七〇歳くらいで相撲史編纂を始めた酒井は、孝明大事の旭形を尊敬していたと見ています」

ユカは眼で理由を尋ねた。

「福山藩という出身母体です。長州征伐では幕軍として戦い、相当の戦死者を出している。戊辰《ぼしん》戦争でも、長州軍の攻撃を受けていて、新政府に対してはわだかまりを持っている。それに酒井忠正の養子先の姫路《ひめじ》藩もバリバリの孝明派で、実際台頭してきた藩内の反孝明の連中を容赦なく弾圧しています。つまり南朝勢には遺恨があって、死んでもまだ孝明を奉じ、神社まで建てた旭形の肝っ玉に、すっかり参っていたとしてもなんら不思議ではありません。現代風に言えば、旭形のクールさに痺《しび》れていた」

ユカが声を上げて笑った。

「しかし、そうは言ってもアサヒビールと旭形の関係は、今のところ『日本相撲史』の記述だけでありましてね。アサヒビール本社に問い合わせても、古いことなので社名の由来は不明だという答えなんですよ」

アサヒビールの初号ラベル、旭と海(復刻版パッケージから)。下は南朝の忠臣・楠木正成の家紋である菊水紋。この相似は何を物語るのか

むろん旭形を招聘した生田秀は実在の人物だ。ドイツに渡って九カ月間みっちりとビール造りをマスターした功績者で、アサヒビールの産みの親だ。『日本相撲史』によれば、産みの親の生田が旭形をわざわざ「総代」として呼び寄せているのだ。なによりの証拠はアサヒビール吹田工場の「先人の碑」に刻まれているという、旭形亀太郎の名前だ。

本当かどうか、これからそれを確認しに行くのだ。車内販売のカートが通りかかった。新幹線の

コーヒーは旨くない。おそらく味に無頓着なのだろうが、迷ったあげくけっきょく水にした。咽を潤し、ユカに続きを話す。

アサヒビールの社史を紐解けば、前身・大阪麦酒会社の初代社長は鳥井駒吉《とりいこまきち》(一八五三～一九〇九)となっている。

鳥井といってもサントリーとはぜんぜん関係がなく、もともと酒屋の、モダンなボンボンで、堺《さかい》の酒屋組合を束ねるやり手だった。

明治二一年、政府高官や財界人の交流を図る目的で親睦クラブを設立。海を望む四〇〇〇坪の敷地にクラブ・ハウス「旭館」が建っていた。

「旭館」

怪しい。かつて近くに流れていた川が旭川と呼ばれていたとか、いや「朝日の家」という茶屋からとったという話も伝わっているが、その辺の川や売春宿の名を、英国を真似《まね》たセレブな社交場につけるのは不自然で、旭形が大阪実業界の大御所だったら、あるいはスポンサーだったのではないだろうか。

明治二四年に吹田村の醸造所が稼働、ビールの誕生は翌年五月だ。

当時の句集「甲第壱号」に、〈ビールの旭〉の文字が見られる。

注目すべきは新聞などの古色蒼然《こしょくそうぜん》とした宣伝解説文だ。すべて「旭ビール」なのだ。

ラベルこそASAHI　LAGER・BEERだが、広告文字も挨拶状もぜんぶ「旭ビール」であって「朝日ビール」ではない。

「旭」を「朝日」の文字に変え、社名を朝日麦酒社にしたのは昭和二四年だ。

なぜ「旭」を、途中で「朝日」へ変えなければならなかったのか？　変化には必ず理由がある。やはり旭形ではまずかったのではないだろうか。

「深読みすれば、アサヒビール広報の回答だって変です」

望月は闇を見透《みす》かすように眼を細めた。

「ビール一本槍でやってきた会社が、大切な商品名についての由来が不明だなんて奇妙です。ビールの呑みすぎでいくら泥酔したとしても、輝かしきネーミングであるはずですから、古すぎて分からないなどないはずです」

「そう言われれば、たしかに」

「創業者の鳥井は」

望月は、自分にしか見えない世界を語った。

「旭形に敬服していた。しかし次第に風向きが変わってくる。孝明を奉じる旭形は異端ですからね。彼の名を付けたビールは反政府的だ。反政府北朝勢力が陰謀を企んでいるのではないかという圧力が高まり、旭ビールをやめASAHIにした。しかも疑われず、南朝支持者を示すためにラベルのデザインを、南朝武将楠木正成の菊水の家紋に似せた朝日図案とした。これを見てごらん」

と iPad の画面をさし出す。

「まあ、ほんとそっくり」

「でもこのラベルは最初のものではないと思っているのですよ」

「……」

「つまり、最初は公然と『旭ビール』を名乗っていた」

「そうか……」

「折しも旭形は、ビール発売の二、三年後から玉鉾神社に身を入れはじめます。しかし鳥井と生田は旭形をスパッと切ることはしなかった。大恩ある……すなわち出資など受けていてね」

「先生、旭形では都合が悪いのは分かりますが、それでもまだ漠然としすぎて……」

「そうでしょう」

望月が新幹線のシートを少し倒しながら続けた。

「明治政府から従六位などを賜り、それを辞退した旭形。ユカさん、彼とアサヒビールの闇を聞きたいよね」

じらすように言うと、拗《す》ねるような可愛らしい視線を返した。

7——力士「旭形」の正体

ノーマークの力士、旭形は一八四二年（天保《てんぽう》一三年）、大坂生まれだ。名は速水亀次郎《はやみかめじろう》。祖父は御所警備、いわゆる北面《ほくめん》と呼ばれる武士であった。父清兵衛《せいべえ》の事情で、大坂に移住。

折しも外国軍船が出没し、世の興奮がやたら渦巻いた。少年亀次郎は土佐藩の大坂住吉《すみよし》砲台建築を手伝い、藩主山内容堂《やまのうちようどう》に直々に呼ばれ、褒賞《ほうしょう》の品を得ている。

尊皇攘夷思想に感染した亀次郎は、縁あって長州力士隊に参加、四股名《しこな》を朝日形《あさひがた》とした。

「問題の長州力士隊ですね」

「そう、問題のね」

長州力士隊は維新に一役も二役も買ったにもかかわらず、一切合財《いっさいがっさい》がベールに覆われている。

ただモノトーンのぼんやりした残影はある。高杉晋作の奇兵隊の第二隊に所属し、人数は二〇名ほど。力士隊の隊長も判明しており、必殺のヒットマン、伊藤博文がその人である。

「大室寅之祐《おおむろとらのすけ》も力士隊に所属していたという情報は、あちこちで引っかかってきますよね」

ユカが楽ちんそうな小さなバック・パックを膝に抱えながらしゃべった。窓側に座っている。

「そうなんですよ」

と望月は腕を組んで答えた。

「ぼやけているのは、若き明治天皇のねぐらだったので、存在そのものを抹殺《まっさつ》したからに他なりませんね」

寅之祐は力士隊にいた。

動かぬ証拠は明治天皇のずば抜けた骨格と筋肉だ。武芸は一切ご法度、書と歌会育ちの公家の、あらゆる尺度を超えているのである。

それだけでも充分力士隊だが、もっと確証が欲しいという人には、ではもう一つ。明治天皇の相撲好きをあげておく。

相撲見物ではなく、自ら取るのを好み、しかも強い。かの力自慢の武人、山岡鉄舟《やまおかてっしゅう》と互角に組み合ったというのだから、力士隊所属も頷ける。

「公家は野蛮な相撲とはまったくの別世界、やんごとなき連中で、武士など汚らわしい憎悪の対象でありましてね。太い腕の穢《けが》れた野獣と頬ずりまでしてしっかり抱き合うだけでも考えられないことで、そのうえ豪快に投げ飛ばすワイルドな天皇などいるわけはない」

ユカが白い歯を見せて、けらけらと笑った。

断言できるが長州力士隊の大室寅之祐が、明治天皇になったのである。

その後、長州力士隊の運命はどうなったのか？　寅之祐を守り抜き、明治天皇となった瞬間に詰《つ》み。朝日形を除き、知りすぎた全員が抹殺されたか、地方に飛ばされたというのが望月の推理だ。朝日形を別にすれば、その後長州力士隊を名乗り出た者も遺族もだれ一人現われなかった事実は、それを明白に物語っている。

朝日形は京都相撲頭取錣形《しころがた》の門をたたいた後、一八六二年、孝明の側近、左衛門督《さえもんのかみ》の大原重徳《おおはらしげとみ》に見出される。

相撲は神事であるから、朝廷の恩顧《おんこ》をこうむっていたので接点はいくらでもあった。折からの動乱期、その恩に報い、力を発揮すべく京都相撲は力士隊を結成し、有事の際には御所、内裏《だいり》を守護せよという朝廷の命に応じた。

頭の回転が速いうえに礼節をわきまえていた朝日形は、京都力士隊の「総代」に抜擢されている。この「総代」で思い出されるのが、『日本相撲史』に書かれていたアサヒビールの記述「総代」だ。京都力士隊の「総代」とアサヒビールの「総代」。聞きなれない「総代」の二文字は、京都力士隊の「総代」から、この男の尊称として定着していたのである。

「そして一八六四年（元治《げんじ》元年）、禁門の変が勃発します」

話は、徐々に核心に近付いている。

長州兵の京都御所攻め。耳をつんざく砲音の中、数百名の長州兵が御所に突入する。この怒号に、睦仁は恐怖におののいて気を失ったことが文献に記されている。

本物の睦仁は細く、小柄でひ弱だった。実母の慶子は発育不全の我が子に、「天皇はムリ」と公言している。偉丈夫《いじょうふ》の外観上だけではなく、精神的強さからも睦仁と明治天皇とではキャラが真逆だ。

「あっ、先生……」

はっと、気付いたようにユカがしゃべった。

「すると朝日形は、尋常ならざる立場ですよね」

「長州力士隊にいたわけだからね」

すなわち、こういうことだ。

己が所属していた長州は尊皇を叫んでいたのではなかったか？　ならば、なぜ御所を攻めるのか？

当然の疑問だ。しかしぐずぐずしていられない。事態は切迫している。朝日形の決断は早かった。ただ孝明を守るのみ！

身を挺《てい》して内裏を守護。砲弾がバンバンと撃ち込まれる中、鍛え上げた二の腕で孝明をガッとお姫様だっこ、その場を脱出したのである。

この尽忠《じんちゆう》に感激した孝明は、後に朝日形を呼びつけ、中山権大納言《なかやまごんのだいなごん》、正親町三条《おおぎまちさんじよう》（嵯峨《さが》）権大納言を横に並べた席上、御旗をはじめ天盃、守護符その他数点の恩賞をうやうやしく渡し、また大典侍局《おおすけのつぼね》を介して得意の歌を贈った。

照る影を　ひら手にうけし旭形
千代にかがやく　いさおなりけり

「どこまで、逃げたのかしら」

「おそらく、薩摩の本隊まで走ったか、それとも、御所内のどこかに砲弾避《よ》けの地下壕があったのかもしれない。とにかく安全な所まで送り届けた。別れ際に名を訊かれたのでしょう。力士はアサヒガタと答えた」

「それで孝明は、朝日形を旭形と漢字を違え、歌に書いた」

「お察しのとおり」

天にも昇る気持ちで、朝日形は四股名を「旭形」と改名した。

「天皇がゴッド・ファーザーだなんて庶民は、だれもいませんものね」

「それもそうですが、天皇を抱き上げた人もいません。名誉などというものではなく、とたんに彼の心は長州から孝明愛に移った」

望月は、庶民下々《しもじも》の心理を断定した。

「それ以降、生きる糧《かて》は孝明です」

ユカが車窓に顔を近づけ、当時に思いを馳《は》せているのだろう遠くへ目を細めた。横顔がなんとも美しかった。望月が見惚れる暇は少ししかなく、ユカはもう顔を戻して次の疑問を口にした。

「大室寅之祐が長州力士隊にいたなら、朝日形と面識があったとは考えられないでしょうか？」

「そこです」

望月が頷く。

「むろん見知っている。しかし朝日形は、下っ端の下っ端ですから、たとえ知っていても寅之祐が明治天皇になるなど、夢にも思っていなかった」

「そっかー……すり替えのカラクリを知らなかったんだ」

望月は二、三度頷く。

「そして尊皇と言いながら、孝明に大砲をぶち込んだ理屈が通らない長州に混乱する」

「分かるわ。裏切られたという思いやらなんやら……でも、最悪でも最善を尽くす健気《けなげ》なお相撲さん」

ユカが思わしげに頰に手を当てた。

望月も同意する。

「自分の大きな手を見下ろせば、孝明のぬくもりがしっかりと残っている。尊崇《そんすう》の念を抱きながら、気が付くと長州との腐れ縁も切れずに密偵として京都で動き回っていた。習慣の力でしょう」

後のインタビューで本人は、京都での旭形は尊皇の密使として小松帯刀《こまつたてわき》、西郷隆盛、大久保利通、桂小五郎、横井小楠、坂本龍馬の間を往来したと語っている。龍馬暗殺の日、近江屋にいたボディー・ガードも力士であり、各藩にも力士隊なる戦闘部隊が存在し、多方面にわたって活用されていた事実から、大筋は真実と見ていい。

旭形の、「関取という巨体がかえって隠れ蓑になった」という述懐は、経験した者でなければ口にできない死角で、妙なリアリティがある。


新選組に捕捉されたのは、禁門の変の翌年だ。

その時、旭形は新選組に寝返ったという。

孝明救出という大手柄の自慢話の一つで、さすがの新選組もそいつはすげえやとなって

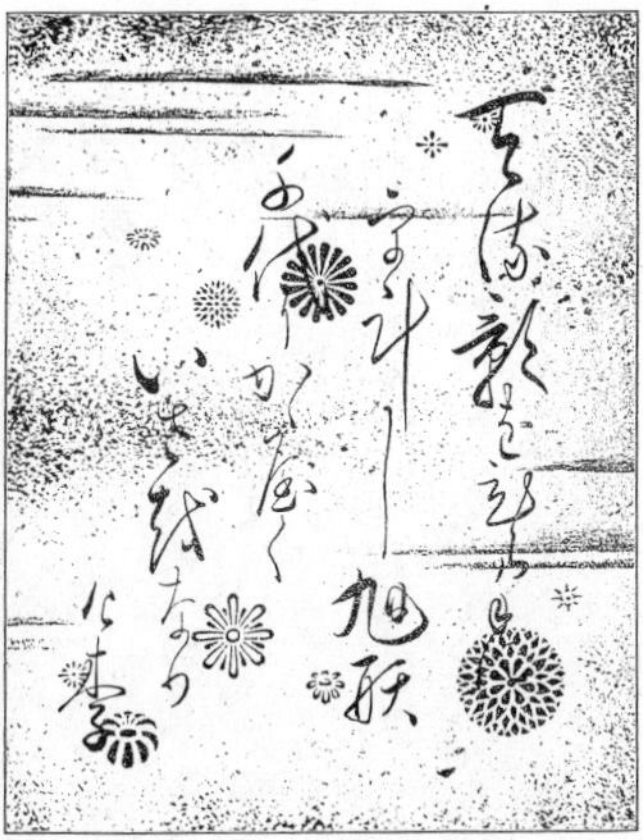

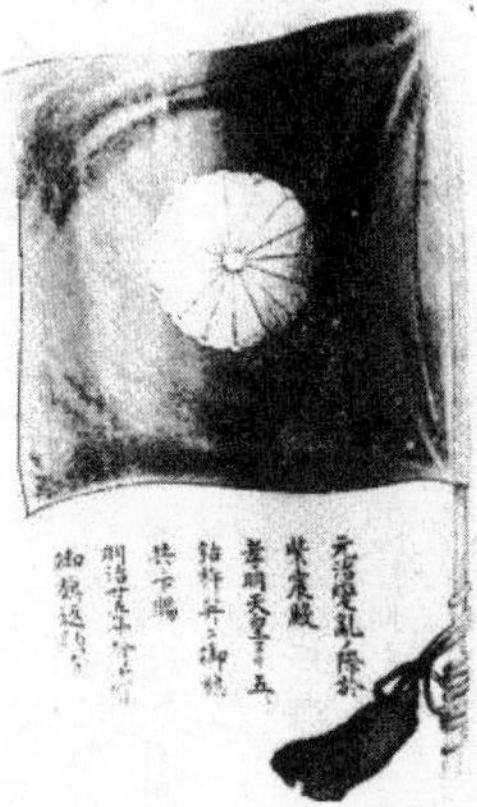

旭形が孝明天皇から下賜された歌（右）と旗（左）

一目《いちもく》も二目も置く。

ここで二重スパイ説を指摘する学者もいる。旭形の魂はただ一人、敬愛する孝明にあって、長州だろうが新選組だろうが、孝明を守ってくれる方についたのである。

明治三一年一〇月に行なわれた旭形本人の対談速記録では、新選組の大坂屯所《とんしょ》、万福寺《まんぷくじ》を拠点に近藤勇《こんどういさみ》らを連れて鴻池《こうのいけ》、住友《すみとも》など商家を回って「押《お》し借《が》り」、すなわちみかじめ料恐喝を働いていた件や、新選組には他にも「越《こし》の海《うみ》」という力士がいたことなどを証言している。

一八六四年（元治元年）の記事もある。

〈元治元年一二月一日、力士旭形亀太郎、近藤（勇）、谷《たに》兄弟（三十郎《さんじゅうろう》、万太郎《まんたろう》）、松原忠司《まつばらちゅうじ》、尾関弥四郎《おぜきやしろう》を連れて大坂の豪商を案内する〉

「時は」

と望月が続けた。

「いよいよ幕末のクライマックスになだれ込み、鳥羽・伏見の戦いです」

岩倉には岩倉の、徳川慶喜には徳川慶喜の、伊藤博文には伊藤博文の鳥羽・伏見の戦いがあり、むろん旭形にも戦《いくさ》があった。

激突する薩摩軍と幕府軍。旭形は、薩摩軍鉄砲隊の中にいた。

表面上、孝明の忘れ形見、睦仁天皇を奉じての薩摩挙兵だから、知らない尊皇力士であれば自然の行動だ。禁門の変で対峙したので長州は避けている。

「ここで」

望月史観を広げた。

「旭形はいったん脇に置いておき、実は、ここに日本史上の大きなごまかしというか、不思議なことが一つあります」

「なにかしら……」

ユカが、興味深げに顔を上げた。

「官軍に、睦仁天皇の姿がまったくないことです。これはおかしい」

「どうしてですか?」

意外な顔をした。

「天皇は奥に引っ込んでいるのでは」

「いいかい、ユカさん」

望月が肘掛けを押さえて、座り直した。

「王政復古ですよ。これは天皇が自ら先頭に立って討幕に出る、といういわゆる『天皇親征』が基本中の基本でありましてね」

「……」

「だから、五年前は未遂にこそ終わったが、大和行幸でも、嫌がる孝明天皇をむりやり旗頭にしての挙兵計画でした。その伝でゆくと、『王政復古』の戊辰戦争は『天皇親征』でなければならない。親征ならば、睦仁天皇が自ら征討大将軍となって、錦の御旗を揚げなければならない。官軍と一緒に進軍するはずなのです。ところが陸仁はどこかに消え、姿はおろか名前すら出てこない」

「歴史の盲点……」

「戊辰戦争に睦仁の『む』の字もなく、トップの征討大将軍にはだれも知らない仁和寺《にんなじの》宮《みや》、（後の小松宮彰仁《こまつのみやあきひと》親王）を引っ張り出している」

その前年にもっとおかしなことがあると言ったきり、望月は考えるように窓から外に眼をやった。新幹線は景色を引きちぎるように移動しているのだが、はるか遠くの一点だけは動かなかった。望月はその一点に睦仁を置いた。

「孝明天皇が死去して、睦仁の践祚《せんそ》が型破りなのです」

「一八六七年（慶応三年）二月一三日ですね」

さすがは東大、大容量の記憶データから日付を探った。

「一五歳での践祚ですから儀式、立太子礼《りったいしれい》は、省《はぶ》かれ自動的に天皇となっている。で、即位の礼は一年八カ月以上後――」

「先生」

ユカが口を挟んだ。

「践祚と即位は、たしか昔は一緒でしたよね」

「いい質問です」

望月が座り直す。

「ユカさんの言うとおり、もともと践祚と即位はイコールでした。ところがどういうわけか平城《へいぜい》天皇（七七四～八二四）以降、践祚の儀の後、間を置いて即位式を行なうという二段構えになった。しかし、即位式をしないからと言って天皇になれないかというとそうではなく、践祚した時点で天皇です。ようするに、睦仁はすでに天皇になっている」

「……」

「すると、おかしなことになります」

望月は、大きな謎の鉱脈を掘り当てていた。

「たとえば……時代が大正と名を変えたのはいつですか？」

「あっ」

「そうでしょう？　践祚した年が大正の始まりです。三年後の即位の年ではない」

「そうか、すると昭和は？」

ユカが、とっさに訊いた。

「やはり践祚した一九二六年が昭和元年。で、即位の年は、昭和三年となります」

「践祚した年が新しい元号に……」

「そうです」

「すると……」

「明治だけは違っているのです」

「……」

「睦仁が践祚した年ではなく、翌年の即位の年（一八六八年一月二五日）をもって明治としたのです」

「一年ズレている……」

「なにを意味しているのか？」

明治新政府は睦仁践祚を無視している。なぜか？

もうお分かりだろう、睦仁は明治の天皇ではないからだ。別の人物、大室寅之祐が即位した年を明治としたのである。

大正元年＝天皇践祚年 三年後即位
昭和元年＝天皇践祚年 三年後即位
慶応三年＝天皇践祚年 明治元年＝天皇即位

「やはり天皇すり替えは鳥羽・伏見の戦いの大混乱の最中に、素早く行なわれたと見るべきです」

望月はこの瞬間を幾度も思い浮かべるが、そのたびごとの驚きは隠せない。世界を欺《あざむ》いた世紀の大詐欺事件の瞬間で、この国は騙しの上に成り立っている。

ユカは安らかに眠っていた。

芯が強く、頭がいい。おおらかだが、人と知り合うことについては注意深い。儚《はかな》げなところもあった。

のぞかせる弱々しい横顔、時折、少し疲れた様子を望月にさらすこともある。大袈裟に言えば、大好きな歴史の話に夢中になっている最中でさえも、自分の人生の幸せを信じていないような凍《こご》えが表情に浮かんだりもする。

そんな時、望月は成績優秀で綿菓子のような夢を持ちながら、家から出してもらえない少女をイメージする。

ユカは自分の育ちを語らなかった。両親を含めた家族がいるのかいないのか、それすら不明だ。卑屈な仕草で語らないのではなく、主義としてしゃべらないようだった。

知り合う前の人生になにがあったのか？　いや、今現在どうなっているのか？

二人の間には、だれでも人は語っても伝わらないものを抱えていた。この関係がなんとなく成立しているのだが、望月自身は彼女の無言をなにげなく受容し、問うことはしなかった。

望月のスタイルだ。

プライベートをほじくるのは、その人の人生上のつまずきや失敗を面白がっているようなところがある。そう思われたくはないし、かといってなにもかも呑み込んだ顔をするのも、好きじゃない。

話そうが話すまいが君の勝手だよ、と差し出した自由を相手が楽しむ様を楽しむのがおしゃれというものだ。

しかしふと、かつて見逃した楽園を今に求めているのではないだろうかと思うことがある。

そんな時は年甲斐もなく狼狽し、自分が語る「危機に瀕《ひん》した歴史話」が、たちまちのうちに色褪せてしまう空しさを味わったりもする。

停車駅への減速で、眠っていたユカが起きた。

「よく寝ていたね」

望月が顔をよじって話しかけた。

「あら……もう京都……こんなに……」

「春は過ぎているというのに、春眠《しゅんみん》よりぐっすり」

ユカがくすっと笑った。望月は顔を戻して、独り言のようにぽつりとしゃべった。

「季節のずれ……」

「……」

「見方のずれもあるかもしれない……」

「えっ、なんですか？」

アサヒビール敷地内の神社

新大阪駅に到着した。

解放感を引き締めることなく新幹線を降り、東海道本線に乗り換えて二駅ほど戻る。吹田駅。歩くこと一〇分足らず、本日の二つ目の目的地は、アサヒビール吹田工場である。

付属施設「先人の碑」は広大な施設だ。起工は一九八七年一一月となっている。住友銀行副頭取樋口廣太郎《ひぐちひろたろう》が社長に就任した翌年だから、新社長の肝煎《きもい》りと見ていい。六〇歳で社長となった樋口は燃えていた。業績低迷に喘《あえ》いでいた会社を刷新すべく、やる気満々で改革に取り組む。わずか二年で売上倍増、あっさりとサッポロビールを抜いた中興の祖だ。

「先人の碑」は、翌年四月に完成。

樋口は意気揚々と完成式典で述べている。

創立一〇〇周年を迎えられるのは「お得意様はじめ関係業界と業務に尽瘁《じんすい》された社内諸先輩のおかげだ」と語り、「まず皆様の積恩に報いることを済ませてからでなければ、一切の記念行事（来年の一〇〇周年記念）は営《いとな》むまい」という決意を持って「先人の碑」

迎賓館を建設したのだと挨拶した。

また「建立誌」にも「先人の碑」については〈社業の盛運を念じ、今日は専心業務に精励された先輩、役員、社員諸氏、関係業界各位の賜物であり、その積恩は決して忘れない。ここに我が社は、アサヒビール発祥の地に先人の碑を建立して、有縁物故者の功績を偲《しの》び、その遺徳を称え、末永く顕彰の意を表す〉とある。

その結果、現在六〇〇〇名近くが合祀され、命日での碑前献花は欠かすことはない。ひとえに感謝だ。その気持ちは素晴らしいが、望月のアンテナには引っかかることがあった。

どえらい情熱の傾け方こそ不自然で、望月をふと立ち止まらせるものなのだ。

これほど広大な敷地に「先人の碑」を設けて関係死亡者の御魂《みたま》を奉《たてまつ》り、豪華な迎賓館までをも所有する上場大企業が他に存在するだろうか？

むろんどの企業でもお得意様、関係先、諸先輩に敬意を表するのは同じである。しかし企業は株主のものだ。ならば利益の追求が一番であり、直接利益を生まない施設に元手《もとで》を投じ、年中無休で神社顔負けの命日献花儀式など、似合うものではない。

それともう一点、奇異に思ったことがある。

肝心かなめの大切な相手を忘れている点だ。

今日あるのは関係物故者もさることながら、それ以上にアサヒビールをこよなく愛し、一本、また一本とカネを支払った全国のファンがいるからではないか。しかし彼らに対する感謝の碑も文言もない。

数千坪の敷地を持つ先人の碑、そして立派すぎる迎賓館の維持管理費ですら、ビールの利益で賄《まかな》っており、企業にとってまさに愛飲する庶民こそ神様だろう。

にもかかわらず顧客そっちのけで、先祖供養のいわば宗教的施設に経費を流用するなど顧客、ひいては株主にどう説明しているのか？　普通の感覚ではない、と感じるのは望月だけであろうか？

そんなことを思いながら門を潜《くぐ》り、迎賓館へ向かって歩いていると、ユカが「あら？」と声を出した。

望月が言われたほうに首をひねった。立派な神社があった。

──会社の敷地に神社……──

これまた宗教施設だ。アサヒビール社は神道なのか？

磁石に引っ張られたように近づいた。

「ここに……」

今度は望月が声を出した。

『旭神社？』

「朝日神社」でも「アサヒ神社」でもない。アサヒビール社総代、旭形亀太郎の神社なのか？　絵に描いたような着地点である。

迎賓館の係二人が対応した。挨拶を交わし、さっそく望月が切り出した。

「先人の名簿に旭形亀太郎がある、とうかがっております」

「はい、たしかに」

有名だと見え、年配が即答した。

「御社とは、どういうご関係でしょう？」

「以前も同じ問い合わせがあって調べたのですが、なにぶんかなり前のことで、その点についての詳しいことは……」

こほんと、咳払いをしてから続ける。

「おそらくは取引先ではないでしょうか？」

「取引先ですか？」

望月は相手を見返して、再度訊いた。

「ふつうは取引先を総代とは言わないと思いますが、どう考えますか？」

「総代理店の総代かもしれないと」

「なるほど……総代理店の総代ですか」

今ならありうる話だ。しかし当時の新聞広告には「アサヒビール販売店」「特約販売店」

アサヒビール吹田工場に隣接する庭園敷地内に「迎賓館」、「先人の碑」そして「旭神社」（左）がある。創建は明治39年。なぜ「旭」の文字を使うのか？　また迎賓館には旭形亀太郎の名を刻んだ「先人御芳名プレート」（右）が保存されている。日本を代表する酒造会社と旭形の因縁とは

「大販売店」という表記しかなく、昔、「代理店」という概念も、単語も使われていなかった。ならば「総代理店」も存在しない。

望月はあらかじめ、販売店をチェックしていた。販売店はすべて個人名で書かれており、そこに旭形は影も形もなかった。総代理店もなく、取引先でもない。などというものでは旭形の「総代」とはなんなのか？

べつだん相手に隠している様子はなかった。誠心誠意協力してくれている雰囲気が伝わってくる。その証拠に、すぐ望月たちを奥の間に通し、壁にずらりと並ぶ「先人御芳名プレート」までも見学させてくれたのだ。

旭形亀太郎の名があった。むろん下調べで分かっていたことだが、思いと証拠が一致した快感こそ、歴史作家の醍醐味《だいごみ》である。

ユカと目を合わせると、彼女もほっとした顔で頷

く。許可を得て数枚撮影した。

元の席に戻ると、茶と茶菓子の用意があった。茶を呑みながら、水を向けた。

「敷地内にあれほど立派な神社がある会社というのは、珍しいですなあ」

「そうかもしれません」

ぼんやり手元を見つめたまま答えた。資料によれば、旭神社は明治三九年（一九〇六年）、大阪麦酒株式会社が工場内に創建、平成元年（一九八九年）ここに遷座《せんざ》している。祭神は天照大御神《あまてらすおおみかみ》、伏見大神、松尾大神、少彦名《すくなびこな》大神、神農《じんのう》大神で、なんの変哲もない。しかし名が気になった。

なぜ旭神社なのか？　どう見ても、この会社は「旭」という漢字にこだわっている。

「神社名にはキョクの旭を当てておりますね。あれはどうしてですか」

「そうなんですが……」

自分でも不思議だという顔をした。

「勉強不足でして、申し訳ありません」

望月は旭形を「総代」にしたアサヒビールの父、生田秀が気になっていた。この男は常務取締役就任が内定していたが、四八歳の若さで急死、「旭神社」遷宮はその翌月である。

祟り封じに思えてならなかった。

庭に出た。少し歩き、巨大な彫刻を見学した。直立する二本の御影石《みかげいし》が、翼のような黒御影石を下から支える「先人の碑」だ。

解説によれば、翼はアサヒビール社を表わし、下で支えている二本の柱は、それぞれ関係業界と会社の先人を象徴しているのだという。ここでも顧客への感謝がすっぽりと抜けているのだが、それはそれとして、この彫刻石碑はどう見ても鳥居だ。巨大な神社の鳥居にしか見えなかった。

大学時代の友人に会うというユカを大阪に残し、望月だけ東京に戻った。

新幹線「ひかり」の中で、迎賓館でちょうだいした社史『アサヒビールの120年』を読みふけった。

自宅に戻った望月の胸には、一つのことが夜光塗料のように目立っていた。

設立当時の株主である。

有限責任大阪麦酒会社、設立は一八八九年だ。

しかし社史に出ている持ち株一覧は設立時のものではなく、一九〇〇年で、それ以前の一二年間がすっぽりと抜けているのだ。

望月が知りたいのは、まさに抜け落ちている、設立から旭形が「総代」となった一八九五年（明治一八年）あたりまでだ。

もし株主旭形の名が名簿に載っているならば「総代」の意味も、絞れるはずである。

もう一度、旭形亀太郎の経歴に目を通した。

一八四二（天保一三）　速水清兵衛の二男として大坂島ノ内に誕生

一八四九（嘉永二、七歳）　町奉行より、品行方正奉仕を誉められ銅三枚賞与

一八五二（嘉永五、一〇歳）　徳島藩士津山數馬《つやまかずま》に剣道を、伊達《だて》藩士中村彌兵衛《なかむらやへえ》に柔道を学び、一三歳で免状

黒船対策として、土佐藩が摂津住吉《せっつすみよし》に出陣し、砲台設置。それを手伝い、藩主山内容堂と会見、木杯その他授与

長州力士隊に入隊、朝日形を名乗る。隊長の命により京都移住

一八六二（文久二、二〇歳）　大原重徳（後、新政府の参議）の命で、京都力士隊を組織、総代として宮中を守衛

一八六四（元治元、二二歳）　禁門の変勃発、孝明天皇を抱きかかえて守護

中山忠能《ただやす》（後、新政府の参議、孝明天皇の側室慶子の

父）、三条実愛《さねなる》（後、新政府の議定）、大原重徳列席の中、孝明天皇に歌、錦の御旗、天盃、現金、その他多数を賜る

照る影をひら手にうけし旭形
千代にかがやくいさおなりけり
孝明

一八六八（慶応四、二六歳）
勤皇の密偵として、小松帯刀、桂小五郎、西郷隆盛、横井小楠、大久保利通、坂本龍馬などの間を往来する。新選組と行動を共にし、大坂の商家からみかじめ料を取る
鳥羽・伏見の戦いでは薩摩藩本営詰め鉄砲隊に所属。有栖川宮熾仁大総督付となって横須賀《よこすか》へ出軍。その功績で島津久光《ひさみつ》より慶長《けいちょう》大判その他、山内容堂より黄金の短刀その他、岩倉具慶《ともやす》より褒賞《ほうしょう》を得る

一八六九（明治二、二七歳）
従六位、永世禄六石《えいせいろくろっこく》、三人扶持《ぶち》を賜る。しかし感ずるところがあり返上、力士に復帰

一八七七（明治一〇、三五歳）

岩倉具視の内命で、密偵を続ける

大久保利通を介し、西南戦争参謀本部軍属として長崎出張。大阪に帰って戦死者記念碑建設に奔走

一八七八（明治一一、三六歳）（大久保利通暗殺）

一八八三（明治一六、四一歳）（岩倉具視死去）

一八八五（明治一八、四三歳）大阪慈恵病院設立の発起人となる

大阪大洪水に力士など労務者一五〇名を寄付

一八八九（明治二二、四七歳）有限会社大阪麦酒会社設立（長岡藩士外れ、修造《しゅうぞう》の命で、生田秀、鳥井駒吉らと設立）

一八九二（明治二五、五〇歳）宮内省内事課へ錦の御旗を返納

日本赤十字社（有栖川宮熾仁総裁）に寄付金

一八九三（明治二六、五一歳）日本赤十字社大阪支部幹部

一八九四（明治二七、五二歳）天皇皇后成婚二五周年祝典に清酒白鶴《はくつる》を宮内省に五樽献上。日清戦争広島大本営（有栖川宮熾仁参謀総長）へ出張、秘密の命を受ける

一八九五（明治二八、五三歳）生田秀が旭形を大阪麦酒社総代に迎える

宮内省へ旭ビール二〇ダース寄付。日本赤十字社広島総

会に清酒白鹿一樽寄付

有栖川宮熾仁死去。武豊に移住、孝明天皇鎮魂の施設

（玉鉾神社）許可申請

一八九六（明治二九、五四歳）孝明天皇の永世供養として五〇〇円（現在の約一〇〇〇万円）を泉涌寺《せんゆうじ》へ寄付、博愛社《はくあいしゃ》愛知支部への貢献依頼を受ける

一八九七（明治三〇、五五歳）英昭《えいしょう》皇太后（孝明天皇の側室）の死去に伴い一〇〇円（現在の二〇〇万円）の寄付

一八九九（明治三二、五七歳）ほぼ五年の歳月をかけ、玉鉾神社建設の許可

一九〇〇（明治三三、五八歳）玉鉾神社完成。神職に就き、朝夕殿に拝すたびに感極まってむせび泣く

一九〇一（明治三四、五九歳）三月一一日死去。同日、正八位を賜る。病死となっているが詳細は不明

一九〇六（明治三九）旭神社創建

死後、玉鉾神社は周囲から疎《うと》んじられ、荒らされてゆく。残された妻と子供たち。耐えきれなくなった子らは、関西方面に逐電《ちくでん》した。

壮絶な一生である。

旭形は抹殺されたのではないか、というのが望月の偽らざる感想だ。

博愛社（日本赤十字社の前身）の大阪支部幹部という大役につき、旭ビール（大阪麦酒）総代という肩書を持った大阪経済界では知らぬ者がいない顔役である。

しかし突然辺鄙《へんぴ》な武豊に引っ込んだのは、有栖川宮熾仁が死んだ直後だ。このタイミングを考えれば、神社創建は熾仁の死が一つのきっかけではないか？

熾仁亡き後、孝明を祀る神社建立に全精力を傾け、完成したのが五年後（一九〇〇年）。奇《く》しくも第四次伊藤博文内閣成立の年だ。

初お目見えの孝明神社。その規模は、最後の北朝天皇崇拝神社にふさわしい、大規模なものだった。

しかし伊藤博文にとって、この神社は違う。たんなる神社ではない。目には役割が異なっていると映る。

和宮、有栖川宮熾仁に連なる北朝勢力を引きつけ結集させる危険なブラックホールだ。

男五九歳、円熟を迎えた旭形亀太郎の最後の戦いであった。

日本には晩節《ばんせつ》を汚《けが》すな、という言葉がある。晩年はおとなしく引っ込んでいろ、という年寄りを小バカにした物言いだ。政界、財界、学界、功なり名をとげた男のアガリが人畜

玉鉾神社宝物。孝明天皇下賜の宝剣(左)と熾仁の書。右上はかつての境内図

無害の好々爺《こうこうや》など、男の生き様としてどうなのか？

あとは若者にまかせろ？　まっぴらである。

勇気を失ったら男ではない。男ならば逆だ。余命を利害度外視で真に生きる。真実と、弱者救済に捧げるべきで、言わず語らず晩節を汚さない保身こそ、汚れている。

そういう点で旭形の晩年は、一直線に立ち上がった男の美学が、ぞくっとするほど伝わってくる。

真実を直視するのはたしかに怖い。だが背を向けると、偽装の津波にさらわれて、もっと怖くなる。

一方、南朝陰謀政権も死にもの狂いだ。

当時の頂点にはテロリスト伊藤博文が君臨している。第四次伊藤内閣を組閣し、この世の春を謳歌している絶頂期、こちらも五九歳の男盛りだ。

烈火のごとく怒った。

こともあろうにこの手で葬った孝明天皇をよみがえらせる玉鉾神社だと？　絶対に許可申請は下さん。

だがしかしついに旭形の執念が実り、隠された歴史を暴《あば》く神社が出現した。

どこまでまとわりつくのか。怒るの怒らないの、動転のあまり伊藤は顔を真っ赤にして怒鳴りつけた。

「そんなものは見たくもない。きれいさっぱり始末しろ」

どういう脅しをかけたのか？　米を売らなかったのか、子供を学校でいじめたのか、悪い噂を立てたのか……やり口は一〇〇万通りある。口伝によれば、村八分はもとより、全包囲網的嫌がらせで旭形家の暮らしがおかしくなったという。

死に至る経過も、死に場所も、死因も不明だ。

旭形は正八位である。北朝系の公家たちが死亡と共に与えたものだ。

大阪財界の顔役で、相撲界の重鎮だ。しかし正八位なのに葬式の記録が一切ない。家族が頑《かたく》なに拒《こば》んだのか、死の黒い真相が政財界に流れ、だれも寄り付かなかったのか、異様なことである。

残された無力の妻、子は孤立し、孝明天皇から下賜された品々は賊によってむしり取られ、境内《けいだい》は荒れていき、今でも武豊町の観光ガイドにすら載らないありさまだ。病死ではないと思う。なぜなら身辺整理がついていないからだ。同じ理由で自殺でもない。どんな形であれ、旭形は孝明と有栖川熾仁を奉じたために追い込まれ、抹殺されたのである。

一〇〇年前の個人情報

翌朝、望月はアサヒビール本社広報部を調べ、ケータイを握った。

応対した女性に名を名乗り、小説の取材だと説明した。

創業時の株主の件で、話を伺いたいと切り出す。

どこの社でも取材であればウェルカムなのだが、なぜかつっけんどんで、はじめから防御姿勢だった。いったん電話を切られる。たいがいの会社で行なう作家の裏取り儀式で、調査時間だ。

なにをするかというと、作家の影響力を調べ、それによって対応姿勢を定めてくる。場合によっては馴染みの出版社へ電話を入れ、どの程度の作家なのかを探ったりもする。

しばらくして電話があった。しかしそこからすんなりとはいかなかった。

係の女性は、望月が質問するたびにいちいち電話を保留し、おそらく上司であろうだれかの指示をあおぐ、ということをしはじめたのだ。

さっぱり要領を得ないし、こんな秘密主義ははじめてである。ありていに言えば、訊けば訊くほどいかにも迷惑そうな雰囲気で、およそ企業の広報という雰囲気ではない。業《ごう》を煮やし、望月が訊いた。

「あなたがそうやって時々相談している先の上司と、直接話させてくれませんか?」

驚くなかれ、お断わりしますなどとあっさり拒否。で、また保留だ。

その結果、株主は個人情報の社内規程により開示できないという趣旨のことを伝えてきた。

「あなたね」

堪忍袋の緒が切れた。

「今から一〇〇年以上も前の株主が、現代の個人情報保護法とどういう関係があるのですか」

「個人情報保護法ではなく、社内の規程です」

上場会社の基本原則は主要株主公開ではなかったのか? まして一三〇年以上も前のことだ。

さらに遺族に不利益がかかるかもしれないというのだ。一三〇年以上も前のことがだ。なにを怖れているのか愚にもつかない創業時の歴史を、屁理屈で黒く塗り潰そうという魂胆である。

押し問答の末に、後ほど電話をくれるということに決着した。

翌日、同じ女性から電話があった。

創業から二年たった後の、一八九一年なら名簿があったと告げた。なぜ創業時の記録がないのかは大いなる疑問だが、それをお願いした。

鳥井駒吉（社長）一五〇株
宅徳平《たくとくへい》（取締役）一五〇株
石嵜《いしざき》喜《き》兵衛《へえ》（取締役）一五〇株
外山《とやま》脩造《しゅうぞう》（監査役）一〇〇株
松本《まつもと》重太郎《じゅうたろう》（監査役）一〇〇株
生田秀（支配人）一〇〇株

旭形の名はない。

「株主はこれだけですか？」

「いえ、他にもおります」

※アサヒビール株式会社発行『アサヒビールの120年』(P18)から

明治30年、貯酒庫上棟式での大阪麦酒経営陣。右から宅、鳥井、石嵜、生田。外国人２人の脇に立つ白シャツの男は、がっちりした体型、面相、旭形に似ているが、アサヒビール広報では外国人だと言いはった。

教えて欲しいと願った。しかし、昨日と同じ、これ以上は個人情報の観点から言えないとの一点張りだ。

らちがあかないので上司と代わって欲しい、できないという押し問答の末、このやり取りを本に書きますよという言葉が効いたのか、ついに上司が出た。

すべてのやり取りを横で聞き、糸を引いていた雰囲気である。

女と同じことを繰り返す態度は、木で鼻を括《くく》るという表現そのものである。

それどころか、逆取材に及んだ。出版社を訊いてきたのである。

決めていないので断わると、なぜ言えないのかと突っかかって来る。ブラックジャーナリストならいざ知らず、歴史作家望月真司である。作品群は昨日のうちに調べたはずだか

晩年の旭形亀太郎。明治34年、59歳で没。
明治政府より正八位に叙された

ら、ユスリ、タカリの部類ではないことは承知の上であろう。随分傲慢だ。

大企業の広報が、居丈高《いたけだか》になれる理由は一つ、莫大なる広告料だ。

広告スポンサーという地位をもって、なんなら広告料をストップしてもいいんだぞという、ぞっとするほど陰険な脅しだ。これで週刊誌、月刊誌など雑誌はお手上げで、出版社はたいがいこれで黙る。実際この圧力で、どれだけ企業の都合の悪いネタ記事を葬ってきたことか？　しかし、どっこい雑誌を持たない出版社に、これは効き目がない。そして望月は、そういう中小の出版社との付き合いが多くある。

「普通なら」

と男は続けた。

「文書で、取材申し込みをするものですがね」

と嫌味を言った。

年長者の作家に向かって、文書でお伺いを立てるのが筋だという説教だ。週刊誌の提《ちょう》灯《ちん》取材じゃあるまいし、取材スタイルは作家本人が決めることだ。いらんおせっかいである。

ほかの物書きは知らないが、たとえアサヒビールの社長であっても、総理であっても、いや米国大統領であろうが指示は受けない。それが無頼作家の気骨《きこつ》というものだ。

「この、やりとりを書いてよろしいですか？」

「どうぞ」

ケータイから涼しい声が伝わってきた。この語調は、どんな言葉よりも、この責任者と名乗る男の性格を雄弁に語っていた。

よろしい。そっちがそうなら、こちらにも覚悟がある。

アルコールは加害者だ。アル中、酔っ払い運転事故、肝硬変……の元凶だ。一説によらなくとも毎年数十万人を殺す最大の凶悪物なのである。善良なる市民の頭をマヒさせ、健康を害し……こうした悲劇と引き換えに莫大な儲けをかすめ盗るなど、お天道《てんとう》様に顔向けできる、まっとうな商売なのか？

恥を知れ！

まして市民から得たカネの一部を広告にぶち込んで、その優先的地位を利用し、メディアに睨みを利かし、都合よくコントロールするなどフテえ輩だ。

そもそも中毒をひきおこし、脳を錯乱させる麻薬とどこが違うのかさっぱり分からない。アルコールのテレビCMがなぜ合法なのか？　アメリカ並みに禁止すべきだ。と望月の憤懣《ふんまん》はどんどんと広がってゆく。

「どうぞ！」

許可をもらったものは書く主義なので、今後も事あるごとにしっかりと記すつもりだが、望月の中で、これまで旨いと感じていた透明感のある爽《さわ》やかなアサヒビールのイメージが、まさに泡と消えるのが分かった。

会社のイメージを背負っている広報責任者の目的はなんだったのか？　問題に直面するのを怖れて、威丈高に逃げる。その結果対応は終始いやらしく濁《にご》り、組織上の秘密であるから言えないという社史の黒塗りも濁りきる。

会社にとっての大立者を隠蔽《いんぺい》するなど、再び旭形が憤怒の形相で大魔神のごとく蘇り、呪いの息を吐きかける予感がした。せっかくの先人の碑も台無しだ。

二、三日仕事をしなかった。読書三昧《ざんまい》、映画三昧で時が過ぎたが、気が付くと思いは十分に整理されていない旭形に再び戻っていた。

旭形は鳥羽・伏見の戦いで被弾した。

傷も治りきらない旭形は、大総督付として横須賀へ出陣している。

時の大総督は、だれあろう有栖川宮熾仁だ。

旭形は明治二年四月、従六位、永世禄六石、三人扶持を賜っている。賜るくらいだから、かなりの活躍があったことがうかがえるが、本人はなにかにわだかまって受勲を拒否している。

明治初頭からの八年間は、相撲を取るかたわら岩倉具視の密偵として動き、事業にも精を出す。で、力士の正式引退は一八七六年（明治九年）八月。

その後は、大阪慈恵病院設立発起人、大阪中之島明治記念碑の発起人の一人として名を連ねているが、特筆すべきはやはり博愛社である。

博愛社の初代総裁は有栖川宮熾仁だ。後に新政府の方針で日本赤十字社と名を変える（一八八七年、明治二〇年）が、明治天皇の妻一条《いちじょう》美子《はるこ》が積極的に参加した皇族が打ち込む根っからのセレブ組織だ。現在の名誉総裁は美智子《みちこ》皇后である。

博愛社は、支部を三つの都市に設置した。

当時大阪が二万三九〇〇人を擁し、全国のトップ。二位は愛知で、三位の東京に大きく水を開けている。だがいくら調べても、そこでの旭形の姿が見えてこない。大阪いや、この博愛社自体が不自然なほど不透明なのである。ちなみに大阪麦酒社のトップ外山修造も博愛社の代表になっている。

その点については、こう考えてもらえばよろしい。有栖川宮熾仁、旭形、官軍と闘った長岡藩の外山修造……博愛社が北朝系の牙城になりつつあったから、途中で日本赤十字社と名を変えられ、組織自体も一新、博愛社はきれいさっぱり消滅したのである。

有栖川宮王仁三郎

和宮、八木清之助《やぎせいのすけ》、有栖川宮熾仁、旭形。この四人が望月の頭から片時も離れなかった。つながりが見えるのだ。

まずは頭の中で八木清之助を描く。和宮の下働きだ。その和宮といえば、有栖川宮熾仁の婚約者である。熾仁は旭形とパイプがあり、その旭形は孝明を救い、玉鉾神社に孝明を祀っている。で、和宮は孝明の妹だ。

四人は北朝を軸にグルグル回っている。

そしてもう一人、頭の中をさまよっている人物がいた。出口王仁三郎だ。この奇怪なる宗教界の寵児もまた、望月をとらえて放さない。

書斎にカフェオレを持ち込むと、あっという間に時代の渦が、脳天を弄《もてあそ》ぶ。

諸説があって、あれこれと入り組む事象。簡単かと思ったら別世界が出現し、一筋縄ではいかない。決して裁かれることのない支配者がメディアを使ってデタラメ情報を流し攪《かく》乱《らん》し、御用学者どもが寄ってたかって変てこな歴史をこしらえてしまったからだ。

あちらのメモとこちらの資料を凝視して、捏造の手垢《てあか》を取り除く。曲がった事実を真実一路にぴんと延ばすと、余計な上張りがバリバリとはがれて、本物が現われる。同じ方法で二つ、三つと本物の世界を取り出してゆき、それを積み重ねると、歴史は回り舞台のようにひっくり返る。

これぞ、望月史観だ。

書斎は思考の狩場だ。仕留め、解体し、解き明かされる真実は、ことのほか甘美で、中毒になる。気が付くと痺《しび》れっぱなしの一週間が過ぎていた。

有栖川宮熾仁から『仁』の一字をもらった出口王仁三郎は彼のご落胤《らくいん》だ。こんなことは高レベルでもなんでもなく、ちょっとかじればだれにでも分かることである。

かじっても舐《な》めてもぴんとこないやつは、トマトとキュウリの味の違いも分からぬ味音痴の料理家みたいなもので、しかもこんなやつに限って権威を身につけているから迷惑だ。

お偉いさんの意見はどうであれ、だれがなんと言おうが王仁三郎は有栖川宮熾仁の実子、有栖川宮王仁三郎だ。

大本《おおもと》教団内では、公然の秘密であった。彼らの機関誌は、大看板『熾仁』の名を詠み込んだ歌をしょっちゅう載せている。

天地《あめつち》の神の光と生まれたるひとの子証《あ》かす三つの天柱
日の神のほところかりて生まれたるひとの子あかす三柱
葦原《あしはら》のしこけき小屋に産声をあげたる人の子神と倶《とも》なり
川上ゆ流れて来たるひとつ桃拾ひまつりし嫗《おうな》かしこき
草村におちたるひとの子現れて暗夜を明かす時は近めり
賤《しづ》の男の家の柱と生まれたる人の子今は神の道宣る
五十鈴川《いすずがわ》流れに魂あらいたるひとの導く麻柱《あなない》の道
久方の天津空よりおりたるひとの世に立つ神世美《うる》はし
他多数

二〇〇首以上の歌に『熾仁』が氾濫《はんらん》している。いや、そればかりではない。ストレートに熾仁の二字を埋め込んだ歌もある。

熾（さかん）なる仁愛にます神の子は早地の上に天降りますらむ
熾なる稜威《みいつ》照らして仁愛の徳を広むる人の出でませ

さらにはズバリ有栖川宮も。

ありとあらゆるすべての物に山川もよりて仕ふる御代ぞ恋しき

ありありとすみきる和知の川水は汚れはてたるひとの世を洗ふ

蟻（あり）の巣も川の堤を破るてふ宣伝使たる人心してとけ

教団による実子宣言。

ご落胤説にもっと接近すべく、王仁三郎の孫、出口和明《やすあき》が書き残した書物を探し出して読んだ。それによるとこうだ。

王仁三郎の産みの親、上田よね（世祢）は一八四八年（嘉永元年）、亀岡生まれだ。ある時期を境に京都に出て、伏見は船宿の奉公人となる。船宿は叔父の経営だが、ここで、訪れた有栖川宮熾仁に所望《しょもう》され、身籠《みごも》ったのが王仁三郎だ。

その後、熾仁は東京に転居、よねはそそくさと亀岡に帰郷した。

独り身のよねは一八六九年（明治二年）一月一六日、百姓の佐野《さの》梅吉《うめきち》を婿養子に迎えることとなる。

王仁三郎出産。

記録によれば誕生日は一八七一年、八月二七日（明治四年七月一二日）だ。

しかしこの日付は偽装だという。祖母が当時の政治情勢を考慮し、ご落胤が知れると殺されるであろうことを危惧《きぐ》し、入籍を一年早め、出生日を一年遅めにずらしたものだという。

望月は戸籍操作を、ずらした一年を元に戻してみた。すると、よねと熾仁の船宿での逢瀬《おうせ》はだいたい一八六九年一〇月から一一月となった。

年表を取り出して、熾仁の滞在場所を洗ってみた。

身籠ったであろうその時期、熾仁ははたして京都にいたのか？

期待を裏切らずドンピシャだった。

本人は前年の一八六八年一二月からほぼ一年間、京都に滞在しており、東京移転は一八六九年の暮れ、一二月一七日のことである。

仕込みは可能だ。面白くなってきた。

望月は和明の調べの続きを読んだ。

当時の『熾仁親王行実』には「馬調《ばちょう》の事」というのが頻繁に登場する。どのくらいの頻度かというと計七〇回、三日半に一度だ。ただならぬ熱の入れようだが、単なる乗馬ではない。

「馬調の事」は、京都滞在期間だけに登場する特別な用語であり、しかも無説明だ。ただポツンと「馬調の事」とある。

日記の空白は一四回に及ぶが、その前後にはこの「馬調の事」が九回登場しているという事実に着目すれば、「馬調の事」はよねとの密会を指し、空白はだれにも言えない船宿に居続けたことを意味するのではないかと和明は推測している。

望月も、iPadで当時の置かれていた立場から熾仁の心境に迫った。

時期的にはちょうど半年前に総裁をクビになり、江戸鎮台並びに会津征伐大総督の辞表も提出した直後の無役の時である。

すべてを外され、天皇への野望は潰《つい》えた時期であり、やけのやんぱちの日々を送っていたシーズンだ。

憂《う》さ晴らしは女が一番だ。不器用で実直、悪く言えば単細胞。そういう眼で熾仁を眺めると、よねに入れ込んだあげくの懐妊は、ごく自然だ。

望月は出口和明の推理に同意した。

歌に氾濫する熾仁への思慕《しぼ》、熾仁密会のアリバイ、それに出口家、家伝の菊紋の小刀と熾仁実筆の色紙……。王仁三郎落胤説の根拠は、ほかにもある。

王仁三郎の幼年期もその一つだ。登校さえできなかったほど虚弱体質で、そのために学校へは通わず祖母にあれこれと教わったというのだ。

本人もまた、同年の子供より老人を好み、神童と言われるほど聡明早熟、一三歳のときには小僧のくせに通学先の学校教師との喧嘩《けんか》で退学、しかし校長に見込まれて代用教員となって二年間を過ごしたというのだから、信じられない。

だが、王仁三郎が熾仁の隠し子ならば、人目を憚《はばか》って学校に行かせず、家族で育てた理屈も分かるし、親の操作で一年ほど歳を偽っていれば妙にマセていたのも、教員の真似事もなんとなく頷けなくもない。

強列な匂いはほかにもあって、大正六年の鶴殿親子《つるどのちかこ》の大本教入信だ。

鶴殿親子は皇后一条美子（昭憲皇太后）の輝ける姪《めい》だ。入信の背景には、熾仁の血脈が関係していると見ていい。

記録によれば鶴殿は京都本願寺で噂を聞きつけ、矢も楯《たて》もたまらず「大本」本部を訪ねて、即日入信している。このスピードは女の勘であろう。熾仁と瓜二つの王仁三郎を一目見るなり間違いないと断定し、衝動的にとった行動としか言いようがない。実際の写真を見ても、熾仁と王仁三郎は親子のように似ている。

「大本」の宣伝歌には、大胆で不気味な暗号が埋め込まれている。

「一二段返し」と呼ばれているものだ。

かみのあれにしりうぐうの
たかきやかたをなにそしれ
かみすべたまうのちのよの
あやのにしきをものされて
ひろきてんかにせんでんし
こうてんごじきにつぽんの
もとつしぐみをしらしめつ
よひとをかいしんだい一と
ときつかたりつてるたえの
たまのくもりをのこりなく
とりてせかいにまことなく
ただ一りんのみいづあふがん

熾仁

王仁三郎

四列目を右から左に読み、八列目を左から右へ読む。すると、次の文になる。

〈綾部《あやべ》に天子《てんし》を隠せり、今の天子偽者なり〉

本物の天皇である出口王仁三郎を綾部に隠し、現天皇はニセ者だ。すり替え天皇は、彼らの中では常識であり、皇位継承順位一位の有栖川宮熾仁が死亡しているのだから、息子の王仁三郎こそが天皇なのだという自負心が、この歌を創らせたのである。

面白いのはこれからだ。

孫の出口和明は過去を調べあげ、一人の女性を探し出す。王仁三郎の膨大な歌集から、八木弁《やぎべん》という愛人の存在を突き止めたのだが、その女の尋常ならざる父親も探り当てる。「度変窟鳥峰《どへんくつちようほう》」という奇妙なペンネームを持つ歌人だ。

この「度変窟鳥峰」を追ってみると、またポカリと王仁三郎の名が浮上するのである。

王仁三郎の歌の師匠だ。

王仁三郎はサークル「偕行社《かいこうしや》」を作るほど俳句にのめり込んでいて、作風は雄渾《ゆうこん》にして繊細だが、さて問題は師匠「度変窟鳥峰」だ。

いったい何者なのか？

調べを進めて行くうちに、あっと驚く予想外の戦慄の絆が現われたのである。

だれあろう和宮の左手を裏山に埋葬した八木清之助、その本人だ。

七卿落ちで長州まで同行した公家の中間《ちゅうげん》、その後、和宮の忠実なる下部《しもべ》となって江戸小石川《こいしかわ》の屋敷に住み、維新後は筆商人に身分を変え、和宮の手足となった忠義ものだ。

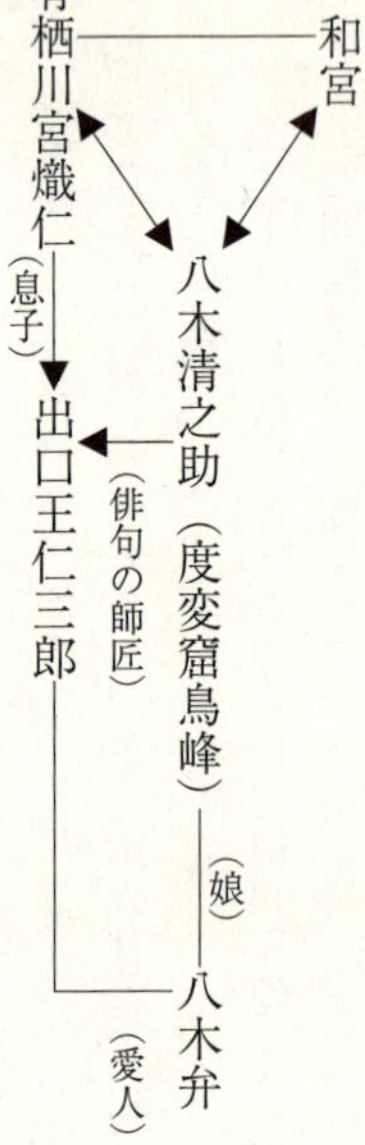

師匠と弟子。北朝の輪にまた一人、王仁三郎が加わった。

八木清之助から、闇のすべてを打ち明けられた王仁三郎は、〈綾部に天子を隠せり、今の天子偽者なり〉「己こそ天皇」の確信を得た。

ここに大本教団弾圧の火種がある。

利口な猿

雨の朝、ケータイが鳴った。まだ七時だ。

「おはようございます。先生、仕事は佳境《かきょう》ですか？」

つい先日、電話で望月を脅した鼻っ柱の強い関西言葉の男である。

「掃除をね」

「いや、いや先生。今朝は、もめごとと違いますがな。方針が変わりましてね」

「意味が分かりませんが」

「そうでしょう、そうでしょう。そのための電話でしてね」

「……」

「それについては、なにでしてね。つまりなんと言いますか、将軍が直接先生とお話しになりたいと」

真面目な口調だ。

「将軍？」

「そうですわ」

「金正恩《キムジョンウン》？」

「そんなアホな、違いますがな」

「ほうー、我が国に将軍がいたとは知りませんでしたが、将軍だろうがなんだろうが、その男が僕に命令する権利もなければ、こちらにも従う義務はありません」

「しかし、お会いしていただかないことには、先生はむろんのこと、桐山《きりやま》ユカも永遠の監視から外れないことになりますがな。それでもよろしい?」

「あのお嬢さんは関係ないでしょう」

声に力がこもった。

「先生とつるんでいますからね。すんまへんな、ぜひお越し願いたいと将軍が言いてはります」

ケータイを耳に当てたまま、しばらくリスクを想定した。

考えてみれば怖い誘いだ。乗れば拉致《らち》される可能性だってある。まずい……望月は唇をなめた。乾いているのではなく、ピリピリとしびれているようだった。いささか冒険にすぎるが、口を突いて出た返事は逆だった。

「会いましょう」


黒塗りワゴン車が来たのは三時間後、雨が激しく降っていた。

差し出される傘に身をかがめた。護身用のステッキを持って足早に乗り込もうとする望月を、男たちは見逃さなかった。

気に食わないのは、子供から飴玉《あめだま》を没収するみたいに、手の平を出したことだ。男たちはそのまま動かなかった。望月の眼を見つめ、一人がよこせというように上向きにした指を少し折った。

望月は、しぶしぶ渡した。この連中を散々撃退してきたので、鉄芯仕込みの威力を知っているのだろうが、屁でもないという態度がクソったれである。

運転手、助手席、後部座席のマッチョ三人組は、黒いスーツにサングラスのキメ・スタイルだ。

大統領のセキュリティ・ガードもかくやという演出だが、ど派手で目立つことを厭《いと》わないということは、政府も触《さわ》れない特別チームなのではないかと思わせるところもある。

ワゴンは後先《あとさき》二台の車に挟まれて、動き出す。

「失礼ですが、これをお願いします」

差し出されたのは目隠しのアイ・マスクだ。

「仰々《ぎょうぎょう》しいですな」

「申し訳ありません」

「けっこう、自分でつけます」

おそらく、三〇分ほどで車が止まった。

目隠しを外されると、ガレージの中だった。ガレージと言っても冷房が効いた贅沢な洋室といったふうで、ほかに高級車が五台駐《と》まっていた。個人の邸宅のようである。

ガレージ内から直接家に入った。

廊下は古典的で、すぐ右に応接室があった。

「こちらで少々お待ちください」

度胆《どぎも》を抜かれる広さだ。望月の家のリビングルームの五倍はあろう。大きな窓の外に見えるのは、まぎれもない広葉樹林だ。まだ都内エリアだと思うが、雨に煙《けぶ》る軽井沢《かるいざわ》という雰囲気である。

望月はソファに身を沈めた。手触りのよい羊革、正面に対座するソファの後ろには前時代をしのばせる煉瓦《れんが》製の暖炉があった。

気持ちが騒いだ。人生にちょっぴり刺激を加えたい望月にとっては、このシチュエーションはタイプだ。

高い天井を見上げていると、ノックが響いた。現われたのは銀製トレーを持った完璧な執事である。生けるアンティーク。ちょうど空腹を覚えていたのでフルコースならよかったのだが、置かれたのはカップが一つ。好物のカフェオレだ。まあいいだろう。

「どなたが、カフェオレを指定したのです？」

「当家の主人でございます」

「将軍ですか？」

「そのように呼ばれる方もいらっしゃいます」

「僕の好みまで調査済みね」

軽口を叩いた。

「お口にあえば、よろしいのですが」

百戦錬磨の執事は、向かいの席にポットとカップの紅茶セットを置き、部屋を後にした。

また一人になった。

カフェオレを呑む。旨い！　思わずカップを眺める。ロイヤル・コペンハーゲン。カメラがどこかに仕込まれているはずだが、遠慮なく視線を動かす。そのたびに高価なものが目に入る。本物のピカソだろう、どこでなにをやったらこんな大金を稼げるものなのか知りたくなった。どうせ税金ちょろまかし成金だろう。

男が入ってきたとたんに、ぴりっと空気が変わった。

上質なブラウンのスーツ。一〇〇万円のロロピアーナかもしれない。ゆったりとした歩調。目元に笑みを浮かべているものの、得体の知れないオーラを醸《かも》し出している。歳は、望月といくつも変わらないと見た。散々苦しめてきた手合いである。望月は次第に奥歯に力が入り、今にも突撃しそうな勢いで、眼が痛くなるほど睨んでいた。

「強制的に、お連れして恐縮しております」

「それ以外にも、恐縮していただきたいことはたくさんありますがね」

「これは、これは、そうとうなお怒《いか》りですな」

「土下座くらいでは、すみません」

男はアハハと高笑いで応じた。少なくとも五秒は平然とした笑いが続いた。望月の意気込みが削《そ》がれたので、気合のもてなしはこのくらいにし、背もたれに身をあずけた。

「恐怖心から協力する者、カネが目的で寝返る者、だが先生は信念が違いました」

「おかげさまで、生まれつき心身ともに耐性が強く、両親に感謝しております。将軍ですね？」

相手は眼で応じた。

「つまり、あなたが明治維新以降の伝統を引き継いでいらっしゃる」

「徳川慶喜で将軍職が廃止された代わりに、我が結社の長が、名誉ある呼び名をいただいたわけです」

「頭に『闇』が付きませんか？　闇将軍」

「さすがは、恐れ知らずのお方ですな」

苦笑した。

「お褒めの言葉に聞こえましたが……」

また嫌味が出た。目の前の男はこの六年もの間、死の恐怖を与え続けてきた男なのだ。ナイフで腿《もも》を刺され、崖から突き落とされ、記憶をなくしかけたこともある。書くだけの作家に、悪魔崇拝者でもなければあんな仕打ちはできない。

「まあまあ、そうとんがらずに」

将軍と名乗る男は、自分の履歴にはおかまいなしで話を進めた。

「今日は一つ、ざっくばらんに打ち明けたいと思いましてね」

望月は、お手並み拝見とばかりにカフェオレに手を伸ばす。

「お察しの通り、我々の仕事は天皇制の守護です」

「そのためには、いかなる手段をも厭わない」

「維新から受け継がれたやり方です。最善を尽くすのではなく、勝つための組織です」

「違法でも？」

「国を守ることですから」

認めた。

「天皇制の崩壊は日本崩壊です。国家維持のための超法規的措置は、どこの国でも許されている」

「言論の抹殺は、許されません」

「我々の行為は、敏速かつ決然としています。なんでもできましたが、先生の場合、実際こうしてぴんぴんしておられる」

「……」

「そういうことです。まあ、お聞きください」

壁のような表情で言った。

「あなたから見れば、ああした手段での明治天皇即位は不当でしょう。しかし、我々から見ればそうじゃない。正統なる南朝天皇が」

将軍が姿勢を正した。

「本来座るべき玉座《ぎょくざ》に戻られたということです」

「しかし欺《あざむ》き続けるなど、国民をバカにしています」

「簡単に欺かれる程度の国民を、相応に扱っただけです。いけませんか?」

「国民には知る権利があります」

「知ろうともしていない国民に、なにを知らせるのです?」

「国民教育で順応型脳を育成し、飼育し、メディアを使って統制してきたからではないですか?」

「その議論は後ですることにして」

と顔の筋肉をゆるめて望月をたしなめた。

「先生のご著書は悪夢でした。明治以来、営々《えいえい》と払ってきた我々の努力が水の泡になりかねない、決して見過ごすことはできない特別な発禁本だと判断したのです。が、さりとて不敬罪は過去の遺物です」

「残る手段は暴力ですね」

「医者と同じで、不精《ぶしょう》な患者なら痛みを感じるまで患部を押す。するとどんな不精な患者でも悲鳴を上げて治癒の道を歩き始めるものです」

こういう手合いなら、已の自信作を悪性腫瘍《しゅよう》のたぐいに譬《たと》えられても光栄だ。

「そうこうしているうちに数年がたち、改めて周囲を見渡すと様子が違っていた。なんといいますか、もうそういう時代ではなくなっていたのです」

意味が分からず、問い返した。

「つまり？」

将軍が座り直す。

「我々が読み違えていたのでしょうな」

「……」

「たとえば先生のご友人ですよ」

「はい？」

「政治家や財界人との、ただならぬお付き合いがありますな」

なにげない視線が、望月の顔に当たった。

「個別な場を密《ひそ》かに設けて、レクチャーをしておられる。それも二人や三人ではない、実に政治家二〇名、財界人一四名、いずれも政財界の頂点に立つお歴々です」

望月は眼を見張った。数字はほぼ合っている。

「その結果、彼らはみな先生の洞察力に敬服し、今では心底信じていらっしゃる。史実より事実で、本物の中の本物の歴史だとね。私どもは極度に警戒しましたよ。なにせ影響力のあるお歴々ですから」

将軍はポットで紅茶を注いだ。

「ところがどうです? 驚くではありませんか。彼らは騒ぐでもなく、世が乱れることもない。つまりですな、みなさん、紳士的にそれはそれとして腹に納めてしまっているのです」

「……」

実際そうなのだ。

「これで、はたと気がつきました。この国は変化を嫌うのだとね。大変秩序だった保守的な民族だということです」

「よく言えばね」

「ええ、よく言えばです」

「日本の自衛隊は、どこの国から見ても世界有数の軍隊ですが、国民は決してそれを認めず、軍隊ではないと言い張っている。これと同じです。嘘であっても変えたくはない。いや嘘だとは思っていないのですよ。他国がどういう目で見ようが、軍隊ではなく平和な自衛隊なのです。『軍隊』に名を変えれば秩序が壊れるのではないかと、ぼんやり感じるだけでも不安になるので、日本人は現状の組織を保ち続けるのです」

望月と同じ分析に、少々驚きの目を向けた。

「我が民族は、決して深く考えません、なんとなく感じるだけです。なんとなく、なにかを感じ、ほこほこと暮らしている。ならば幕末の真実が世に広まっても、ほこほこと受け入れるということです」

「国民が知ってもいいと?」

「そうです。ただし、少しずつです」

奇妙な展開だが、今一つ釈然としなかった。

将軍は、目の前のカップに手を伸ばした。カップの耳をつまんで呑む仕草には、どこか超然とした冒《おか》しがたい威厳があった。

「先生の、『幕末 維新の暗号』は我々がもっとも恐れていた内容です」

ゆっくりとカップを置く。

「あれは……六年前ですな。半《なか》ば開店休業であった我々の間にも、ついに来たかと緊張が走ったものです。ところがメディアは歯牙《しが》にもかけなかった。テレビ、新聞はおろか、週刊誌までも動かず、まったくの拍子抜けです。本気でスクープをものにしようと思っていないのではないかと、かえって、こちらが心配したほどでありましてね」

「……」

「あの時、メディアが騒げば御著書は一気に注目され、天皇制はグラグラと揺らいだはずです。しかしそうはならなかった」

シニカルに笑って、手に持ったカップを覗いた。

「この国の歴史は、古代から現在にいたるまで権威ある方々、とくに有名大学の歴史学者のものです」

そんなことは三〇年も前から知っているが、この男も同意見だ。

「メディアは有名学者の発言にしか耳を貸さず、権威にからきし弱い。この場合、権威というのは東大ですがね」

「将軍も東大ですか？」

それには答えず、先を続けた。

「東大が善で、真実で、常識となる。国民はその偉い先生たちがこしらえた、常識という空気の中にコルクのように浮かんでおりましてね。そのくせ、自分の国は公明正大な民主主義国家だと固く信じておりますから、よもや天皇がすり替わったなど夢にも思わんのですよ。そんなことを言おうものなら、たちまち石もて追われることになります」

「歴史を疑わず、歴史を疑う者を疑う」

「そう、異常に抵抗しうるのは異常者であり、正常な者はただ異常を見過ごすだけです」

望月が頷く。

「岩倉と大久保は、官僚に国家を任せました。理由、お分かりですか?」

分かるかだと? 誰にものを尋ねている。

望月はむっとして答えた。

「都合がよかったからです」

将軍は背もたれから身を起こしてしゃべった。

「役目をきちっとこなしてくれるからです。役人というのは、言われたことを忠実に正確にやり遂げる機械です。機械は融通がきかなければきかないほど精巧です。それ以外は余計なこと、一人一人が国を考えるなど邪魔なだけで、必要なのはなにも考えない利口な猿です」

「利口な猿……」

言い得て妙だ。望月は吹き出しそうになった。

「利口な猿たちのてっぺんに天皇を置き、その天皇を岩倉と大久保が動かして日本を引っぱり上げる。こんな楽な政治はありません」

発言には、この男はいったい皇室を敬《うやま》っているのだろうか、と疑わざるをえない色合いを含んでいる。ところがなんですな、と話を続けた。

明治の元勲《げんくん》たちがみな死に絶えると、権力の虜《とりこ》になった「利口な猿」が国家を支配してしまったのだとしゃべった。

「我が国は、官僚資本主義国家です。官僚は東大出をトップに置いた完璧なピラミッドを形成しているのですが、その東大に入るには唯一記憶力が勝負です。英単語、方程式、歴史、地理、化学記号……朝から晩まで莫大《ばくだい》な文字数字を丸暗記したクイズ王たちです」

「思考力や創造力は関係ありません」

「仰《おお》せの通り。東大を目指すには記憶力を鍛え、詰め込めばいい。日本の学校はクイズ攻略スクールと化し、それで終わりです」

記憶脳だけが発達した人間の印象は冷たい。結果だけを重視し、プロセスの努力を切り捨てるからそうなるのは当然で、記憶脳を育成すると温《ぬく》もりに欠ける人間になってしまうのだと語った。

望月が深く頷いて、補足した。

「しかし、現代社会では記憶は重要ではありませんな。記憶はスマホに任せればいいのですから。人間はスマホにできない思考と創造性という二つの分野を請け負《う お》わなければなりません。しかし日本の教育は相変わらずスマホ人間を輩出し続けている」

「やはりね」

と将軍は嬉しそうな顔をした。

「我々は、意見が合うと思っていました」

ますます妙な展開になってきた。

「記憶を溜め込むだけのスマホ人間は、これからのネット社会では、実は使いものにならない。本当の負け犬になります。ネット社会は、これまで以上に思考力と創造力が支配する世界ですから」

「先生、そう考えると日本は絶望的ですな。官界、教育界のみならず、医学界、スポーツ界……メディアは最たるもので、記者クラブなどさしずめたちの悪い政府の立札です」

「……」

「欧米ならば国を揺るがすベストセラー間違いなしの先生の力作もまったく無視。したがって売り上げはゆったり牛歩《ぎゅうほ》のごとし」

望月が苦笑した。

「実は、この状況は我々にとっては好都合でありましてね」

「そうでしょうな」

「いやいや、そういう意味ではありません」

将軍は、自分でポットから紅茶を注《つ》ぎ足した。

「なんと言いますか、よく読めば先生のご著書は天皇制に反対しているわけではなく、明治天皇が南朝とすり替わっている、ということを強調してくれているわけです。違いますか」

「そういう面もあります」

「いくら我々でも未来永劫《えいごう》、隠せるわけではない」

「ええ、日本人もそれほどバカではありませんから、遅かれ早かれ」

「足がつく」

望月は確信をもって頷く。

「ならば先生のパワフルなご本を用いて、徐々に南朝正統論が浸透してゆくのが好ましい。なにより吟遊詩人《ぎんゆうしじん》のごとき歩みですから衝撃度は少ない」

「真実を押し広げるというのですか？」

「ソフト・ランディングです」

「血眼《ちまなこ》になって、秘密を守ってきた南梟団とは思えない発言ですな」

「南梟団は下部組織です」

将軍は望月を眺めた。

「御一新《ごいっしん》直後、天皇の秘密は、なんとしても守らなければならなかった。そうしなければ、またぞろ、どうにもならない幕藩体制に戻る危険性があった。そこで命を掛けた結社を作った。しかし、もう時代が違う。なにがあっても昔には戻りようのないのが今の日本、隠蔽《いんぺい》は、逆に天皇制を破壊に導《みちび》きこそすれ、強くするものではありません」

望月はあきれ顔で腕を組んだ。南梟団の上層部が、すり替えを世に知らしめようというのだから、大事件だ。古着が天日干しにされ、虫が這い出てきたのだ。

「いや、これは明治天皇のご意向でもありました」

「……」

「南朝を小出しにし、最後には陛下御自《おんみずか》らが南朝の正統性を布告《ふこく》し、死んでまでご自分の妻を、母親の皇太后として知らしめよ、とはっきりと命じたのです。ところがそこまでやっても我が国民は、利口な猿教育を受けている関係上、深く考えることもなく、国民はポカンとし、すぐに忘れた」

「驚くべき鈍感さです」

「したがって正統なる南朝革命の啓蒙《けいもう》こそが、ご遺志に従うことであり、つまり我々は先生を追い回すことはなく、むしろ逆に手を組みたいと願っているのです」

望月は、脱藩を許された坂本龍馬の気分だった。

「ところで」

将軍が座り直した。

「最近、発見された新事実はありますかな?」

「……」

望月は訝《いぶか》しげな視線を向けた。この男はくわせもので、口では執筆を勧《すす》め、陰に回って密かに妙な罠をかける気でいるのではないだろうかと一瞬思った。

表情を読む限り、案外そうでもなさそうだった。

「おかしな話だと思わんでくださいよ。立場上すべてを熟読させていただいておりましてね」

照れるように首根をさすった。

「先生の作品は科学といいますか、もっと言えば、科学と文学が融合した芸術――」

「持ち上げすぎです」

こっちのほうが照れる。

「とんでもない。これからも読者と我々の期待を裏切らずにぜひ書き続けていただきたい」

刃《やいば》を向けていた相手に話を請《こ》うなど、悪趣味ではないのか？　さっきから妙な風向きに居心地は悪かったが、確かめてみたいことがあった。

「一つ、いいですか？」

将軍は、応じるように首を傾《かし》げる。

「これから先、予想以上に僕の本が売れ、すり替え天皇説が世に広がる速度がアップテンポになった場合、どう対処するおつもりですか？」

「かまいませんよ。飼いならされたおとなしい猿たちですから、何事もなかったように穏やかに時は進み、天皇制はますます安泰です」

将軍がカップを覗き、上目遣いで催促した。

「こっそりと個人的に、ぜひ、新事実を」

「名も知らぬ相手と、同じ部屋にいるのは落ち着きませんね」

「これは失礼しました。谷巖《たにいわお》と申します」

純粋さと好奇心が瞳にあふれていた。ここまで懇願《こんがん》されれば話さずばなるまい。

望月は承諾した。

「長くなりますが」

「けっこうです。新しいカフェオレはいかがですか？」

「では遠慮なく」

谷は傍《かたわ》らのインターホンで注文した。

大混乱

「明治新政府を占めたのは、南朝革命の中心メンバーです」

筆頭は岩倉具視、大久保利通（薩摩）。

西郷隆盛は鬱《うつ》がひどく、物事に対する興味を失いつつあり、岩倉、大久保のツー・トップの後ろには三条実美、木戸孝允（長州）が続き、伊藤博文（長州）、吉井幸輔（薩摩）、井上馨（長州）、山縣有朋（長州）、谷干城（土佐）、陸奥宗光《むつむねみつ》（紀州）、田中光顕（土佐）、江藤新平（佐賀）……たちがつらなっていた。彼らは、己の首を差し出して誓いあった南朝革命結社の中核だ。

無血革命の雄、坂本龍馬を血祭りにあげ、英国のバック・アップを受けて旧幕府軍を蹴散らしたおっかない面々である。

弱点は一つ。すり替え天皇という大嘘だ。

「このデタラメは醜悪《しゅうあく》なゆえに、一度《ひとたび》バレたら終わりです。なにせ尊皇と言いながら、正統なる孝明と睦仁天皇を亡きものにして天下万民を欺き、国を盗んだ大盗賊ですから」

望月の辛辣《しんらつ》な物言いにも、谷は顔色一つ変えなかった。

「それでも当初は、嘘をつくつもりではなかった。すぐさま、『玉座におられまするは、南朝天皇である』と、世に公表する手はずでした」

望月がそう一〇〇パーセント断定するのは、新政府による数々の南朝宣言への地均《じなら》し、すなわち南朝賛美と理論武装だ。

この点は谷も認めているので、さっと流す。

戊辰戦争がまだ終わっていない早々の段階で賛美は始まっている。

突如南朝武将、楠木正成を英雄に祀り上げ、南朝縁《ゆかり》の神社を創建するというアドバルーンをぶち上げる。それだけ南朝革命宣言は本気だったのだ。

これは同時に北朝勢力を挑発し、動きを探るためのオトリでもあった。これら一連の吐《と》露《ろ》に、あんたらおかしいんじゃないの、ひょっとしてなにか裏にあるんじゃないのと敵が勘付《かんづ》いて動けば、真の危険勢力が浮き彫りになる。しかし眼をランランと輝かせての恐怖政治の度が過ぎて敵も警戒し、表立って騒ぐ者はいなかった。

新聞のない時代だから、ただ周囲に知らせただけで敵にそのニュースが届くとは限らない。それで次にもっと踏み込んでみた。今度は北朝天皇を亜流《ありゅう》とし、南朝天皇を正統と発表して様子を窺《うかが》った。

だが、南朝天皇を正統化するなどあまりにも突飛《とっぴ》すぎたのか、これら大胆な連続発表にも敵は動かず、したがってこれはこれで同時に南朝天皇宣言への地均しとした。

様子見（南朝武将、南朝神社賛美）

←　地均し（南朝正統宣言）

←　南朝天皇即位宣言

ホップ、ステップ、ジャンプで天皇すり替えは正当化され、いよいよ南朝革命宣言へと進むはずだった。

ところが、いくら足元を固めようとも細かい不満武士反乱はちょこちょことあちこちからもたらされ、しばし待たれよ、という声が陰謀結社内のあちこちから上がったのである。

散発的ではあるが、政府へのテロが止《や》まなかった。

明治二年、南朝革命の理論的指導者横井《よこい》小楠《しょうなん》が真っ先に暗殺される

七年、岩倉具視が襲撃に遭《あ》う。佐賀士族の反乱（佐賀の乱）

九年、会津士族一四名が、東京で警官二人を惨殺する反乱未遂事件（思案橋《しあんばし》事件）。熊本士族の反乱（神風連《しんぷうれん》の乱）。福岡士族の反乱（秋月《あきづき》の乱）。山口士族の反乱（萩《はぎ》の乱）

一〇年、薩摩士族の反乱（西南戦争）。福岡士族の反乱（福岡の乱）

一一年、大久保利通暗殺

虫のように湧いてきた。

不穏な空気が払拭《ふっしょく》できない。これらが横並びで一つに結束したらかなわない。臆病風に吹かれた新政府は、南朝天皇宣言をずるずると先延ばしにし、ついに引っ込めたのだ。

新しいカフェオレが来た。最初のひと口をじっくりと味わう。

谷は時おり息を深く吐きながら、抑揚《よくよう》のない表情で望月の話に耳を傾けるばかりだ。妙なものだと思った。本当に目の前の男は望月を狙っていたのだろうか？　疑わしい気にさえなってくる。

「次々と起こってやまない反乱の一因は」

望月がカップを置いて、しゃべった。

「徳川慶喜はじめ旧幕臣を中途半端に取り込んだことにあります」

谷が静かに頷く。

温存された旧幕臣、北朝勢力が、明治になっても地下水脈でつながっていた。むろんそれを熟知しているツー・トップは強烈に慶喜たちの処刑を主張したのだが、できなかったのは英国が原因だ。首を縦に振らなかったのである。

英国の思惑は明快も明快で、一にも二にも利益だ。慶喜たちを処刑すれば、最後の力を振り絞った旧幕軍が自滅的な抵抗に出る恐れがあり、そうなれば日本全体がぐちゃぐちゃになる。

永続的な商売は、ある程度の秩序の上に成り立つ以上、鉄道を売りたい、銀行を作りたい英国が社会崩壊を回避させるのは道理であり、それが資本主義というものである。

それともう一つ、英国議会だ。英国艦隊による薩摩砲撃が、未開人の大量殺戮《さつりく》だとこっぴどく議会で突き上げられたのは、つい五年前だ。徳川を徹底的に追いつめ、大戦争になって、英国艦隊が矢面に立つことにでもなれば、パークスの首は間違いなく飛ぶ。

パークスは手駒の勝海舟をフルに使った。アーネスト・サトウは西郷隆盛の手綱《たづな》をしっかりと握っている。なんとしても治《おさ》めたい英国は、両者を江戸の街を大混乱から守るべく無血開城へと向かわせたのである。

『高輪談判名場面』

プロデューサー＝パークス

ディレクター＝サトウ

主演＝西郷隆盛、勝海舟

英国

パークス→勝海舟

サトウ→西郷隆盛

→江戸無血開城名場面←

「なるほど」

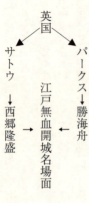

谷が感心して付け加えた。

「一世一代の名演技、江戸無血開城の裏に英国ありですな。これまでの先生のご著書で知っていたとはいえ、直《じか》のおさらいはさすがに臨場感が違いますなあ」

「勝海舟の、江戸を救いたい一心でのスタンド・プレイだと、本当に思い込んでいる人がいますが、そういう人は戦《いくさ》を知らない」

カフェオレを呑む。

「戦争終結会談は、軍事的優劣での条件闘争ですから、戦況優位に推し進めながら会談に臨んだほうが、圧倒的に優利です。ところが幕府陸軍総裁に成り上がった勝に、交戦する気配はまったくない。いやそれより、幕軍などどこにいました？　軍隊なき相手との戦争終結談判など、世界中に例を見ません」

「うむ……」

将軍は思案気に腕を組んだ。

「一方の西郷も、幕軍などどこにも見えないのに、停戦会議に入りたいという奇怪な勝の提案を受け付けている。英国がお膳立てしなければ、そんな提案など寝言にすぎません」

「ならば……」

谷は初めて口を挟んだ。

「あの名場面だけが、オーバーにクローズアップした理由は？」

「そこなのですよ」

望月はカフェオレを呑み、一拍置いた。答えを促すように相手の眼を見つめたが、薄い唇から推論は出てこなかった。

「勝、西郷の談判は必要だった」

「……」

「幕府軍にではなく、血気にはやる薩摩軍を抑えるためです」

「つまりなんですか……けっきょく、どういうことですかな」

「幕軍は降伏し、江戸城を明け渡す。だから全員鎮《しず》まれ！ 攻撃は中止だとね」

薩摩兵の放火略奪を防ぐためだ。

高輪薩摩藩邸周辺は血眼の薩摩兵が、ごっそりと取り巻いていた。パークスはわざわざそこに、連日連夜の激務で栄養失調にかかったような勝海舟を送って、降伏ショーを演じてみせたのだ。

サトウに言い含められている西郷は、細部も詰めずに「しかと分かり申した」と聞き分けよく答える。これで、野獣のような薩摩兵のガス抜きがはかられ、江戸は焼かれない。

パークスはほっと胸をなでおろす。

「よく考えてみてください」

望月は両手を広げた。

「無血開城と言えば聞こえはいいが、白旗揚げての完全降伏です。これがインチキ演技である証拠は、その後の勝海舟の動きです。敗軍の将なのに、切腹どころか、やたら元気がいい。しぶとく徳川家の温存を粘るなど、無条件降伏した敗軍の将とは思えない立ち回りです。岩倉、大久保のツー・トップが歯ぎしりしてこらえたのも、勝のバックに神のごときパークスがひかえていたからに他なりません」

「うむー」

溜息で深い敬意を表した。望月はさらなる持論を展開する。

「そもそも鳥羽・伏見の戦いで、勝海舟はどこにいたのか？」

「不明ですな」

大ぼら吹きのオシャベリ勝が回顧録『氷川清話《ひかわせいわ》』でも、最大のクライマックス、鳥羽・伏見での自分の活躍には口を結んだままだ。

徳川慶喜は大坂でパークスと会っている。その時の通訳はサトウで、これは記録で確認できる。

勝海舟もその場にいたはずである。パークスと慶喜のパイプ役の勝がいないわけはない。いたのだ。

その後一月一二日、慶喜はこともあろうに大坂湾の米国軍船から開陽丸《かいようまる》を乗り継いで、二日後に江戸品川沖に到着した。シナリオ通りだ。

一方パークスとサトウは大坂から神戸異人街に移動、しかし勝海舟の行方は杳《よう》としてつかめない。おそらくパークスと同行し、異人館でじっくり今後の方策を練った後、一足《ひとあし》遅れて江戸に向かったのだと望月は推測している。

その結果が、一月二三日、慶喜が突然断行した幕府軍新人事に現われている。

陸軍総裁　勝海舟（長崎オランダ海軍伝習所、渡米、参議、海軍卿、枢密顧問官、伯爵）

海軍総裁　矢田堀鴻《やたぼりこう》（長崎オランダ海軍伝習所、沼津《ぬまづ》兵学校長）

海軍副総裁　榎本武揚《えのもとたけあき》（長崎オランダ海軍伝習所、オランダ留学、逓信《ていしん》大臣、文部大臣、外務大臣、農商務大臣）

会計総裁　大久保忠寛《おおくぼただひろ》（外国奉行、大目付《おおめつけ》、勝海舟を見出した上司、東京府知事）

会計副総裁　成島柳北《なるしまりゅうほく》（外国奉行、安田善次郎《やすだぜんじろう》と共に現明治安田生命保険を設立、姪の孫が昭和の名優森繁久彌《もりしげひさや》）

外国事務総裁　山口直毅《やまぐちなおき》（外国奉行、大坂から慶喜とアメリカ軍船に乗り江戸に逃げる）

外国事務副総裁　河津祐邦《かわづすけくに》（外国奉行、遣欧使節団としてパリに行き、直後開国を主張する。鳥羽・伏見時、長崎奉行だったが、洋装に着替えズボンにピストルを差し込み、勝手にイギリス船で江戸に戻る。隠れキリシタンだという評伝あり）

顔ぶれを見て、唖然としないほうがおかしい。

全員が長崎オランダ海軍伝習所での勝海舟の弟子であり、幕府の軍とカネは、開明派に牛耳られてしまったのである。これは戦うための軍人事ではない。幕府軍はそっくりそのまま勝海舟が乗っ取り、外国、つまり英国に献上したかの人選なのであって、慶喜本人にいたっては気力も体力もなく、隠居おやじのようにただただパークスの元で動く勝に下駄《げた》を預けるのみだ。

「笑うほかはありません、こう露骨では」

まじめに話すのがバカみたいに見えるが、どう逆立ちしても幕軍を装《よそお》った舞台ショーである。

望月は、自分で本当の歴史を解説しているのに、あまりにもマンガチックで、込み上げてくる笑いを噛み殺す思いなのだが、草葉《くさば》の陰で一番笑っているのは勝海舟であろう。

「中でも榎本武揚は巧みです」

将軍の理解を超えた名前だったのだろう、あの榎本が？　どういうことです？　などと谷はすっとんきょうな声を出した。

「人は見かけによりません。榎本は最後まで忠義を尽くして戦った武士の鑑《かがみ》のように扱われていますが、くわせ者ですよ」

「……」

榎本ファンなのか、眼に血管が浮いている。望月はそれをうっちゃり、正反対の印象を語った。

「彼こそ維新の功労者、勝海舟と示し合わせ、新選組、桑名、会津などやる気満々の幕軍残党をごっそりと船に乗せてシナリオ通り北海道へと隔離したのです」

「シナリオ？」

ショックを受けた顔で反論した。

「お分かりですよね」

「しかし先生、捕まって牢獄入りですよ」

「たった二カ月です。そんなものは疑われないための偽装です。よろしいですか？」

望月が身を乗り出す。

「榎本の蝦夷《えぞ》共和国宣言もポーズなら、新政府との海戦も出来レースです。軽挙妄動《けいきょもうどう》は慎《つつし》め、とかなんとか言って幕府精鋭部隊をなだめて、北海道に分断し、それから幕府海軍屈指の戦艦開陽丸を暴風雨の中、わざわざ江差《えさし》沖の浅瀬に回して座礁沈没させる大金星。新政府の回し者のくせにそう見せずに行動するスティルス部隊長です。この猿芝居が新政府からどれだけ高い評価を得たかは、普通なら間違いなく打ち首になるところ、逆に射止めた数々の大臣席を眺めれば分かるはずです」

出獄後こそ、ほとぼりがさめるまで黒田清隆《くろだきよたか》の北海道開拓使の仕官として安全、安住のゆりかご、北海道にいたが、二年後いきなり駐露特命全権公使と海軍中将（司令長官）という正四位に値《あたい》するポジションにつく。帰国後は逓信大臣、文部大臣、外務大臣、農商務大臣と花形ポストを歴任した。

「すべて出来レースだったと」

途方にくれた顔をした。

「パークスは英国人です。日本を一つにまとめ、金になる産業国家を作らせる。それ以外は一切認めない。これが彼の強い意志でした」

高飛車の岩倉、大久保は大不満であったものの、しかし相手は神様、この期《ご》に及んで敵に回そうなど論外だ。二人は涙を呑んでパークス路線をしぶしぶ承諾した。

そこまで話すと将軍は得心したのか、一度雨に煙る外に目をやった。

「いかがですか？」

「いや……その……私は、見ていたようでなにも見ていなかったような気が」

自信を失っているのか、言葉に力がなかった。

「あれから日本のボスは英国から……米国に替わった」

ぽつりと言った。まだ続きが聞きたいのかどうか判断がつきかねたものの、この際である。おかまいなしに好きなだけ話すことにした。


「勝海舟の動きも巧みでした」

薩長には、パークスの力をちらつかせる一方、徳川勢の金看板となった皇女和宮とその元許婚《いいなずけ》の有栖川宮熾仁という黙っていられないたちの北朝系勢力のフル活用で、旧幕勢温存策を推し進める。

望月はコーヒーカップを手に、この春訪れた箱根を頭に浮かべた。

和宮が死去したと称する環翠楼《かんすいろう》だ。そこに勝海舟の和宮へ捧げる歌が鎮座している事実は、和宮との深い絆を物語っている。

「旧幕勢力と北朝勢力がつながっていて、得体の知れない形で残ってました。そんな中で南朝天皇宣言など不可能です。もし強行すれば、天皇になりうる北朝系の血統を持つ公家を玉《ぎょく》として担《かつ》ぎ上げ、その玉が触媒《しょくばい》になって、反薩長勢力が再び結びつく」

「筆頭が有栖川宮熾仁……」

「その通り。こうなれば南朝天皇宣言を引っ込め、嘘をつき通す他はありません。連中はどうしたらバレないか、それで頭がいっぱいでした」

「……」

「だれでも考え付くトリックの基本は、まずタネ元を隠す事です。すなわち、天皇の隔離」

朝廷使用人は勤続何十年だろうが、住み込みだろうが、全員をお払い箱にする。そうしておいて、天皇を皇居奥深くに隠す。だれも近づいてはならない。

妙手は時計の針を神代《かみよ》に戻しての天皇の神格化であり、そのキャッチ・コピーがこれだ。

〈天皇は神聖にして、侵《おか》すべからず〉

無礼者、下がれ、下がれ、下がれ！

「これだけで万人が頭《こうべ》を垂《た》れ、まともに見つめようとしなくなったのです」

世が少し落ち着くと、注文の多い英国が、厄介者となってくる。幸いパークスは天皇すり替えに気付いているのか、いないのか、いや知っているのに騒ぐのは得策ではないと考えていたのだろう、とにかくその事実から目を逸《そ》らせて、語ることはなかったが、遠ざけたい。

そこで使ったのが、米国人宣教師のフルベッキだ。

白人には白人をぶつける。フルベッキは反英の闘士だった。英国との共存は望まない。フルベッキの長年の弟子、佐賀藩の大隈重信を師匠にあてがった。いや、あてがったのではなく、大隈がフルベッキを岩倉に売り込んだと言ったほうがよい。思惑がぴたりと一致した。

両人は期待に応《こた》え、パッパッと政治、行政、農政から英国を除外し、すべてをアメリカンに切り替えて英国の介入を防ぎはじめる。

医学をドイツ流に改め、留学、農業貿易はアメリカを中心とし、グラバーはじめイギリス色を遠ざける。ちなみに三井物産を設立した益田孝《ますだたかし》は、麻布善福寺《ぜんぷくじ》のアメリカ公使館勤務の丁稚《でっち》小僧だ。

イギリスからアメリカへ。大転換の謎を明かせば、岩倉、大久保の確心的大操作だ。

「維新革命の功労者は英国です。しかし新政府はそこに危機感を抱いた。英国流を押しつけてくるパークスたちをばっさりと切り捨て、アメリカをトップに押し上げたのだから英国は地団駄《じだんだ》踏んで悔《くや》しがるどころではありません。それを綴《つづ》ったアーネスト・サトウの日記については追い追い述べます」

「徳川をかばい、お偉くとまっている英国を遠ざけた……なるほどさすがは歴史の名医、望月先生の鮮やかなる執刀です。すると、あの岩倉使節団もなにか関係が？」

望月は左の眉を上げた。隠された歴史の患部摘出《てきしゅつ》にとりかかるべく、鋭いメスを手に持った。

8　盗まれた歴史

伝説の岩倉使節団

冬の横浜《よこはま》港。

たじろぎ半分、緊張半分、岩倉使節団一行一〇七名は行列をなしてアメリカ号に乗船する。

「大所帯ですなあ」

「乗ったのは、それだけではありません」

望月が、すっかり打ち解けたようにしゃべる。

「全長約一二〇メートル、四五五四トン、最大級の木造蒸気船には、日本人の他にチャールズ・デロング駐日米国公使夫妻とトーン船長以下乗員二四名、水夫小使七九名、総勢二〇〇名を超える人数が乗り込みます」

谷はゆったりと頷き、肌触りのよさそうなブラウンのスーツの襟《えり》を触った。

「謎は」

望月が続ける。

「一年九カ月もの長きにわたって海外を回遊した点です」

岩倉、大久保、木戸、伊藤……実力者ぞろいで船は明治新政府そのものである。海原《うなばら》に沈めば日本政府も沈む。後にも先にも類を見ない空前絶後の長期海外視察旅行だ。
終わってみれば、旅程はこうなっていた。

一八七一年（明治四年）
一二月二三日　横浜発
一八七二年（明治五年）
一月一五日　サンフランシスコ着
二月二九日　ワシントン着
三月二〇日　大久保、伊藤緊急帰国
七月二二日　大久保、伊藤ワシントン着
八月六日　ボストン発
八月一六日　リバプール着
八月一七日　ロンドン着
一〇月一〇日　グラスゴー（スコットランド）着
一二月一六日　ロンドン発、パリ着
一八七三年（明治六年）
二月一七日　パリ発、ブリュッセル着

二月二四日　同地発、ハーグ着
三月七日　ハーグ発、エッセン着
三月九日　ベルリン着
三月二八日　同地発（大久保帰国発）
三月三〇日　サンクトペテルブルク着
四月一四日　同地発（木戸帰国発）
四月一八日　コペンハーゲン着
四月二四日　ストックホルム着
五月九日　フィレンツェ着
五月一一日　ローマ着
五月二七日　ヴェネツィア着
六月三日　ウィーン着
六月一九日　チューリッヒ着
六月二九日　ジュネーブ着
七月一五日　同地発
七月二〇日　マルセイユ発（使節団帰国の途）
七月二七日　スエズ着

八月一日　　アデン着
八月九日　　セイロン島ガル着
八月一八日　シンガポール着
八月二七日　香港《ホンコン》着
九月二日　　上海《シャンハイ》着
九月一三日　横浜着

欧米一二カ国。グランド・ツアーどころの話ではない。今で言うならば大統領、首相、主要大臣が二年近くも国を留守にして、宇宙旅行に出かけたくらいのクレイジー・ツアーである。


「いったいぜんたい、この旅行になんの価値があるのか？　ということです」

「たしか……使節団の目的は三つありましたね？」

と言って、谷が読み上げるように指を折った。

一、新生日本の国際デビュー
二、欧米列強の視察

三、翌年の一八七二年（明治五年）に迫った条約改定期日に向けての情報収集
「しかし谷さん、おかしいと思いませんか？」

「なにがです？」

「全部ですよ。疑問点は、三つのすべてにある」

「三つとも？」

「ことはそう単純じゃありません」

断定した。谷は口元をやや緩め、この作家は言い過ぎるきらいがあるといったふうな視線をよこした。

洞察力は、生活が豊かになるにつれ落ち込む。現状に満足していると、あらゆるものに疑問を持たず、世間の常識というやつに漫然ととどまってしまいがちで、つまり脳ミソがだらけてしまうのだが、結果、振り込め詐欺《さぎ》の被害者になったり、「これは芸術だ」と言い張る贋作《がんさく》画家に丸め込まれる年寄りになる。あんたもその部類じゃないの？　という目で谷をうかがったが、どこかよそいきの表情で、どこの世界にとどまっているのかよく分からなかった。

望月は、紅茶をすする茫漠《ぼうばく》とした男に細かいことを省かず、ぜんぶ語りはじめた。

「まず一つ目を考えてみてください」

「国際デビューをですな？」

「新生日本のお披露目です」

谷が頷く。

「ならば数十日で済みます。はたしてこの世に、新政権の社交界デビューに一年九カ月をかける国が存在するでしょうか？」

「……」

「二つ目も奇妙です」

「列強国の視察……」

「岩倉、大久保、木戸は超大物です。超ＶＩＰはもうれつに多忙ですから、海外視察はざっくりと大まかで済ませ、あとはそれぞれの専門家に任せるというのが普通です」

「あ、そうか……なるほど」

「頂点に立つ者の視察なら、長くてもせいぜい二週間じゃないですか。しかし驚くなかれ、彼らはアメリカだけでもおよそ八カ月です。正常なる大統領や首相の振る舞いだと納得しますか？」

「うむ……」

谷が腕を組み、視線を落とした。

「三つ目の条約改定も奇怪です」

谷が思案げに顔を上げる。

「これこそおかしいどころか、まったく合点がいかない。いいですか」

望月が身を乗り出す。

「欧米列強との条約は、たしかに不平等でした」

「そうです」

「五分五分の対《たい》にもっていこうという試《こころ》みは、独立国ならば正常な動きです。が、しかし列強側にしてみれば平等などとても呑めません」

「見下していますからなあ」

「そういうことだけではなく、未開の無法国家に司法権をまかせれば、デタラメで危険な仕来《しきた》りに自国外交官の身を委《ゆだ》ねることになるからです」

拷問などは日常茶飯事、弁護士などいるわけもなく、即刻打ち首だって珍しくはない。そもそも未開国は個人の曖昧《あいまい》な主観的裁《さば》きで恐怖を与え、秩序を保っている。そんな野蛮な国への司法権譲渡など考えられない。互いに納得できる司法制度モラルが基だ。

さらに国際条約とは軍事力をカサに、利を多く勝ち取るのが列強国のみならず国家間の慣例であって、不平等条約はいわば強国だけが手にできる果実なのだ。パワーゲームの分捕り品を、パワーゲームなくして取り返せるほど国際政治は甘くない。

国際条約は国力、軍事力の上にある。これらを身に染みて知っているからこそ、列強と肩を並べるべく明治政府は、国名を「大日本帝国」などと強そうな看板に書き換え、軍事国家を目指したのである。

その辺はビッグ・ツーも熟知しており、使節団の目的も、憎たらしい不平等条約の改定などではなく、ずっと手前の触診《しょくしん》、打診であった。

「なるほど……」

「たかが触診ならば外交官クラスがあたります。交渉の前々段階ですから、大統領や首相の出る幕ではありません」

「……」

「事態はもはや明白ではありませんか」

「三つを目的とするには無理がある……」

谷の主張が後ずさって、訊いた。

「するとなんですか、明白な事態とはどういうことです」

望月は天才的なひらめきで話しはじめる。

「大物二人がアメリカに行かなければならなかった隠された原因が、必ずあります」

望月は、谷の思考を促すために間をあけた。しかし座り直してから谷が訊いたのは、違う角度からだった。

「久米邦武《くめくにたけ》は『米欧回覧実記《べいおうかいらんじっき》』に、その辺のところをどう綴っておりますか？」

佐賀藩出身の久米は新政府の記録係という役どころで同行し、エレガントなスケッチ入りの詳細な日誌を付けている。

「肝心なことはなにも」

望月が首を振った。

「たとえばワシントンで、米国政府との大切な会談が行なわれていますが、久米の記録はただの一行、〈国務省において国務長官フィッシュに応接す〉とだけです」

一八七二年、三月一一日（明治五年二月三日）の記述だ。

この会談へは岩倉、大久保、木戸、伊藤、山口尚芳《やまぐちますか》のトップ五名と、弱冠二五歳の森有礼《もりありのり》小弁務使（通訳）、それに一等書記官塩田三郎《しおださぶろう》が参加しており、事実上の第一回日米巨頭会談だ。にもかかわらず久米の記述は素っ気なく、参加メンバーまで伏せてある。

アメリカ側の公式資料では、主な議題が日米条約となっている。

ここでアメリカ側は、条約改正には国家元首（天皇）の委任状が必要だと発言した。

これだけの発言で意外や意外、米国側は前向きだと受け取り、これは打診ではなく、一気に条約改定へ持ち込めると踏んだ大久保、伊藤の両名は天皇から委任状のハンコをもらうべくその九日後、東京へ旅立つ。

「しかしこの時も久米の記録には、ただ〈大久保と伊藤が帰朝せり〉とあるだけです」

「メモ書きですなあ」

「どうでもいいことは長々と書き、重要であればあるほど書かないのが久米の『米欧回覧実記』の特徴です。むろん久米のせいではなく、当時の政治は秘密のてんこ盛りですから口止めされていた。しかし、こうした素っ気ない文脈でもなにかを見極めることができます」

「おっ、見つけましたか」

食いつくような口調だったが、望月は話を元に戻した。

「そもそも岩倉使節団は、フルベッキの発案です」

「知っております。『ブリーフ・スケッチ』ですな」

友好的な笑みを見せ、遠慮がちに付け加えた。

「それについては素人《しろうと》ながら私も裏をとったのですが、たしかに膨大な使節団の企画書が、フルベッキの手から大隈経由で岩倉に渡っています。しかしまた、どうして外国人のフルベッキが日本の使節団を……」

「あなたは」

望月が応じた。

「フルベッキの正体が、今一つ見えていらっしゃらない」

そう指摘されるとバツが悪そうに唇を噛み、ぬるくなった紅茶に手を伸ばした。

フルベッキの新政府構想

グイド・ヘルマン・フリドリン・フルベッキ。自ら運命を切り開いた男だ。

オランダに生まれ、二二歳でニューヨークに移住。

オランダ改革派の宣教師だ。長崎に姿を現わしたのは一八五九年（安政六年）一一月七日、二九歳の時である。折しも攘夷思想が全国に波及し、坂本龍馬（二四歳）が土佐藩の密偵として二度目の江戸滞在、偵察期間中である。

来日の目的は明確だ。キリスト教の布教。生まれつき口が堅く、氷のベッドに寝ているのではないかと思うほど沈着冷静、歴史家泣かせの秘密主義者だ。

年が明けて早々、何礼之《がのりゆき》（後の貴族院議員）、西郷隆盛の従兄弟《いとこ》、大山巌《おおやまいわお》（後の陸軍大将）などに英語を教えはじめる。

彼がすぐに気付いたのは日本人の知識欲だった。渇望にも似た外国に対する憧れもある。フルベッキはこれを突破口にした。実入りもいいし、生徒を通じてキリスト教も広められる。

幕府が一八五八年、長崎に創設した「英語伝習所」に途中から関わることによって人生が転がりはじめる。英語伝習所が「英語稽古《けいこ》所」（六二年）と名を改め、次に「洋学所」（六三年）と看板を書き換えて、さらに「語学所」（六四年）へと収斂《しゅうれん》されてゆき、エン

中央、フルベッキ。彼の思想『ブリーフ・スケッチ』が岩倉使節団を生む

ジンがかかるのはこのあたりだ。

翌年、「語学所」は、かの有名な「済美館《せいびかん》」へと姿を変える。

済美館の生徒はやがて新しき時代の担い手として巣立ち、明治を牽引する重要ポストを次々と占めることになる。

新政府の生みの親とまでは言わないが、初期の明治政府は間違いなくフルベッキ・カラーに染まっていた。

「フルベッキ写真の『四六人撮り』にもあるように」

望月がしゃべった。

「南朝革命勢力とは、ずぶずぶの間です」

望月は『四六人撮り』を、一八六五年撮影と特定しており、それ以外の仮説は今のところ頭にない。

「その時期すでに、フルベッキのノートには新政府構想が組みあがっていました」

「先生、維新は三年も先ですぞ……」

「はい」

「それを物語る形跡でも？」

「ずばり、岩倉使節団構想、『ブリーフ・スケッチ』の存在です」

谷は、湧き上がる疑問を二、三度の瞬《また》きで表わした。

「原文がニュージャージー州のガードナー・セイジ図書館に保存されているのですが、納められた時期は一八六六年に遡《さかのぼ》るのです。ということは、執筆はそれ以前」

将軍の口から、おう……という雄叫《おたけ》びがこぼれた。

「逆算すると、企画書作成は『四六人撮り』写真の時期と一致します」

「南朝の志士に囲まれ、使節団計画を考案した……」

「閃《ひらめ》いたんでしょうなあ。フルベッキが『ブリーフ・スケッチ』を企画し、片やアーネスト・サトウが新政権構想『英国策論』をぶち上げる。米と英の若き革命児は、それぞれほぼ同時期に着手しています。たぶん濃い接触は数度」

フルベッキは、南朝革命勢力にウケがよかった。

南朝革命のシンボル男、横井小楠は二人の息子をフルベッキに預け、一八六六年には米国留学の紹介状を書いてもらっているし、岩倉具視も次男、三男の二人を共に委ねている。

注目すべきは坂本龍馬の弟分の千屋寅之助《ちやとらのすけ》（土佐藩）だ。

坂本龍馬と一緒に勝海舟の弟子となり、神戸海軍操練所に入った。千屋はフルベッキの生徒となった後、海援隊に入隊、龍馬の妻お龍《りょう》の妹と結婚している。

もう一人、生徒と目される龍馬の弟分がいる。白峰駿馬《しらみねしゅんめ》（長岡《ながおか》藩、神戸海軍操練所生徒、亀山社中、海援隊士）だ。

両海援隊士の結びつきは強く、フルベッキは千屋、白峰共にアメリカのラトガース大学に斡旋《あっせん》、留学しているのだ。

それを考え合わせるとフルベッキを囲む『四六人撮り』に坂本龍馬、千屋寅之助、白峰駿馬の三名が写っていてもおかしくはない。

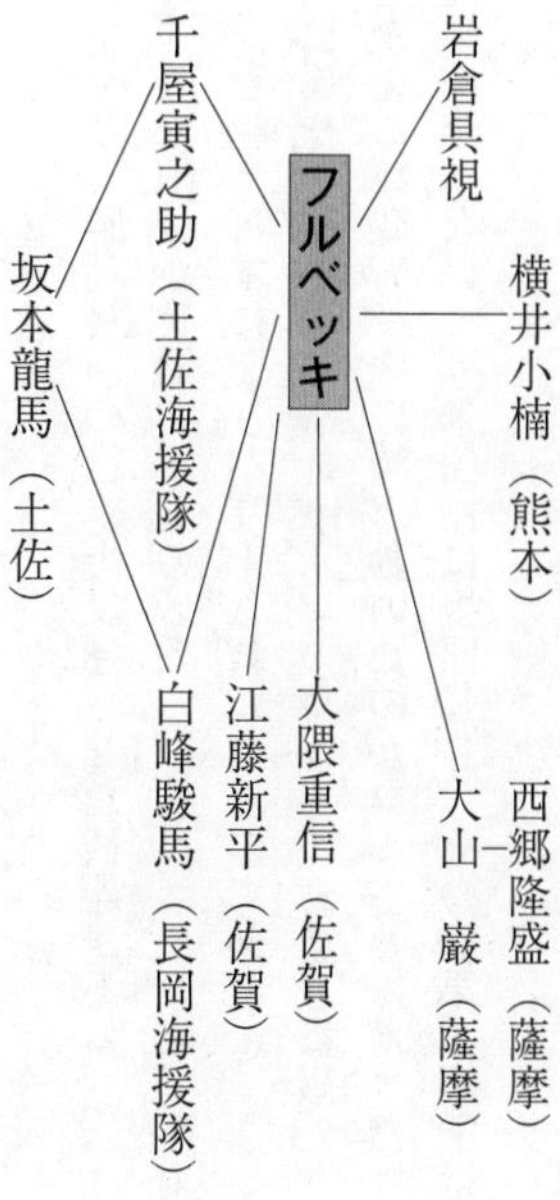

戊辰戦争末期、勝利目前の官軍を震撼《しんかん》させた武器がある。世界最強の米国最新兵器、軍船のストーン・ウォールだ。幕府軍に引き渡すべく、はるばる太平洋を越え日本にデリバリーされてきたのである。

江戸湾に異様な姿を現わすストーン・ウォール。まさに巌《いわお》だ。

血相を変える新政府。その時、動いたのがフルベッキだった。

幕府の手に渡さないよう米国側に根回しし、その結果、軍配はアゲ潮の新政府に上がった。

幕府が注文した秘密兵器の、届いた先は敵だったというオチ。最後に笑ったのは岩倉、大久保で、なんとか持ちこたえようとしていた幕府はこれでメゲた。

フルベッキの頭脳はフルスピードで回っている。

懐に温めていた㊙ブリーフ・スケッチを大隈重信に渡したのは維新の年、一八六八年の六月一一日だ。

「先生、まだ戊辰戦争は緒《ちょ》についたばかり、東北戦争勃発前じゃないですか。上を下への騒ぎの最中《さなか》、よくもそんなに冷静になれるものですな」

いかがわしいものにでも触れるように訊いた。

「深《しん》、謀《ぼう》、遠《えん》、慮《りよ》」

望月は四文字を区切った。

「草案は盛りだくさんで手作りの八一カ条、一八項目です」

「いやはや、また随分と細かなものですなあ……」

呆気《あっけ》にとられた。

「新政府の目？　なんとかアメリカに向けさせる一心です」

船体が鉄で覆われた「ストーン・ウォール」。幕府はこの最新鋭艦をアメリカに発注したが、入手できなかった
(The Photographic History of The Civil War in Ten Volumes: Volume Six, The Navies. The Review of Reviews Co., New York. 1911. p. 297)

「大した気配りです」

望月はｉＰａｄを出しながら話した。

「天才的な宣教師でしてね。願わくは新生日本がキリスト教国になって欲しいと」

「日本をキリスト教の国に？」

谷が笑った。

「そりゃ無茶だ。明治新政府は、神道一筋ではないですか」

「むろんそうです」

望月が軽くいなして、続ける。

「倒幕の初期段階に爆発した『攘夷』という外国人差別

感情はまだ国内にあふれ返る不満エネルギーを一手に引き受けていた。下級武士、下級公家、『攘夷』エネルギーで幕藩体制を転覆《てんぷく》させた関係上、今度はその『攘夷』に縛られることになります。ところが支配者にとって攘夷など仮面ですから、さっさと外したい。だがまだ差別エネルギーが全国に残っているので、今さら異教排斥《はいせき》の看板は下ろせない。板挟みです。国内のキリシタンを取り締まり、同時に列強国の機嫌もとらなければならないわけで、綱渡り的であるけれども、しゃにむにこれで乗り切るほかなかったのです」

「神仏分離令も、その一環ですな?」

神道＝朝廷だ。

廃仏毀釈《はいぶつきしゃく》運動は、朝廷を宗教的に盤石《ばんじゃく》にするためのものなのだが、もう一つ理由があった。寺が主に北朝勢力（武家）の資金源になっていたのだ。その資金を断ち切り、自分たちのほうに流れを切り替え、神社に一本化する。寺や仏像をぶっ壊さなければならなかった理由はここにあった。

電光石火の第一弾。一八六八年（慶応四年）四月五日に発布、続いて第二の矢、大教宣布《せんぷ》は二年後の二月三日だ。

薩摩藩内だけで一六一六の寺が潰され、全国では万を超える寺が消滅した。前代未聞の弾圧である。

「僧侶たちの多くは意外や意外、けろりとした顔で神主《かんぬし》へ鞍替《くらが》えするか、軍人に姿を変えます」

それに引き換え、キリシタンの抵抗は凄まじかった。

人呼んで「浦上《うらがみ》四番崩れ」。四番崩れとは、四回目の弾圧のことだ。

維新の春、参与となった沢宣嘉《さわのぶよし》が火蓋《ひぶた》を切る。沢は攘夷派の公家で、長崎裁判所総督として乗り込み、赴任一カ月で浦上のキリシタンを根こそぎ拘束したのである。拷問での改宗を迫る冷血な沢。立派ななりをして救いようのない所業の数々だが、しかしさすがキリシタン、神への信仰は深く、全員が改宗を拒否した。

これを知った諸外国公使は猛然と抗議する。だが浦上に出張った木戸孝允は、信者流刑《るけい》を決定。イギリス留学経験者、井上馨（長州）までもが居合わせてこの始末だから、彼らのヒューマニズムの程度は想像がつく。

たちまち一一四名の信徒が流罪となり、火責《ひぜ》め、水責め、雪責め、飢餓拷問、箱詰め、磔《はりつけ》、果ては信者の前で子供を拷問にかけるという狂乱非道、それは旧幕時代をしのぐものであった。

望月はしんみりと語った。

「長州萩流刑のツルの話は、いまだに語り種《ぐさ》でしてね」

うら若き二二歳。着物は剝《は》ぎ取られ腰巻一枚にされたツルは、寒風吹きすさぶ中、外の拷問石に日の出から日没まで座らせられたのである。凍《い》てつくごつごつとした洗濯石の上だ。夜だけは牢に戻され、裸で震える一夜を明かす。拷問は、いつ果てるともなく続いた一週間目のことである。大雪が降り積もり、ツルはすっぽりと首まで埋もれる。そのまま晒されるが、それでも心に抱いたロザリオを離さず、ついに一八日目に雪の中で意識を失ったのである。

「で、彼女は？」

谷は眼を潤ませながら訊いた。

「番人たちは、ツルを恐れはじめたといいます。これほど責めても死なないなど無茶苦茶な話で、ひょっとしたら本当にイエスが宿っているのではないかと」

「……」

「ツルが無罪放免になった一八七三年は、キリスト教が解禁になった年です。浦上に戻り、その後信者と共に七九歳の生涯を全《まっと》うしました」

流刑信徒数三三九四名、うち六六二名が命を落としたが、拷問の苦しみはかえって、信仰を強くした。

「信者の鑑、見上げたものです」

谷は首を横に振って続けた。

「神仏分離令であっさりと神道に寝返った神主坊主に、爪の垢《あか》でも煎《せん》じて呑ませたい話ですな」

「そういう坊さんたちにとっての仏教とは」

望月がしゃべった。

「宗教に名を借りた生活の手段です。彼らは坊主を気取ってはいるものの、信仰とは似て非なるものを糧《かて》に生きているのですよ」

今とはまったく違う倫理観に留意したとしても、同じ人間が無抵抗の女子になんたる仕打ち、と言って谷は顔をゆがめた。が、望月はそれを冷ややかに眺めていた。

——おたくだって、その部類ではないのか？　ナイフでこの脚を刺したのだぞ！——

心でつぶやいたが、口では遠回しに言った。

「我々はすぐに昔はよかった、昔の人は偉大だったと美化しますが、冷静な眼で見れば別にすばらしくも偉人でもありません。六六二名を虐殺した四番崩れを、維新一〇傑の中で、いったいだれが止めたというのでしょう。だれ一人いません。いや、それどころか陰惨なる拷問は木戸、大隈の主導で、〈敬天愛人〉と書きしたためた西郷すら沈黙です。他の連中も、なんらわだかまりを見せることはなかった。現代から見れば、みな野蛮人ですよ」

望月の気迫ある口調に、支配者が作った路線上にいる谷は反論の言葉を見失ったようだった。

「先生」

しばらくたった谷が、こめかみを揉みながら言った。

「おかしくないですか？」

「そうですか？」

と語尾を上げる。

「明治革命は英国主導ですよね」

「はい」

「それに宣教師であるフルベッキが、新政府の弾圧方針にピッタリ寄り添っていたというのは」

「いかにも」

「宣教師がついていてキリシタン狩りが理解できない。それに当時、キリシタンが脅威だったわけではないはずですが……」

「ええ、キリシタンの数など知れています」

「では、なぜ……」

谷はいささかむきになって大いなる疑問を吐き出した。ここでドアが開き、折り目正しく執事が入室した。

新しいカフェオレだ。カステラが添えてある。執事が手を伸ばし、望月の前へ香り高き一品を置くと、身をかがめて、谷の耳元でなにかを囁く。谷は頷くこともなく、表情を変えることもなかった。だが失礼と言って、席を立った。

キリシタン狩りの真相

一人になると、自分が妙に思えてきた。

敵は何事もなかったように望月に近づいてきた。頭《ず》は低かったが、べつだん負け犬というふうではない。親しげで、すっかり意気投合している昔からの友人のようにふるまう谷。

望月は望月で、相手をおとなしくさせたからといって、自分をタフな勝者だとも感じておらず、ただ恐山《おそれざん》の「イタコ」の口寄せのように、いったんはじめたらかつての歴史上の人物が勝手に語り出し、結末がこういう妙なことになったというだけだ。

互いに有能の士であり、おさまるところにおさまって、なんとなくケリがついたような気もするが、しかし、これでいいのかという不安はある。

重大な損傷を与えないよう手加減したと言ったが、谷が命じた手段は崖から落とすなど死を前提とした攻撃だ。穏和に見える男は脅迫罪、暴行罪、傷害罪、殺人未遂罪の主犯格ではないか。にもかかわらず良心の呵責《かしゃく》などどこ吹く風で、ティーカップの縁《ふち》から冷たい眼を上げては歴史話に耳を傾ける様はやはりぞっとするものがある。

いったいこの男はなんだ？　脳ミソに蛆《うじ》でもたかっているんじゃないのか？　と思いつつも、なぜか不思議と望月にも余裕があった。

望月は、部屋の中の調度品をまんべんなく眺めつつ考えた。

ニセ天皇を崇拝するなどヴードゥーの世界であり、そのヴードゥーが我が国の核となっている。バカなのか利口なのか、情報を整理し、分析する能力に著《いちじる》しく欠ける民族だが、望月は今、まさにそのヴードゥーの核部隊の中に入り込み、我が眼でじかに観察しているのだ。巨大円形加速器に入り込んで素粒子を観測する科学者の心境だ。

ヴードゥーの上に君臨するのがこの男だが、実際どういう考えを持っているのか知りたくなった。質問や返答の内容で、ある程度の推測はつく。

察するに、ヴードゥー的感覚は薄くなっているようだから、望月の思う方向への誘導だってできないことはない。試してみる価値はある。

この面会後、変わるとすれば望月ではない。谷のほうだ。

本人には気づかれず、望月の言語は将軍と呼ばれている男の脳を侵し、内部から変えてゆく。

望月には、太陽のように癒しながら導いてゆく自信があり、この男にはこの男で、受信アンテナをちゃんと持ちえている。アンテナは、望月を利用しようとする気持ちと同時に出現しうるもので、男が望月を捨てない限りアンテナは消えず、望月の感化を受ける。そしてこの男は南朝天皇即位公然化で、望月利用に固執している。すなわち望月に捕《とら》えられているのだ。

ヴードゥーを破壊したい。アドレナリンが満ちてきた。

「ツイッター、フェイスブック……あらゆる分野のネット。チームの強化が急がれていましてね」

谷は端《はな》からぼやいた。

「我々の仕事も変わりましてね」

「いえいえ」

「申し訳ございません」

「……」

「どうにも苦手で、好きになれませんな」

「最近の人は、脳の仕組みが違っていますから」

「思考回路というものが退化しているように思えるのだが、つまり、考えずに、手っ取り早く答えを求める。いかがですか？」

「どうやったら手っ取り早く欲望を満たせるか？　この答え探しに終始するだけで、決して考えない。しかし昔の人よりマシです。昔の人は考えず、答えも求めなかった」

「どうして、そうなったんでしょう」

「穀物ですよ。一万五〇〇〇年前、貯蔵のきく麦米を作りはじめ、貧富の差が生まれ、支配者と奴隷に分かれます。支配者は奴隷から富と時間と思考を奪ったのです」

谷がたしかにと頷き、何事もなかったかのように続きを催促した。

「さてと……なんですな、どこまででしたかな？」

「英国を後ろ盾にして樹立した新政府。しかし、なぜかくも早々とキリシタン弾圧を実行したか」

「そうでした、そうでした」

「端的に言えば」

望月が居住《いず》まいを正しながらしゃべった。

「フルベッキの存在です」

「はて、キリシタン弾圧とアメリカ宣教師のつながりが見えませんが……」

谷は眉間に皺《しわ》を寄せた。

「フルベッキの来日目的は布教です。ここまではよろしいですね」

「ええ、ですから先生、辻褄が合いませんでしょう。宣教師がキリシタン狩りを止めずに見て見ぬふりなど、自分で自分の首を絞めることになる」

「では谷さん」

望月は咳を払った。

「いったい、キリシタンとはなんですか?」

「えっ?」

息が乱れた。思いもよらぬ質問だったらしい。

「キリシタンと言えばキリスト教信者……キリシタンですから……」

自問するように言って、谷がはっとした顔をした。

「お気づきですな」

望月は心地よいソファに背を押し付け、余裕を見せる。

「そう南蛮《なんばん》渡来の伴天連《バテレン》、つまりカソリック教徒のことです。で、フルベッキは?」

「プロテスタント……、そうか」

「そう、オランダ改宗派で、筋金入りの反カソリック」

両者は仲が悪い。かつて、血で血を洗う宗教戦争を繰り広げている。

「では、キリシタン弾圧は、フルベッキによるカソリック潰しだと?」

と言い切って絶句した。

「そこまでは言いません。しかし、プランの重要な一つとして組み込んでいたと確信しております」

キリシタン弾圧に対しては在日外交官と外国人聖職者がこぞって怒り、抗議の声を張り上げる中、フルベッキは黙して語らずだった。他の教会関係者、仲間うちからも、そのことで非難されている。

外国勢は、新政府に噛みつく。その一つが有名な大阪論争だ。

弱冠三〇歳の大隈重信は、抗議の嵐にこう反論する。

「かつての英国でも、カソリックを弾圧したではないか、違いますか？　貴国で許されたことが日本で許されないのは差別だ」

頭の禿《は》げあがった四〇歳のパークスをやり込めたが、これは恩師、フルベッキからそっくりそのまま入れ知恵だった。

牧師《ぼくし》の体裁はしているものの、カソリックに対しては非寛容で手綱をゆるめず、毒蛇にだって変貌する。若き宣教師は切羽詰《せっぱつ》まって獣《けもの》になったのではない。持って生まれた性格だろう、人は見かけによらない。温厚な顔で、やるべくしてやったのだ。

「カソリックは狂信的集団で、放っておけば新政府に災いをもたらす。フルベッキはそう岩倉に囁くだけで、幕府側についた宿敵のカソリック教国フランスが排除できるのです」

フランスは木端微塵《こっぱみじん》だ。フルベッキにとって排除すべき残る敵は英国だけとなった。

こいつは手ごわい。それもそのはず、岩倉、大久保、西郷が明治の元勲なら、英国はその上をゆく「大元勲」だ。元勲が国を支配するなら革命最大の功労者は、恩賞として国をそっくり受け取る権利がある。

ビッグ・ツーは大英帝国の影におびえた。相手はタフな理論家パークス、頭脳明晰なアーネスト・サトウ、資金力と度胸のグラバー、脳裏に『植民地』という悪夢がよぎる。

剛腕にいつまで持ちこたえられるか？

そんな心配をよそに、女王陛下の国元では植民地熱はとうの昔に冷めていた。かつての大英帝国はすっかり影をひそめ、外に対してはほんわかムードが漫然と漂《ただよ》っていたのがその頃の英国本国だ。

五年前の英国艦隊による薩摩砲撃（薩英戦争）ですら、議会やメディアが大問題としたほどヒューマニズムにあふれており、日本の植民地化など夢にも思っていない。

しかしパラノイアの明治政府。英国はヤバイ、速やかに切り離せ！

そして、そこにフルベッキがいた。独立戦争で本家英国を破った強国、アメリカを新しいパトロンにすれば、盾となる。横取りしたいアメリカ、アメリカの傘に入りたい新日本。

「我が国のご都合主義は、今始まったことではありません」

望月がしゃべった。

「少し前は米国のペリーが怖くって、英国を後ろ盾にしたくせに今度は英国が怖くなると、遠ざけたはずの米国にすり寄る。かと思えば日清、日露戦争に勝つと、とたんに増長し、恩義ある米国に歯向かって攻撃し、こてんぱんにやられる。すると、とたんに手のひら返しで、またまた原爆を落とされたというのにその記憶をぜんぶなくして米国に服従する。まばゆく光るものなら関係なしに集まる蛾《が》のごとき無節操さには、同じ日本人としてこう言うのもなんですが、反吐《へど》がでるほどです」

身体中から保守的なものが抜けてしまったか、谷は首を横に振ってから補足した。

「その前の古代から中世までは支那《シナ》が師匠ですね。大国の尻を舐《な》めてなきゃ落ちつかんのでしょう、そうやって初めて安心できる。フランスやスイスのような独立国など永遠になれない民族なんでしょうなあ」

我が国はご都合主義だ。そういうあんただって、ここにこうして、かつての敵に協力して欲しいなどと言って同席しているではないか、と思いつつ、望月は鷹揚《おうよう》すぎる表情でぬるくなったカフェオレをすすり、話を元に戻した。

「新政府としても、やってみればキリシタン弾圧は一石二鳥でした」

第一は、反政府エネルギーになりやすい攘夷感情を鎮める効果があった。その上、もっとお得なおまけがあった。

英国に対するポーズだ。我々をナメるな。どんなに肩入れしてもらったって妥協しないものはしないのだ。意固地になれば、あらゆることに手こずらせることだってできるのだぞ、という強いメッセージである。同時に、このことは弱腰ではないぞという国内向きメッセージにもなった。我々の革命は英国の力を頼って行なったわけではない、どうだい強気だろ？　キリシタン弾圧だってなんだってできるんだ、という民族主義者にとっては気持ちのいい姿勢を示したのである。

イギリスの要望する「思想信仰の自由」「市民の安全保障」を、真っ向から踏みにじる。新政府のとった態度は、パークスとサトウへのボディ・ブローだ。かなりこたえた。アーネスト・サトウの日記には「この国に失望した」「米国病にかかっている」と、はっきりと記されている。

サトウは倒幕に命懸けで入れ込んでいたからこそ、これほど失望したのであって、そうでなければこんな愚痴は出てこない。

「汚い言葉で言うと」

望月がしゃべった。

「米国に鞍替《くらが》えしやがったな、です」

苦笑する谷と目が合った。

「伴天連《バテレン》弾圧は五年間の長きにわたりましたが、一八七三年（明治六年）二月二四日、突如解禁になります」

命じたのはやはりビッグ・ツーだ。

「きっかけは？」

「岩倉使節団が米、英、仏と回るたびに、先々の元首からキリシタン弾圧を非難され、野蛮国家は条約改正など望むべきではない、と釘を刺されましてね。本当に彼らの頭が開化したのか、あるいはその釘がよほど痛かったのか、岩倉、大久保がカソリックの国、フランスのパリ滞在中にカタをつけたのです」

たちまちキリスト教禁制の立て札が全国から消滅、留守番政府は全信徒を釈放したのだが、このことに注目してもらいたい。

岩倉、大久保のパワーが絶対的だということが見てとれるはずだ。

一国の政治に関わる途方もない案件すら、リモコン操作でやってのけられるほどなのだ。新生日本は、この二人が回しているのである。

天皇の秘密

「先生」

谷が質問した。

「英国は、天皇すり替えを知りませんね」

「サトウは知っていると思います」

「フルベッキも当然」

谷は大室寅之祐と一緒の『四六人撮り』写真があるとしゃべった。

「たしかに一緒の写真はありますが、すり替え成功は知らなかった。後で知ったのだと思います」

「同感ですな。では、気付いた時期は？」

「さて……それについては僕もさんざん考えました」

腕を組んだ。背筋を伸ばし、コーヒーカップが眼に入って手が伸びかかったが、空なのに気づき手を引っ込める。

「結論としては一八六八年の秋、大阪に来たときに知らされたのだと思います」

フルベッキは大阪で薩摩藩家老小松帯刀《こまつたてわき》（後の参与）、佐賀藩の副島種臣《そえじまたねおみ》（後の外務卿、内務大臣）らと会っている。

「なぜ、その時だと？」

「根拠はありません。しかしそれを境に、半ば佐賀藩御用達《ごようたし》だったフルベッキを、新政府が強引に奪いにかかっている。この時、政府中枢と秘密の共有がはかられたと考えるのが自然でしょう」

フルベッキの、米国ラトガース大学への留学生送り出しに加速がつくのもこのころだ。

一八七〇年三月に斡旋した岩倉の二人の息子、具定《ともさだ》と具経《ともつね》、それに同年九月斡旋の華《か》頂宮博経《ちょうのみやひろつね》と白峰駿馬……。

話の角度が変わった。

「長い間温めていた『ブリーフ・スケッチ』。岩倉使節団構想が数年ぶりに目覚め、フルベッキから岩倉の手に渡ったのが一八七一年、それから猛チャージがかかります」

机の上のiPadをいじった。

「ええと……一〇月二六日と二九日の二日間にわたって、フルベッキ、アメリカ公使、それに岩倉、この三者が使節団の最終調整をはかっている」

「……」

「注目すべきは使節団出発六日前に、皇居に出向いて一九歳になったばかりの若き明治天皇と面会したことです」

「出発直前にフルベッキが？」

「そうです」

「天皇と面会を？」

「ええ」

「なぜ出発直前の慌《あわただ》しい最中に……」

質問を流し、歴史の闇をしぼり出す。

「半年後、今度はわざわざ天皇が南校《なんこう》を訪れて、フルベッキと会っている。目的は不明ですが、この面会の三カ月後に書いたフルベッキの手紙を読んでください」

望月はテーブル越しにiPadを手渡した。

一八七二年八月六日付、宣教師委員会責任者、上司のフェリス博士宛ての手紙だ。

〈別便で送るのは、臨時の仕事（岩倉使節団）についての二つの書類の写しです。そのうちの、たとえ片方だけでも公開は絶対にできません。私がやっていることが明らかになればこの国での私の役目は終わりになります。この国の人たちは、私がやっていることや彼らについて、口外しないと分かっているからこそ私に絶対的な信頼をおいているのです。新聞に出ていることは表面的なことで、記載されない他の事柄が大変重要です〉

直属の上司、M・フェリスにすら口止める若き宣教師。悪意からではなく、完璧な秘密主義者なのだ。

〈公開はできない〉〈新聞で発表されていないことのほうが重要だ〉という謎の台詞《せりふ》。

「昔から注目している文面です。隠された重要なものとはなにか？」

「やはり、天皇の秘密だと？」

「いろいろ推理してみましたが、それ以外考えられない」

「ふむ……」

「もう少し、フルベッキの謎の行動を見てみませんか?」

人類にとって最も大切なのは謎だ。立ちはだかる謎がなければ脳がふやけ、進化は望めない。

谷は、ぼそぼそと独り言のようにしゃべった。

「天皇が二年連続でフルベッキと会っている……白人の所へわざわざ出向くなど、神聖にして侵すべからずなどどこ吹く風というわけですか……」

谷は浮かない顔で首筋を揉《も》んだ。

「おや」

望月が皮肉った。

「歴史の守護者でも、頭痛薬なしには理解できない闇があるようですね」

「秘密をずばり言い当ててしまった先生のおかげで、守護するものなどなくなりましてね。さあさ、歴史探求の旅の次をお願いします」

部屋が弱火でとろとろしているのに、谷は強火で沸騰《ふっとう》している感じだ。窓越しには雨に煙る木々。少し風が出てきた。二人きりで山の中にいるような気になってくる。

望月は自分のペースを保ちながら、歴史缶のフタを開けた。

「余談ですが、大学の『南校《なんこう》』は楠木正成の楠公《なんこう》、南朝の南から来ていると思っているのですよ」

「南校って昔の東大ですか？」

「ええ」

呆《あき》れ顔で応じた。東京大学の正式名称である。

「先生、あれは校舎が南にあったからですよ」

「みなさん、判で押したようにそうおっしゃる。敷地の南にあったから南校で、東にあった医学校を東校《とうこう》だとね」

「そうです」

「噂話と真実は同一ではありません」

勝手に変えては困る、という口調でしゃべった。

「……」

「南校は愛称ではなく、れっきとした正式名ですよ」

「名前は大変重要で、いわば魂です。こだわるのが人間です」

「まあ、そうですが……」

「日本の最高学府が、南にあったから正式名を南校にしたなど軽すぎます」

「……」

「見せかけの論拠にすぎません」

谷は細い眼をテーブルに落とした。人間は困った時に視線を上か下に動かす。

「歴史は永遠のパズルですが、解くコツはまず疑問を持つことです。奇妙だと感じる謎には必ず鍵穴がある。その鍵穴を探し出し、そこから中を覗くことです。逆に言えば、奇妙だと思えない感性の持ち主に、歴史など扱えません」

東大の起源は一八五六年（安政《あんせい》三年）の蛮書調所《ばんしょしらべしょ》（蕃書調所）に遡る。

外国人教師から学んでいるのに蛮書（野蛮人の書）じゃ、いかにもマズかろうということになって、開成所《かいせいじょ》（一八六三年）とした。

この学校名には、開港を成功させるという勝海舟をはじめとする開明派の思惑が込められている。

で、維新の春が訪れる。

洋学の開成所はそのまま「開成学校」とし、医学に「医学校」、儒学《じゅがく》は「昌平《しょうへい》学校」にして、三つに分離衣更《ころもが》えするも、翌年七月に再び統合し、開成学校を南校、医学校を東校と正した（一八七〇年一月一五日）。時代遅れの儒学の昌平学校は廃止。

「次に注目していただきたい」

「……」

「三年間続いた南校を一八七三年（明治六年）四月一〇日、唐突にやめます。で、わざわざ元の開成学校に戻した。この目まぐるしさ、おかしくないですか？」

蕃書調所（八年間）
← 開成学校（五年間）
← 開成学校　↙ 昌平学校（二年間）
↖ 医学校 ← 東校
← 南校（三年間）
↙ ← 開成学校（四年間）
← 東京大学

「それで……南校を楠木正成の楠公だと読み解いた理由はなんでしょう」

「フルベッキが開成学校に招聘《しょうへい》されたのは維新の翌年（一八六九年）ですが、南校となったのはその半年後です」

「……」

「フルベッキが、岩倉使節団と合流すべく日本を出たその六日後に、再び元の名称、開成学校に戻されている」

「ほう……フルベッキがトップに座ると南校になり、いなくなるとその看板を外した……」

「すなわちフルベッキは南朝革命に肩入れした外国人、言ってみれば楠公先生です」

フルベッキの武器は英語、和蘭《オランダ》語、日本語の語学に加え、即位前の寅之祐に接していることだ。

すり替えトリックを密に共有している唯一の外国人で、秘密は秘密である以上、計り知れない価値がある。

口が堅く、天皇が寅之祐であるそぶりも見せず、余計なことは一切口にしない。もの静かで、ひかえ目で、日本人にとってこれほど居心地がよく信頼できる外国人は他に見当たらない。

かくして岩倉、明治天皇、大隈重信の絶大なる信頼を得、外交と学問分野では参議以上の発言権を持つにいたったのである。

フルベッキが日本の最高学府、開成学校を束《たば》ね、本人が正式に南校＝楠公という象徴的な学校名にした。これは望月の確信するところだ。

「南校は南朝の化身です。四年後、楠公先生フルベッキは突如日本を発《た》ち（一八七三年六月一六日、横浜出発）、ロンドン経由で欧米を満喫している岩倉を追いかけます。長い旅路の果てに捕まえた場所は美しきスイス」

「岩倉が呼び寄せたのでしょうか？」

否定した。望月はノミのサーカスのごとき狭い缶の中にぎゅっと押し込まれている歴史を、俯瞰《ふかん》するかのようにしゃべった。

「不安になった一九歳の天皇が、フルベッキになにかを託したのではないでしょうか。事実上の南校の学長がその重要なポジションを離れてスイスまで追いかけるなど、それしか考えられないのです」

「……」

「維新以来、岩倉と天皇は、南朝革命宣言のタイミングを計っていた。これはご理解していますね」

念を押した。

「スーパー・スターとなった明治天皇の苦悩は明らかです。自分の仮面姿をよしとせず、仮面を外したい。もうそろそろいいだろう。岩倉に期待しつつも打ち消される日々。しかし思いは日増しに募る。で、フルベッキに悩みをうちあけ、岩倉への打診を頼んだ」

谷が続きを奪った。

「だが明治の初期、折しも旧幕勢力がことのほか盛り上がっていて、どうにもならない」

「その通り。スイスで岩倉と会い、自分なりに分析した情勢を伝え、天皇の希望は希望としてあるが、しかしタイミングが最悪である。南朝革命宣言のさらなる延期をアドバイスしたのだと思います」

「……」

「九月に帰国した本人は、勝手に開成学校と名を変えていた古巣に憮然《ぶぜん》としたのか、未練なく去ります。権力闘争とは肌が合わなかったのでしょう、人生で最もダイナミックな時を過ごしたフルベッキは、この頃から政府と距離を置きはじめ、牧師の世界にこもった」

最後までアメリカ国籍がとれないまま、オランダ人として赤坂《あかさか》で生涯を終え、六八年間の大半を日本で過ごしたのである。

望月は豪華な椅子の背もたれに深々と身を預け、話を再度振り出しに戻した。

「結局、この使節団の狙いはなんだったのか？」

「なんだったのです？」

大切なことを聞きそびれていたというように、谷の眉が下がった。望月は自分一人の楽しみを出し惜しみするように、少し間を取った。

国際儀礼のレッスン

明治初期。

新政府の運転席に座ったのは押しも押されもしないビッグ・ツーだ。廃藩置県を断行し、近代統一国家に向け、重い一歩を踏み出す。

王政復古は看板だけで、天皇はお飾りだ。天皇の神格化などまだまだ先の話で、天皇を卵焼きみたいに「玉」と呼んでいる。

どれほど低かったのか？　岩倉は武装蜂起直前に広沢真臣《ひろさわさねおみ》（長州藩）たちと陰謀を巡らし、鳥羽・伏見でヤバくなった場合、睦仁を女に仕立て、女専用の輿《こし》に乗せ、長州へ誘拐する策を持っていた（『明治天皇紀』）。天皇など小荷物扱いだ。

維新の翌年、まだ硝煙の匂いのする一八六九年（明治二年）七月二五日、ヴィクトリア女王の次男、エジンバラ公アルフレッドが来日した。

王子は英国海軍大佐、世界周遊の途中だったが、パークスが己と英国の威厳を見せつけるために仕掛けたものだ。新生日本として初めて超VIPを迎えることとなった。

西洋の、それも一等国の王族である。接待の方法が、皆目《かいもく》分からない。

パークスは不機嫌どころではない。日本側のやり方が稚拙だと机を叩いて噛みつく。ナイフとフォーク、皿の並べ方も知らなければメニューも分からない。いや、ラグジュアリーな西洋食器すら満足にないではないか。まして儀礼に欠かせないシャンペン、ワインにいたっては、ないどころの騒ぎではなく、在庫ゼロ。

「特級の礼装でお迎えしろと言っているんだ、このイエロー・モンキーが！」

と言ったかどうか知らないが、吹上御苑《ふきあげぎょえん》での面会など世界的慣例に照らしてみても非礼であるからにして、宮中の大広間にしろと注文し、大貫禄で押し切る。

岩倉、大久保にしてみれば接待儀礼の世界基準など、ちんぷんかんぷんだ。だれも体験していないのだからしょうがないのだが、白人の世界ではこれが常識だと言われればそれまでで、これではいつまでたっても三等国、パークスはじめ外国勢に頭が上がるわけはない。心底《しんそこ》まずい。

この悔しさは心から離れなかった。

「すると」

谷は、ワックスで整えた生え際を指で触った。

「使節団は……体験学習旅行……」

「目的の一つです。VIP接待は国の威信《いしん》がかかっています。欧米に認められ、世界に通用する一等国を目指すならば、由緒正しい西洋儀礼で出迎えなければならない。これができて一人前。それには自分たちがまず世界の社交儀式を知ることです。接待を受け、贅沢を知る。世界の皇室はどのような宮殿に住み、幾頭の馬を所有し、幾人の従者を使用しているのか？　要人のための宿泊はどうするのか、晴れがましい礼装、接待狩猟、祝賀、土産品はなにがいいか……これらを完璧にこなしてこそ西洋を身につけているアジアでも侮《あなど》れない特別な国だ、と認めてくれるわけです」

ヴィクトリア女王、ナポレオン三世、ヨーロッパではまだ宮廷政治を色濃くひきずっており、儀礼は今とは比較にならないほど重要なことだった。儀礼なくして政治なし、政治なくして儀礼なし。ひとえに儀礼にかかっており、儀礼いかんでは国交断絶、戦争勃発という事態もある。

そのかわり、とびきり贅沢な儀式を知っていれば相手にされるばかりか、国内的にも優位に立てた。おまえは古い、使えないやつだと邪魔な旧人脈を粛清《しゆくせい》して、影響力を拡大できるというものである。

明治天皇を利用する。そう方針は定まっていたものの、まだ漠然とした「天皇制」のイメージしかなかった。具体的にどうしたらよいのか？

その一方には急進的な佐賀グループがいた。天皇なしの「共和政治」もちらつかせる新政府内異分子である。

江藤を中心とする佐賀グループは、賄賂をぶち込んで宮中の奥に取り入り、数々の「策略」を行なっている、という大久保利通宛岩倉具視書状が残っている（一八七〇年八月一九日）。

女官の巣に、どういう「策略」を仕掛けたのかは知らないが、優位に立つため、本物の睦仁がどうなっているのかを探るべく、すり替え天皇の証拠固めも考えられる。このスキヤンダルでビッグ・ツーを追い落とし、主導権を握る。後の「佐賀の乱」の芽が、ここにあると望月は目星をつけている。

「さて、岩倉使節団の目的の一つはずばり、接待儀式を会得することでしたが、他にも一つ、特別なことがありました」

将軍は少し間を置き、自分の考えを口にした。

「見ようによっては、長期間の海外逃亡にも思えますが……」

「その通りです」

「日本をカラにして、厚かましいイギリスを遠ざけることです」

「……」

「アメリカという岩戸《いわと》に隠れた」

〈この国のアメリカ熱は行くところまで行くしかない……アメリカは利益のために日本を持ち上げ、偉大な国民と呼んで虚栄心を駆り立てている……かつて日本人はフランスを頼り、つぎにイギリスを頼り、今はアメリカです〉(アダムス駐日英国代理公使からハモンド外務次官への半公文書　一八七二年四月八日付)

「岩倉使節団の目的は、不平等条約改定だったと言われていますが、表向きのカスです」

谷は深く頷く。

「フルベッキはフルベッキで、新政府の頭に本場のプロテスタンティズムを吹き込む、という思惑もあった」

「いろいろ考え合わせると、そうでしょうなあ」

「本気で思っていたのです。天皇もろとも日本をプロテスタント国家にするとね」

谷は、ぎょっとした顔をした。

「天皇をプロテスタントに？　大胆すぎませんか」

「天皇すり替えに較べたら、べらぼうなことではありません」

現在の皇室関係者はキリスト教贔屓《びいき》だ。三谷隆信《みたにたかのぶ》、入江相政《いりえすけまさ》、浜尾実《はまおみのる》、村井長正《むらいながまさ》など侍従長や侍従にクリスチャンが多く、東宮参与、小泉信三《こいずみしんぞう》も洗礼を受けている。美智子皇后と常陸宮《ひたちのみや》はクリスチャンではないかと言われているし、今上天皇の皇太子時代の家庭教師ヴァイニング夫人は厳格なるクエーカー教徒で、あえてキリスト教徒を家庭教師に引き入れたのは他ならぬ昭和天皇だ。

望月の耳にはバチカンの奥深くに、昭和天皇の秘密書簡が保管されているという話が届いている。敗戦当時、国を案じた天皇がバチカンに仲裁を懇願《こんがん》した私信で、それには、「天皇制温存という希望が叶ったあかつきには、自分が洗礼を受けるつもりだ」と書かれているというのである。信憑性《しんぴょうせい》のほどは不明だが、息子の家庭教師にキリスト教徒を希望するほどであるから、予想できないことではない。

ヴァイニング夫人は著書『皇太子の窓』で、自分の熱心な祈りを告白している。

〈父なる神よ、いつの日か大いなる責務を負うべきこの少年（皇太子）を祝福したまえ。（略）キリストの名によりて、アーメン〉

キリストの祈りを浴びながら育っているのだ。日々の祈りが、皇太子に大いなる影響を与えている。

フルベッキが目論んだ皇族を含む新政府支配層のプロテスタント化は、こうして進められて、今も深く静かに広がっていると思っている。

「たいがいのことは範疇《はんちゅう》です」

と望月は話を一段掘り下げた。

「明治天皇はまだ一九歳、この青年を新政府はやんごとなき奥から引っ張り出し、これまでの慣例を廃止した。一八〇度転換して、乗馬訓練はやらせるわ、軍隊練習はやらせるわ、ワインは呑ませるわ、朝から晩まで欧米漬けの日々です。ならば密かなる渡航陰謀など、感覚としては単なる一つの行事でしょう」

「渡航？」

谷はうっと言葉に詰まった。

「証拠はありません。しかし僕は、岩倉は天皇を連れ出したのではないかと疑っているのですよ」

うーんと唸《うな》るような声を出したが、再び世紀の大マジック、天皇すり替えを出され、それと較べられたら沈黙せざるをえないと思ったのか、谷は自分で口を閉じた。

「明治天皇が白塗り化粧をやめたのは一八七三年の三月です。それまでは、必ずコメディアンのような白べた塗りで人前に出ていましたから、影武者でも傍目《はため》には見分けはつかない。周囲を欺《あざむ》くのは簡単ですよ」

口にこそ出さなかったが、望月は一八七二年五月二三日から七月一二日まで巡幸した中国、西国への巡幸はダミーだと疑っている。

そう思うのには理由がある。奇怪な一人の公家の証言だ。

〈天皇は「船にもまったく酔わず、実に奇妙だ」〉（岩倉宛大原重実《おおはらしげみ》書）

後《のち》に外務書記官になった公家の大原重実の手紙だ。一公家のぽつりと洩《も》らした感想を耳にし、岩倉に書き伝えているのだが、船に酔わなかったことが、はたして特筆すべき事例だろうか。いや、この公家が奇妙に思ったのは、明らかに違う点だった。正体そのものが奇妙に見えたのである。

バレそうになったので、傍《かたわ》らにいた大原がひやりとし、そして岩倉にご注進申し上げた。でなければ大原が、こんな些細《ささい》なことを海外にいる岩倉にわざわざ手紙で知らせるはずがない。

「するとなんですか、ひょっとして先生は……」

「秘密裏に天皇を連れ出し、ワシントンで洗礼を受けさせる。丸ごと日本をプロテスタント教国にする。これがフルベッキとデロング駐日公使、フィッシュ国務長官の秘策だったのではないかと」

「また、すごい発想ですなあ」

「こうしたアメリカ側のとんでもないアイディアに、まず二六歳の森有礼《もりありのり》と三二歳の伊藤博文が乗った。で、二人は岩倉と大久保をけしかけた」

薩摩藩士の森有礼は英米暮らしが長い。五代友厚《ごだいともあつ》と共にロンドンに密航、そこで伊藤博文たち長州ファイブと会う。その後アメリカに留学して、洗礼を受けた筋金入りだ。

その森がワシントンで岩倉使節団と合流している。岩倉に気に入られてあっという間に政府中枢に食い込む。一年後、日本の公用語を英語にせよ、という大胆な具申を自著『日本の教育』で発表するほどの熱狂的なアメリカ・ファンで私塾（後の一橋《ひとつばし》大学）を開設し、初代文部大臣になった男だ。ちなみに妻に岩倉具視の娘を迎えている。

「するとなんですか。先生は大久保と伊藤が一時帰国したのは、天皇の委任状をもらうためなどではなく、まさかの天皇連れ出しだと？」

「そのまさかです」

「いくらなんでも斬新すぎます」

「しかしよく考えてみてください。あの時点で、条約改定のための委任状などまったく必要ないのです」

「と言いますと？」

「フィッシュ国務長官との面談はたった二度。そんな触《さわ》りで、とんとんと条約改定本契約に進むなど、いくらなんでも常識で考えられますか？」

「……」

「ピンと来られないようですね。では不自然な第二点を述べます」

「ええ」

「岩倉の存在です。仮にも全権大使ですよ」

望月は促《うなが》すように谷を見た。

「そうしますと……調印資格がある」

と谷が答えた。

「そうです。いいですか、岩倉、大久保はキリスト教解禁をパリから遠隔操作でやってのけるほどの権力者です」

「……」

「権威も実力も充分すぎる」

「……」

「よろしい、つまりなんですな。あなたはあまり同意できない」

「いまひとつ」

「では、こういうのはどうですか？」

「……」

「調印がどうしても無理ならば仮調印だっていいじゃありませんか。やりようは、いくらでもあります。それを、まだ素案すらできていない段階で、大久保という首相クラスと伊藤という大物天皇係が、ハンコ一つのために、はるばる太平洋を往復しますか？　両人はそんな軽い人間ではありません」

「うーむ」

「第三点は、留守番組との約束です。条約改定はしないという縛《しば》りがありましたね」

「たしかに」

「なら改定など眼中にはないはずです。その証拠に仮調印はむろんのこと、結局改定素案すら作らずです。つまり条約改定のレクチャーくらいはありましたが、議論などなかった。架空の作り話です。そしてこのドタバタ劇の結末は、天皇の委任状すらとれなかったというお粗末すぎる幕切れで、大久保と伊藤の帰国はなんだったのか？　どう考えてもバカげた話なのですよ」

「作り話ですか……」

「そうです。二人が帰国したのは事実ですが他の理由です。天皇を連れ出すことです。そのくらいの重さがなければ、大物二人の帰国とのバランスがとれません」

将軍は眉間に皺を寄せた。

「谷さん」

さらりと名前を呼んだ。

「まだ想像がつかないようですね？」

「学ぶことはたくさんあります」

「積年の固定観念というのは、なかなか崩れないもの、では視点を変えてみましょう」

と言って望月は、DVDをスタートさせるようにワシントンの風景を語った。

「ワシントンはなにもない野原《のっぱら》を切り開いて造った街、まさに新世界です。当時は、政治関係の建物と数軒のホテル以外はなにもない閑散《かんさん》とした狭いエリアでした。観光なら一日もあれば完了で、他にあるのはモグラの穴くらいなものです。しかし使節団はそこを五カ月間も離れなかった。その間、岩倉の所在や行動のほぼすべてが不明です。彼らはなぜ、長期にわたって張り付かなければならなかったのかが、まったく見えてきません」

「言われてみると、五カ月間もたしかに妙な話ですな」

谷は首をひねった。

「消去法でいくなら、習い事くらいしか浮かばないのです」

「習い事ですか……」

「それ以外に、暇をつぶせますか？」

「英語ですかね」

「それもあります」

望月は頬を少しゆるめた。

「こんなことを言うから、僕は陰謀作家などと言われるのでしょうが、たとえば秘密結社フリーメーソンの儀式なら納得するんです」

谷がぽかんと口を開けた。

「呆れるのは分かりますが、この時、フリーメーソンはワシントンを席巻しておりました。初代大統領にして最高位のフリーメーソン、ジョージ・ワシントンが夢みた首都です。選ばれし日本人が儀式を受け、入会したと考えればその情景が無理なく浮かんでくる」

『米欧回覧実記』にはこう書かれている。

〈一八七二年三月一一日「マソニック・テンプル」に陸軍の舞踏会あり、招状来《きた》る、た

だ書記官のみ赴《おもむ》く〉

マソニック・ホールはフリーメーソンの豪華な建物で、中には彼らには欠かせない儀式部屋、ロッジがある。

日記には書記官だけが訪れたと書かれている。書記官は一〇名だ。全員が出席したかどうかは不明だが、久米邦武の特徴として、重要なものほど記述は素っ気ない。

〈招状来る、ただ書記官のみ赴く〉

説明なし。それだけ重要なのである。

額面通り、ホールでの舞踏会は考えられなくもないが、ダンスなどしたこともない男だけの岩倉使節団に舞踏会というのはおかしい（五人の女子留学生は後発で、アメリカ着は七カ月後）。

注目株は二等書記官の林 董《はやしただす》だ。

父は蘭学者で、順天堂《じゅんてんどう》大学の基礎を築いた人物でもある。外国好きは親譲りだ。オランダ留学組の榎本武揚の腹心《ふくしん》として旧幕軍として箱館《はこだて》に立てこもるが、なぜか打ち首にもならず岩倉使節団のメンバーに選ばれ、栄《は》えある日本初の英国公使となっている。望月は、榎本と林は新政府の回し者で、アカデミー賞ものの名演技で戦乱を終結させたと思っているから、この栄えある処遇も合点がいく。

注目すべき点は伊藤博文と共に日英同盟締結に尽力した後、林がロンドンのエンパイヤ・ロッジで正式なフリーメーソンとなったことだ（一九〇六年五月）。記録上、初の日本人外交官メンバーだ。異例の速さでロッジ・マスターになったかと思うと、英国グランド・ロッジの名誉シニア・ウォーデンに登り詰める。

シニア・ウォーデンというのは、英国フリーメーソンの二番目の位だ。エドワード七世以下王侯貴族がずらりと役員席を占める中、イエロー・モンキーという差別の中、まさに異例中の異例だ。

この流れは二〇年前の岩倉使節団、そう、ワシントンのマソニック・テンプル訪問で、すでにできていたのではなかろうか？

林はワシントンのロッジでの圧倒的な雰囲気にたらし込まれ、いつかは本場の英国で、と心に誓ったのかもしれない。想像が膨らむ場面だ。

「岩倉たちがフリーメーソンに加入した証拠はないし、そう断言するつもりもありません。しかし可能性なら大いに口にしたい。なにもないワシントンでの想像を絶する五カ月間滞在も、もし彼らがフリーメーソンの講義と入会試験を繰り返し受けていたとしたらしっくりいくのです」

「組み込まれていたと？」

「ええ、大久保と伊藤が、天皇を連れてくるべく出立したのは、書記官がロッジ訪問と記されてから九日目なのです」

悪行から「善」が生まれることがある。いや違う。悪にサーチライトを当てると悪、善にサーチライトを当てると善が浮かび上がる。歴史は、闇夜に漂う巨大で複雑な多面体だ。

ワシントンD.C.にあるフリーメーソンの「ハウス・オブ・テンプル」。岩倉使節団はここで何を見たのか
(Author : Agnostic Preachers Kid)

イカサマ『玉』作戦を一心不乱に「善」とすべく、大官僚国家を造った明治の男たち。善行を光で照らせばヒーローとなる。

手法はただ一つ、「阻《はば》む者は除く」。

この大チャレンジに、国民はまんまと騙され、疑うことも、恨むことも、憎むこともせず、田布施《たぶせ》の小僧に帝都のど真ん中、江戸城をそっくり与え、ひれ伏してしまったのだから、アニメを超えるストーリーだ。

望月はそう言って、アニメを守ってきた谷を眺め、ここで話を終えた。

すべての死が隠された

この歳になれば、毎日が授《さず》かりもののような気がする。
二、三日、読書でゆっくりしようと思った。
パソコンから離れ、安息日を取ってみる。スロー・リーディング、スロー・シンキング。しかし、長くて二日、思いはやはり、噛んでも噛んでも消化しきれない歴史に溶け込んでゆく。


この世に歴史はない。情報と真実は同一物でなく自然界には過去の痕跡があるのみだ。

歴史は支配者の欲望によって創られるものだ。

贅沢がしたい、必要以上のものを手にしたい、より多く、より華やかに、なにごとも人より抜きん出たい。そのために他を不利に自分たちを有利に描く。この欲望から捏造《ねつぞう》という悪徳が栄える。どんなに綺麗ごとで取り繕っても、欲望が悪徳を産み、悪徳が形を変えながら歴史を作ってきたのだ。

明治新政府も例外ではない。

下級の公家と武士が贅沢を手に入れようと、自分たちより贅沢だった支配者を引きずりおろした大革命だが、これまでの秩序破壊された分、一時、無限と言っていいほどのイカサマ社会に落ち込んだ。

たちまちお定まりの主導権争いが始まった。

岩倉、三条、大久保……二人の公家と一人の薩摩武士が政府を独占し、木戸孝允（桂小五郎）率いる長州武士を脇役に追いやったのである。

一見、不思議な序列だ。

なんとなれば明治天皇＝大室寅之祐は長州の囲い玉《ぎょく》で、ならば育ての親として発言権と権威は長州に最大限あってもよさそうなものだが、しかしそうはならなかった。

原因は伊藤博文の裏切りだ。松下村塾以来、木戸の子分だったにもかかわらず、思いきり岩倉、大久保になびいたのだ。

木戸との喧嘩別れ。

この話は有名で、はっきりと見てとれる写真がある。岩倉使節団の五人撮りだ。

左から木戸孝允、山口尚芳、岩倉具視、伊藤博文、大久保利通。立ち位置から人間関係がうかがえる

伊藤の立ち位置は木戸からずっと離れ、なんと岩倉と大久保の間。しかも伊藤の腕がこれ見よがしに大久保の肩に触れている。むかっ腹《ぱら》が立っているのだろう、木戸が憮然とし
てカメラを見つめている。
さらに木戸と伊藤の間にはフルベッキの愛弟子、佐賀藩の山口尚芳《やまぐちますか》が壁のごとく、二人
を分けている。写真で分かるとおり伊藤はもはや岩倉、大久保の舎弟だ。
伊藤は、幼いころから寅之祐の担当だった。いわば兄貴分だから、天皇は言いなりだ。
こうなれば木戸に分はない。
伊藤の裏切りで、木戸以下長州勢の影はすっかり薄いものになってしまったのである。
政治にのめり込む薩摩閥。
冷や飯食いの長州は、しょうがないので商売人とつるんでカネ儲けに専念する。
しかし、やがて時代が長州に味方する。
大久保が殺され、岩倉が死に、富がモノを言う資本主義というやつがやってきて、政も
官もカネ次第となったのだからしめたものだ。貴族という身分までもがカネで買えるよう
になり、数々の悪事ですっかり羽振りのよくなった長州勢が薩摩勢を押さえ、政界でメキ
メキと台頭してゆくのである。
異教徒文化を取り入れ、タキシードにイブニング・ドレス、ギンギンな装いでキメまく
り、呑めや踊れの大酒宴。あの恥ずかしき西洋猿真似トレンディ・スポット、鹿鳴館《ろくめいかん》時代

である。

だが天皇すり替えの噂は着実に広がっていた。いくらなんでも、変だと気付かないほうがおかしい。

噂は、疎《うと》んじられている北朝系の公家、仲間外れとなった薩摩、土佐、佐賀など反主流派の口から悔しまぎれに広がってゆく。

「孝明天皇と睦仁が暗殺され、現天皇はニセモノだ！」

警戒する支配者。

いつ反乱が起きて、あっちに持っていかれるかも知れず、上に立つ者は、よりいっそう細かいところまで気を配らなければならない。

「天皇は神聖にして侵すべからず」という文言《もんごん》で皇居を、ブラック・ボックスにし、封印する。現人神《あらひとがみ》、万世一系……一〇〇のトリックと大きなイリュージョンで煙に巻く一方、不敬、国家叛逆で取り締まる。そのうえ、ブラック・ボックスの守り手として華族制度を設け、影響力のある上層階級を根こそぎ籠絡《ろうらく》したのである。

事態はあまりにも重大で緊迫していた。そうであればあるほど、庶民はすべてを見逃してしまうものだ。

大阪の豪商は、古くから朝廷と太いパイプがあった。

北朝とのつながりだ。とんでもない噂は彼らの耳にも届いていた。動揺が広がるも、不敬を乱発する政府が恐い。しかし心の中ではやはり北朝を憂《うれ》い、敬《うやま》っている。

このままでは先帝が浮かばれない。いや、国そのものが浮かばれない。

真実を国民の手に取り戻せないならば、せめて一矢《いっし》を報《むく》いたいと義憤に駆られる勇ましい特攻隊もいて、地方では散発的ではあるものの武装蜂起がやまなかった。

旭形亀太郎《あさひがたかめたろう》もその一人だ。

目立てばたちまち黒い手が伸びてくる。実際、弾圧、攻撃されたからこそ、旭形は一切《いっさい》合財《がっさい》を捨てて人里離れた田舎に引っこみ、玉鉾《たまほこ》神社に専念した。

当然、旭形をそのまま名乗った旭ビールも目を付けられる。そこで、「旭」を↓「朝日」、↓「アサヒ」に変え、旭形の記憶を消し去った。無念のまま逝った旭形。その五年後、若すぎる歳（四八）で急死した旭ビールの父、生田　秀《ひいで》は、「名前」だけをちょうだいしアサヒビールと名乗らせてもらったのに社をあげて存在を隠蔽した旭形の怨霊ではないか？　そこで『旭神社』を創建する。さらに時代は下ってアサヒビールが長年停滞した。まだまだ供養が足りなかったのではないかと今度は「先人の碑」という鎮魂施設をこしらえ、旭形亀太郎の名札を置いた。すべては旭形のためだ。これが望月の結論だ。

有栖川宮熾仁の博愛社《はくあいしゃ》が登場する。この器に北朝勢が集まりはじめる。支配者の眼には、敵が公然と表舞台に出たと映った。博愛社が持つなんらかの意志を嗅《か》ぎ取ったのだ。

ここまで想いを整えて、望月は、喉《のど》が渇いたのでキッチンへ立った。

せっかくの安息日、もっとゆるりと過ごさなければと思いながらＴ‐ｆａｌで湯を沸かし、カフェオレを作る。窓からバルコニーを眺め、一口味わう。

カフェインがたちまち安息日のストッパーを完全に外した。

バルコニーに出てリクライニング・チェアに座った。頭に浮かべたのは博愛社だ。

博愛社は一八八七年（明治二〇年）、日本赤十字社に継がれている。人事一新の衣更えで、博愛社の持っていたなんらかの意志を消した。

現在の名誉総裁は皇后美智子。

旧姓正田《しょうだ》。ルーツは群馬だ。正田家は南朝武将新田《にった》氏に仕《つか》えていた源氏の血を引く家柄だ。正田記念館の案内板によれば、正田家の祖先は平安時代に源義国《みなもとのよしくに》に付き従って、上野《こうずけ》（群馬県）新田荘《にったのしょう》に移り住み、庄田隼人《しょうだはやと》と称し……徳川の命により正田と改名したと書かれている。

この案内板を信じる限り、徳川も新田義貞《よしさだ》の家臣だ。群馬徳川郷の名主《なぬし》となり、その一族が三河《みかわ》に移住して、徳川を名乗った。

徳川も元をただせば南朝である。

南北朝時代以後、武士の間では南朝系、北朝系という意識はことのほか強かった。その後、正田の本家筋は広大な田畑を持つ庄屋となる。明治になって分家が醤油《しょうゆ》醸造を始め、そこから枝分かれしたのが美智子皇后の父、英三郎《ひでさぶろう》の日清《にっしん》製粉だ。本家筋から「粉屋」と呼ばれた。

面白いエピソードが望月の両の耳に届いている。

宮内庁が婚礼打診で美智子皇后の家を訪れた時、本家では「美智子が、南朝の敵、北朝天皇に嫁ぐなど、ご先祖を貶《おとし》めかねない問題を抱えている。生半可《なまはんか》なことでは尾を引く」と、激しく家系を凝視《ぎょうし》したというのだ。

いいかげんに扱えない雰囲気に包まれていたのだが、宮内庁は再度やって来て、こう説得したという。

正田家のルーツは庄屋まではたどれたが、それ以前は「信頼に足る確固たる文献」が乏しく、したがって主張は穿《うが》ちすぎだというのである。早い話が、百姓以前のルーツがたどれないから、南北朝は無関係だと煙に巻いたのである。

罰当たりにも、誉《ほま》れ高き新田の武将であるということをやんわり否定されて憮然となったが、言われる通り「信頼に足る確固たる文献」を示せない以上、鱓《ごまめ》の歯軋《はぎし》りに過ぎず、一族は半ば捨て鉢な気持ちで成り行きにまかせたのだという。

ところが、近年、望月の本が正田家一族の眼に留まった。読んでみると、なんと相手も明治から同じ南朝にすり替わったではないかと、ほっと胸をなで下ろしたというのである。

望月はそれを人伝《ひとづて》に聞いたとき、苦笑した。

――一役も二役も買っている。それにしては勲章の声はかからないな――

笑いながら、パティオを流れる微風に吹かれ、カフェオレを呑んだ。

寅之祐を玉《ぎょく》に仕立てる。

神話教育、天皇中心の歴史の徹底、不敬罪という恐怖、メディアによる天皇賛美と自主規制……繰り返し洗脳すれば、大脳は一切の思考を停止し、条件反射的に犬のようにひれ伏す。で、支配者は現人神の口を借りて人心を動かす。

障害物は、今にも憎悪の永久運動を開始しそうな北朝勢力だった。

北朝天皇の妹和宮を血祭りに上げ、病死に偽装。北朝系皇位継承順位第一位の有栖川宮熾仁は、気がおかしくなるくらいの空約束で弄《もてあそ》び、閑職に引きずり回す。

望月は、ある人物から熾仁が半ばノイローゼになって自殺したという捨て置けない話を授かっていた。あながちでたらめとは言えず、最近ではそのほうが自然に思えてならない。

というのも死亡時の、不自然な政府の動きだ。

政府発表の、死へいたる経過はこうだ。

勃発した日清戦争。熾仁は広島大本営に赴任するも、マラリアを発病し、兵庫県明石《あかし》の舞子《まいこ》別邸に移って静養する。いったん快復したが、長くはもたず死去（一八九五年一月一五日）。

マラリアではなく、本当は腸チフスを患《わずら》っていたらしいのだが、当時一級の腕を持つドイツ人医師、ベルツが診《み》た。ベルツは通りすがりの医者ではない。政府お抱えだ。

しかし、そのベルツの日記をいくら洗っても、熾仁についての記述がないのだ。

ベルツは記録魔だ。一八八三年（明治一六年）、岩倉具視を看取《みと》っているが、それについては微に入り細に入り、証言記録にのめり込んでいる。しかし有栖川宮熾仁についてはゼロ。そんなことがあるだろうか？

皇位継承順位ナンバーワンの熾仁を診たのに、様子を綴らないなどベルツの性格上ありえない。

ベルツはなんでも書く。その辺が、フルベッキと違うところだ。次のとんでもないベルツ日記を読めば、望月の抱く疑問に共感するはずだ。

〈有栖川宮邸で東宮成婚（大正天皇結婚）に関して、またもや会議。その席上、伊藤（博文）の大胆な放言には自分も驚かされた。なかば有栖川宮（故熾仁の後継で異母弟、威《たけ》仁《ひと》。当時三九歳）のほうを向いて、「皇太子に生まれるのは、まったく不運なことだ。生まれるがはやいか、いたるところで礼式の鎖に縛られ、大きくなれば側近者の吹く笛に踊らされねばならない」と、いいながら伊藤は、操り人形を糸で踊らせるような身振りを見せたのである〉（『ベルツの日記』　明治三三年五月九日）

まだ明治天皇がピンピンしている時の発言だ。伊藤は明治天皇も操ったが、その子はもっと簡単だという本心を言ったまでで、不敬罪などクソくらえだ。

これほどのことを書き残すベルツである。しかし熾仁についての記述がない。本当に診なかったか、故意に書かなかったか、それとも後で削除されたかのどれかが考えられるが、いずれも問題ありだ。

晩年の熾仁はいかなるものだったのか？　記録画でも残っていればいいのだが、募る不審は政府の態度だ。なぜ熾仁の死亡を九日間も隠したのか。

一月一五日の死亡に対し、遺体の東京帰着は九日後だったから発表が遅れたのだなどと、愚にもつかぬ言いわけがある。

鉄道はこの時点より随分前に開通しているから、明石から東京は一日で到着する。にもかかわらず運送そのものを九日間、遅らせている。その理由が見つからない。

死亡場所は明石ではなかったという噂もある。死に場所は品川の御殿。それも割腹自殺。

品川御殿はその後、跡形もなく解体され、血染めの屏風は有栖川宮の別邸が移築保存されている山城八幡《やましろやわた》の円福寺《えんぷくじ》に移され、そのうちの一隻《せき》（一枚）は有栖川宮家の菩提寺、大《だい》徳寺《とくじ》の竜光院《りょうこういん》にあるという話も伝わっている。この竜光院、拝観も一切御法度《ごはっと》である。

当時の住職、故上月鉄舟《こうづきてつしゅう》がすべてを知っていた、というもっともらしいおまけ付きの噂だ。

そればかりではない。有栖川宮を継いだ威仁も表向きは同じ場所、すなわち舞子別邸で最期を遂げ（一九一三年七月五日）ているのだが、これまた臭すぎる。東京麴町《こうじまち》の宮邸への遺体搬送は五日後で、こちらの噂は毒殺だ。

これにより有栖川宮家は断絶となり、北朝系大物公家、熾仁の血はここで途絶えた。残る血筋は熾仁のご落胤、「大本」の出口《でぐち》王仁三郎《おにさぶろう》ただ一人となる。

しかし政府の狂った弾圧と果てるともない刑務所暮らしで、晩年は人畜無害の好々爺《こうこうや》に変貌し、これまた封印に成功。

共和制国家を口にし、今にもすり替え天皇暴露に走りかねなかった江藤新平ら佐賀藩士は、皆殺しの憂き目に遭い、「天皇に質問あり！」と立ち上がった西郷隆盛も自害現場で、首を胸に載せられるかっこうで晒されている。

玉鉾神社で北朝回復の中核を担っていた旭形の肩書、大阪麦酒社「総代」の意味が分かっていた。一八九五年（明治二八）に迎えられたのだが、さかのぼること一八年前、住友家は廣瀬宰平を住友家総代（総代理人）に迎えている。すなわち事業の全権を委任された現代でいう代表取締役社長である。旭形はアサヒビールの社長だったのだ。一九〇一年（明治三四年）、享年五九歳の生涯を終えている。死因は不明だ。


ベランダは、まさに今沈まんとする夕陽に紅く染まっていた。

時が流れ、望月は、冷えたビールの小瓶をテーブルに二本置いた。

南朝革命を仕掛けたグラバーのキリンビールと北朝を奉じた旭形のアサヒビール。しばらく眺めてから二本の栓《せん》を抜き、一つのグラスに注いだ。琥珀《こはく》色の液体が豪勢に騒ぎ出し、二つが混じり合う。クリーミーな泡があふれ出る。しばらく放っておけばやがてなにごともなかったように鎮まった。

望月は二重に夢を見ているような気になった。

勝海舟が万感を込めて旭形に贈った漢詩がある。ふと暗誦《あんしょう》してみた。

無声々音大

渕黙勝多言
雲霄一孤鶴
高舞向朝暾
旭形氏之嘱　海舟

大きな声に出して言うことはない
沈黙は多言に勝る
大空には一羽の鶴
高く舞い上がって朝日に向かう
旭形氏の依頼にて　海舟

我々は別世界へと誘《いざな》われていたのだ。テーブルのケータイが鳴った。

「はい」

相手は分かっていた。

「ただいま総理と代わります」

「……」

「先生！」

「これで日本は、一三〇〇年の封印が解けてゆくはずです」

「いろいろお疲れさまでした。これで終わりですね」

念を押すように言った。

「ええ」

「長い間、ご苦労さまでした」

何事も、正しく解決されるまでは解決されない。

『17：17』

ビールのグラスが小刻みに揺れ、次に大きな地鳴りと共に、建物が大きく揺さぶられはじめた……。

（本書は平成二十六年四月、小社から四六版で刊行されたものに著者が大幅に加筆、修正したものです）

一〇〇字書評

切り取り線

購買動機（新聞、雑誌名を記入するか、あるいは○をつけてください）

□（　　　　）の広告を見て	
□（　　　　）の書評を見て	
□ 知人のすすめで	□ タイトルに惹かれて
□ カバーが良かったから	□ 内容が面白そうだから
□ 好きな作家だから	□ 好きな分野の本だから

・最近、最も感銘を受けた作品名をお書き下さい

・あなたのお好きな作家名をお書き下さい

・その他、ご要望がありましたらお書き下さい

住所	〒				
氏名		職業		年齢	
Eメール	※携帯には配信できません	新刊情報等のメール配信を 希望する・しない			

この本の感想を、編集部までお寄せいただけたらありがたく存じます。今後の企画の参考にさせていただきます。Eメールでも結構です。

いただいた「一〇〇字書評」は、新聞・雑誌等に紹介させていただくことがあります。その場合はお礼として特製図書カードを差し上げます。

前ページの原稿用紙に書評をお書きの上、切り取り、左記までお送り下さい。宛先の住所は不要です。

なお、ご記入いただいたお名前、ご住所等は、書評紹介の事前了解、謝礼のお届けのためだけに利用し、そのほかの目的のために利用することはありません。

〒一〇一・八七〇一
祥伝社文庫編集長　坂口芳和
電話　〇三（三二六五）二〇八〇

祥伝社ホームページの「ブックレビュー」からも、書き込めます。

http://www.shodensha.co.jp/bookreview/

祥伝社文庫

幕末《ばくまつ》　戦慄《せんりつ》の絆《きずな》
和宮《かずのみや》と有栖川宮熾仁《ありすがわのみやたるひと》、そして出口王仁三郎《でぐちおにさぶろう》

平成28年4月20日　初版第1刷発行

著　者　加治将一《かじまさかず》
発行者　辻浩明
発行所　祥伝社《しょうでんしゃ》
東京都千代田区神田神保町3-3
〒101-8701
電話　03（3265）2081（販売部）
電話　03（3265）2080（編集部）
電話　03（3265）3622（業務部）
http://www.shodensha.co.jp/

印刷所　図書印刷
製本所　図書印刷

 ISBN978-4-396-31690-7 C0121

祥伝社文庫の好評既刊

加治将一

龍馬の黒幕

明治維新の英雄・坂本《さかもと》龍馬を動かしたのは「世界最大の秘密結社」フリーメーソンだった？

加治将一

舞い降りた天皇（上）

天孫降臨を発明した者の正体!? 「邪馬台国」「天皇」はどこから来たのか？ 日本誕生の謎を解く古代史ロマン！

加治将一

舞い降りた天皇（下）

卑弥呼の墓はここだ！ 神武東征、三種の神器の本当の意味とは？ 歴史書から、すべての秘密を暴く。

加治将一

幕末維新の暗号（上）

坂本龍馬、西郷隆盛《さいごうたかもり》、高杉晋作《たかすぎしんさく》、岩倉《いわくら》具視《ともみ》、大久保利通《おおくぼとしみち》……英傑たち結集の瞬間!? これは本物なのか？

加治将一

幕末維新の暗号（下）

古写真を辿《たど》るうち、見えてきた奇妙な合致と繋がりとは——いま、解き明かされる驚愕の幕末史！

加治将一

失われたミカドの秘紋《ひもん》

日本に渡来した神々のルーツがここに！ ユダヤ教、聖書、孔子、始皇帝、秦氏……すべての事実は一つに繋がる。

祥伝社黄金文庫

泉 三郎
岩倉使節団 誇り高き男たちの物語
岩倉《いわくら》具視《ともみ》、大久保利通、木戸孝允、伊藤博文――国の命運を背負い、海を渡った男たちの一大視察旅行を究明！

井上慶雪
本能寺の変 88の謎
実証史学に裏付けされた陰謀の謎の数々が、今、白日の下に晒され、新たな歴史が始まる！

加来耕三
日本史「常識」はウソだらけ
仰々しい大名行列は、実はなかった⁉ 「まさか」の中に歴史の真相が隠されている。日本史の「常識」を疑え！

河合 敦
驚きの日本史講座
新発見や研究が次々と教科書を書き換える。「世界一受けたい授業」の人気講師が教える日本史最新事情！

高野 澄《きよし》
日本史の旅 京都の謎 幕末維新編
龍馬、桂小五郎、高杉晋作、近藤勇……古い権力が倒れ、新しい権力が誕生する変革期に生きた青春の足跡！

武光 誠
主役になり損ねた歴史人物100
信長も手こずらせた戦国最凶の奸物とは？ 日本唯一の黒人戦国武士は？ 歴史の陰に、こんな面白い人物がいた！